KB060822

문학의
길에서
꽃을
줍다

창작과
소통
총서 06

문학의
길에서
꽃을
줍다

전국대학문예창작학회 엮음

머리말

1.

요즘 주변의 모든 것들이 빠르게 변화하고 있습니다. 어찌나 빠르게 변화하는지, 속도에 실리지 않고 남은 것들조차 가만있어도 저절로 도태되는 듯한 착각에 빠집니다. 그렇지만 이를 두고 혼돈 현상이라고 인식하기보다는 아주 자연스러운 일로 생각하는 것 같습니다.

이런 세상에 문학이 어떻게 대응해야 좋은 지는 쉽게 답이 보이지 않습니다. 문학이 멀뚱히 앉아서 빠르게 바뀌어 가는 것들을 관망만 하고 있어야 하는지, 아니면 뛰어들어 함께 어디론가 바삐 가야 하는지 알 수 없습니다.

가뜩이나 요즘 인문학, 특히 문학은 경제 논리에 떠밀려서 뒷걸음질 치고 있는데, 문학의 길을 함께 가자고 권유하는 말을 하기에는 왠지 머쓱하게 느껴집니다.

그러나 날 저물면 저 산 아래 낮게 웅크린 집들마다 연기가 피어오르고, 사람들이 어디론가 길을 나서는 한 문학은 여전히 우리 곁에 존재할 것입니다. 뿐만 아니라 우리의 지친 영혼을 따뜻하게 지켜줄 것이며, 갈증을 풀어줄 것입니다. 여러분은 사실 이런 믿음으로 길을 나서지 않았던가요?

기왕에 길을 나섰으니 반드시 "문학의 길에서 꽃을 줍기"를 바랍니다.

2.

이 책 앞에는 '창작론'을 싣고, 뒤에는 '가벼운 문학의 길'에 관한 글을 실었습니다.

제1부 창작론에는 기형도의 시 세계를 조망하고, 신춘문예 제도에 대해서 짚어보는 글, 쉬운 글쓰기 지도와 동화쓰기에 대해서, 웹소설 쓰는 법에 관해서 실었습니다. 제2부 문학의 길에는 문학의 길을 가려는 이들의 발걸음을 조금이나마 가볍게 할 것입니다.

2016년 여름에

채길순 전국문예창작학회 회장

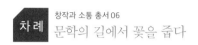

제2부 창작의 주변 풍경

청마와 심온의 시적 유사성

민병기 * 창원대 명예교수

1. 청마 유치환의 시적 화자

청마 유치환(靑馬 柳致環: 1908-1967)은 1931년 『문예월간』에 시 「정적」을 발표하며 데뷔한 이후 1967년 사망할 때까지 36년 동안 시작 활동을 활발하게 전개했다.[1] 생전에 시선집을 포함, 총 13권의 시집을 간행했다. 이 업적은 당시 빈약한 출판 여건을 고려하면 대가급 분량이다. 이런 이유로 그는 현대 시인으로 '가장 대가다운 대가'[2] 혹은 '이 땅 초유의 대형 시인'[3]으로 꼽혔다. 생시에 많은 시를 발표하며 한국시인협회 초대 회장까지 지냈고, 사후에 학자들에게 대가 시인으로 평가받았다.

청마 시를 논하는 두 가지 관점인 '의지'와 '애련'에 관한 연구 성과물들이 많다. 청마는 오랫동안 시편들을 지속적으로 써서 대가가 되

---

1 청마는 경남 거제군 둔덕면 방하리에서 부친 유준수와 모친 박우수 슬하에서 5남 3녀 중 차남으로 태어났다. 만 2세에 그의 가족은 통영군 통영면 동부동(현 통영시 태평동 5통 16호)으로 이사했다. 그때부터 1922년 일본 유학을 떠나기까지, 통영에서 살았으니, 통영은 그의 성장지이다. 일본의 풍산중 중퇴, 동래고보 졸업, 연희전문 문과 중퇴, 일본에서 사진 배워 한국에서 사진관 운영, 만주에서 농장 관리와 정미소 경영, 해방 후엔 교직자로 일관했다.
2 김종길, 『시론』, 탐구당, 1965, 56쪽.
3 김재홍, 『한국현대시인연구』, 일지사, 1993, 187쪽.

었다. 정지용류의 언어 세련성에 반발해서, 자유로운 사유와 감정을 시에 표출하는 의미의 마디들을 시에 제시했다.

더욱이 일본식 관념적 한자어들을 많이 활용했다. 그의 호방한 자유분망함이 자칫 시의 생경함을 드러낼 수 있다. 그 취약성이 드러난 현상을 그는 스스로 옹호했다.

2000년 초까지 청마를 연구한 논문이 석사 22편과 박사 16편을 합친 106편이 된다고 김명희는 밝혔다.[4] 청마는 생시에 자신에 대해 '나는 시인이 아니다'라고 공언했다.[5] 그 이유는 무엇일까. 그 해답이 그의 시관과 신념에 있다. 그는 시단의 유행에 편승하여 명성을 얻고자 무리를 짓는 얄팍한 시인이 아니었다. 시단의 흐름과 무관하게 자신의 사유(思惟)를 시로 표현하며 평생을 일관한 시인이었다. 그가 당시 유행한 모더니즘적 기교주의에 눈을 돌리지 않은 사실도 이를 말해준다.

청마는 자신의 뚜렷한 시관을 지니고, 분명한 목소리를 내는 개성적인 시인이었다. 그의 시적 개성은 1인칭 화자의 등장으로 드러난다. 이는 다음과 같은 그의 고백에 분명히 드러난다.

나의 시는 내게 있어서 언제나 제2의적(第2義的) 가치밖에 가지지 않았고, 그것은 언제나 인생에 대한 나의 사유하고 느끼는 바를 표현하는 구실을 하는 것밖에는 아니었습니다. 그러므로 해서 나는 심히

4　김명희, 『유치환시 율격 연구』, 창원대학교 대학원 석사논문, 2001.6.
5　유치환, 『제9 시집』, 한국출판사, 1957, 204쪽.

대담하게도 '나는 시인이 아니다', '진실한 시는 마침내 시가 아니어
도 좋다'고 말했던 것입니다.[6]

위 인용문에서 그는 자신의 시관을 분명히 밝혔다. "시는 언제나
인생에 대한 나의 사유하고 느끼는 바를 표현하는 구실"이라고 말했
으니, 이는 그의 시에서 시인과 화자가 궁극적으로 일치한다는 것을
의미한다. 즉 1인칭 화자가 시에 등장하는 것이 그의 시적 특징이다.

1) 경험적 화자의 서정성

시의 화자는 1인칭 화자와 창조적 화자로 크게 나뉜다. 시인 자신
이 시편에 등장하는 것이 1인칭 화자이다. 따라서 시인과 경험적 화
자는 일치한다. 예를 들면 다음과 같은 시이다. "내 죽으면 한 개 바위
가 되리라.(「바위」)" 여기서 시인은 '나'라는 화자의 목소리로 자신의
감정을 솔직히 드러냈다. 이처럼 1인칭 화자가 등장하는 시편들엔 시
인들의 생각이나 감정이 진술하게 담긴다.

반대로 창조적 화자는 시인과 일치하지 않는다. 양자가 뚜렷이 구
분된다. 이 경우 화자는 창조된 가면의 인물(persona)이거나 아니면 모
호한 존재이다. 난해한 시편일수록 그 화자의 존재는 애매하다. 현대
시에선 화자가 시인과 별개의 존재로 비특정 인물이다. 예를 들면 다

---

6 유치환, 『구름에 그린다』, 신흥출판사, 1959, 148쪽.

음과 같은 시이다. "나의 울음은 차츰 아닌 밤 돌개바람이 되어/ 탑을 흔들다가/ 돌에까지 스미면 금이 될 것이다."[7] 이 시에서 화자는 누구인지 분명하지 않지만, 시인 자신도 아닌 모호한 대상이다. 이렇게 기교적인 시일수록 시인과 무관한 비특정인인 3인칭 화자가 등장한다. 창조적 화자의 등장이 현대시의 특징이 되었다.

앞에서 인용된 청마의 글편에서 '진실한 시는 마침내 시가 아니어도 좋다'라는 주장을 다시 주목할 필요가 있다. 이때 '진실한 시'란 무엇을 의미하는가. 그것은 시인 자신의 사유를 표현한 시, 즉 1인칭 화자(경험적 화자)가 등장하는 시를 뜻한다. 반면에 '진실하지 않은 시'는 시인과 화자가 일치하지 않는 기교적인 시를 뜻한다.

"마침내 시가 아니어도 좋다"는 말의 뜻은 기교적인 시가 당시 문단의 주류이니, 그것이 현대시의 당위성이 되었다, 따라서 경험적 화자가 등장하는 시는 현대시로 인정받지 못한다는 의미이다. '좋다'란 청마의 말은 시로 인정받지 못해도 '좋다'란 뜻이다. 즉 자신은 오직 1인칭 화자가 등장하는 '진실한 시'를 쓰겠다는 강한 의지를 자신만만하게 표현했다.

이런 문맥에서 보면, "나는 시인이 아니다"라는 말도 결국 "나는 '진실하지 않은 시', 즉 기교적인 시를 쓰는 시인이 아니"라는 뜻이다. 오히려 자신은 '진실한 시'를 쓰는 참 시인이라는 사실을 강조하는 반어

---

7 김춘수, 「꽃을 위한 서시」 일부.

적 표현이다. 그의 시에 언제나 1인칭 화자가 등장한다. 이것은 시편 속의 화자와 그 밖의 시인이 일치하는 것을 의미한다. 말하자면 수필 같이 쓰인 시편이다.

그 때문에 평론가들은 그를 무기교의 시인으로 불렀다. 따라서 그가 허무의지의 시인이나 인생파 시인 등으로 평가받았다. 그가 「시인 부락」의 동인은 아니지만, 생명파로 알려진 것도 자신의 의지와 무관하다. 이것은 1930년대 모더니즘이나 기교주의 시와 상반되는 그의 시적 경향에서 비롯되었다. 미당(未堂)이 「현대시 약사(朝鮮詩 略史)」에서 그를 '생명파'에 포함시킨 것이 결정적 계기가 되어, 이후 그렇게 분류되었을 뿐이다.[8] 오히려 청마에게는 생명파보다 인생파란 말이 더 적절하다. 이는 그가 인생에 대한 자신의 사유를 시로 표현하기 위해, 항상 1인칭 화자를 등장시킨 점에 분명히 드러난다. 1인칭 화자가 등장하는 대표적인 시가 다음 시편이다.

검정포대기 같은 까마귀 울음소리 고을에 떠나지 않고
밤이면 부엉이 괴괴히 울어
남쪽 먼 포구의 백성의 순탄한 마음에도
상서롭지 못한 세대의 어둔 바람이 불어오던
융희(隆熙) 2년!

8   서정주 편저, 『현대조선명시선』, 운문사, 1950, 266쪽.

그래도 계절만은 천년을 다채(多彩)하여

지붕에 박년출 남풍에 자라고

푸른 하늘엔 석류꽃 피 뱉은 듯 피어

나를 잉태한 어머니는

짐짓 어진 생각만을 다듬어 지니셨고

젊은 의원인 아버지는

밤마다 사랑에서 저릉저릉 글을 읽으셨다.

왕고못댁 제삿날 밤 열 나흘 새벽 달빛을 밟고

유월이가 이고 온 제삿밥을 먹고 나서

희미한 등잔불 장지 안에

번문욕례(煩文辱禮)의 사대주의 욕된 후예로 세상에 떨어졌나니

신월(新月)같이 슬픈 제 족속의 태반(胎盤)을 보고

내 스스로 고고(呱呱)의 곡성(哭聲)을 지른 것이 아니련만

명이나 길라하여 할머니는 돌메라 이름지었다오.

-「出生記」

이 시편 속 융희(隆熙) 2년은 1908년으로 청마가 태어난 해이다. 당시 조선은 국력이 쇠약해져, 일제의 지배가 가속화된 시기이다. "상서롭지 못한 세대의 어둔 바람이 불어오던" 때와 "번문욕례(煩文辱禮)

의 사대주의 욕된 후예"란 표현은 조선이 처한 비운의 시대상이다.

이 시편의 화자와 청마의 출생일은 일치한다. 또 실제 인물들이 이 시편에 많이 등장한다. 그의 아명도 돌메였고, 부친은 글 읽기를 즐긴 한의원이었다. 따라서 이 시편의 내용은 청마의 자서전 기록이다. 더욱이 시의 배경인 '남쪽 먼 포구'도 그의 출생지와 일치한다. 이 때문에 그의 출생지 문제가 발생했다.[9]

거제시 둔덕면 방하리는 청마의 8대조부터 살아온 진양 유씨(晉陽 柳氏)의 집성촌이요, 그의 선영(先塋)이 있는 곳이다. 또 충무의 옛 지명인 통영은 그가 성장한 곳이다. 청마가 둔덕에서 태어나, 두 살 때 가족이 충무로 이사했다는 것이 거제 측 주장이다.[10] 통영 측은 청마가 통영에서 태어나고 자랐다고 주장한다.[11]

청마의 가족이 거제에서 통영으로 이주한 시기가 밝혀지면, 그의 출생지도 분명해진다.[12] 통영시 호적부에 그의 부친에 관한 기록이 있

9 두 도시의 행정가들이 서로 자기 고장에서 청마가 태어났다고 상반되는 주장을 폈다. 급기야 訟事로까지 확대되었다. 지나친 대립이 오히려 그 진위 파악을 힘들게 만들었다. 출생지 논란이 야기된 원인은 복잡하다. 청마와 깊은 관계가 있는 두 도시는 행정상 하나로 통합되었다가 다시 분리된 구역이다.

10 한국문협 거제지부, 『거제문학』 제15집-18집, 한국문협 거제지부, 1996-1998.

11 통영시, 『청마문학의 재조명』, 통영시, 2002.

12 거제시 둔덕면 호적부에 그의 부친에 관한 기록은 없다. 단지 전호주인 그의 조부 유지영과 현호주인 그의 백부 유근조에 관한 기록만 있다. 이 호적부는 1915년에 최초로 작성되어 그 이전 사항은 없다. 따라서 통영으로 이사 간 시기를 이 호적부로 확인할 수 없다. 단 이 호적에 그의 외조부 박순석에 관한 기록이 남아 있어, 외갓집이 이곳에 있었음을 알 수 있다.

다.[13] 이 호적부는 용남군과 거제군이 통영군으로 통합된 1914년 3월 1일 이후에 작성되었다. 하지만 그 이전 사항도 기록되어 있다. 이주한 사실이 기록된 유일한 호적이다. 이를 근거로 보면 청마는 거제에서 태어나 두 살 때에 통영으로 이사했다. 하지만 청마는 자신의 출생지를 통영이라고, 시편의 내용처럼 다음과 같이 썼다.

> 난 곳은 노도처럼 밀려 닿던 왜의 세력을 가장 먼저 느낄 수 있던 한반도의 남쪽 끝머리에 있는 바닷가 통영(현 충무시)이었습니다. (중략) 내가 자라던 집은 바닷가 비알이며 골짝 새로 다닥다닥 초가들이 밀집한 가운데 더욱 어둡고 무거워 보이는 삼도 통제사의 아문들이던 이끼 덮인 옛 청사(廳舍)와 사방의 성문(城門)이 남아 있는 선창가엔 마포(현 마산)와 하동 등지로부터 장배들이 수 없이 들이 닿고, 쌀 소금 명태 등속의 物主 집 창고들이 비좁게 잇달아 서서, 언제나 품팔이 지게꾼들이 우글거리는 고을 바닥의 중심지 가까운 행길가에 시옷자로 붙어 앉은 초라한 초가였습니다.[14]

이 글에서 그는 자신이 '난 곳'과 '자라던 집'을 분명하게 구분했다.

---

13 유준수가 1910.1.21에 거제에서 통영군(당시 용남군) 동면 신흥동 26호로 분가한 것과 1911.1.23에 통영군 통영면 동부동 5통 16호(현 태평동 552번지)로 이사한 것이 기록되어 있다.
14 柳致環, 앞의 책, 12-13쪽.

또 성장한 집에 대한 묘사를 아주 세밀하게 묘사했다. 구체적인 묘사로 그 옛 집에 오래 살아 깊은 정이 들었음을 강조했다. 그곳은 분명 통영 포구이다. 이렇게 청마 스스로 출생지를 통영으로 강조해서, 그 사실이 독자들에게 널리 알려졌다.

그러나 사후 22년이 지나서, 조상기가 이를 부인하는 증거를 제시하는 논문을 발표했다.[15] 이 논문은 역사주의 연구방법으로 작가의 생애를 중요시 다룬 실증적 논문이다. 청마의 친형인 동랑 유치진도 자신의 출생지가 거제임을 분명히 밝혔다. 자서전 속 소제목「어두운 시대의 황량한 분지」의 대목에서 이를 진술했다. 외지고 가난한 섬 거제 둔덕에서, 1905년 말(음11.19)에 자신이 출생했다고 밝혔다. 고려 때 정중부의 난을 피해서 은둔한 자들이 개척한 외진 둔덕골이 출생지임을 그는 분명히 밝혔다.[16]

또 동랑은 빈농 출신으로 주경야독하여 성공한 부친 유준수를 자랑스럽게 소개했다. 한시회(漢詩會)에도 가담한 유학자로 깔끔한 용모의 침착한 선비였다고 회고했다. 부잣집 막내딸인 모친은 농사로 고생하다, 결혼 7년 만에 통영시로 이사했다고, 그는 진술했다. 한일 합방한 해에, '나는 다섯 살이고, 청마는 두 살에, 둔덕에서 통영으로 이사했다'고, 그는 회고했다.[17]

---

15 조상기, 『柳致環 연구』, 한양대학교 대학원, 박사논문, 1989.
16 유치진, 『동랑 유치진 전집』, 서울예대출판부, 1993.1, 49쪽.
17 유치진, 『동랑 유치진 전집』, 서울예대출판부, 1993.1, 52쪽.

그러나 동랑은 출생지를 통영으로 말했다. '내가 태어난 통영(統營)은 진해 근처라, 안방까지 대포소리가 들렸다'고 그는 전과 다르게 말했다.[18] 청마나 동랑이 자신들의 출생지를 혼란스럽게 말해서, 출생지 논란이 더욱 복잡해졌다. 그들이 출생지를 혼란스럽게 말한 원인은 행정상의 문제이다. 서로 인접한 그 도시들(거제 · 통영 · 충무)이 통합 · 분리를 반복한 데에, 그 원인이 있다.[19]

전 서울대 교수 오세영 시인은 청마의 출생지는 확실하게 거제라고 지적했다.[20] 또 '현지답사로 청마의 출생지가 거제임을 확인했다'고, 박제천 시인도 발표했다.[21] 거제에서 태어난 청마가 어려서 가족 따라 충무로 이사한 후 그곳에서 성장했으니, 두 곳은 모두 그의 고향이 된다.

청마는 1929년에 일본에서 귀국하여, 통영에서 친형 동랑과 함께 「소제부」라는 회람지를 처음 발간했다. 그 창간호에 「5월의 마음」 외시 25편을 발표했다. 그 편들엔 1인칭 화자가 등장한다. 초기부터 자연을 묘사하기보다 자신의 인생관이나 철학을 화자의 목소리로 진술

18 유치진, 『東朗 自敍傳』, 서문당, 1975, 45쪽.
19 1914년에 용남군과 거제군이 통영군으로 통합. 1931년엔 통영면이 읍으로 승격. 1953년에 둘이 다시 분리, 통영군에 거제가 39년간 속했다. 1955년에 통영군에서 동영읍이 분리되어 충무시로 승격. 1995년에 충무시와 통영군이 통영시로 통합. 이렇게 거제 · 통영 · 충무는 서로 밀접한 행정구역이다.
20 오세영, 『휴머니즘과 실존, 허무의 의지 유치환』, 건국대학교 출판부, 2000, 12-13쪽.
21 박제천, 「예술성과 기록성 담긴 사진과 문학의 결합」, 『문화예술』 9월호, 한국문화예술진흥원, 1996, 49쪽.

한 의미의 마디들로 구성된 시편들이 많다. 묘사보다 자신의 철학적 사고를 진술한 아포리즘적 표현이 그의 시적 특징이다.

그의 첫 시집인 『청마시초』에 실린 초기 시편들에 반영된 주제는 개인 서정의 문제였다. 그 시편들 대부분이 사랑과 고독과 향수 같은 순박한 정서가 담긴 시편들이었다. 둘째 시집 『생명의 서(書)』에도 그런 서정성이 담겨 있다. 물론 북만주 체험이나 나라 잃은 유랑민 등의 비애감이 짙게 깔린 시편들도 있다.

그러나 제3시집 『울릉도』에선 새로운 변화가 나타난다. 개인적 사랑을 반영한 서정적 시편들보다, 현실을 비판하는 사회 시편들이 증가한다. 34편이 수록된 이 시집에 우리 사회의 혼란상을 비판하는 사회 지향적 시편들이 증가한다. 이에 속하는 대표적인 작품은 「울릉도」, 「1947년 조선에 한 달 비 내리다」, 「눈초리를 찢고 보리라」, 「조국이여 당신은 진정 고아이다」, 「서울에 부치노라」, 「호화로운 권속」, 「진실」 등 7편이 넘는다.

1950년 이후 청마는 자신의 종군 체험을 반영한 시편들을 집중적으로 발표했다. 역시 사회 편향적 시에 속하는 종군시집이 『보병과 더불어』이다. 당시 전쟁을 겪는 민족의 아픔을 사실적으로 반영한 종군시집이다. 이 시집을 정점으로 사회 편향적 그의 주제의식은 약화된다.

이후 개인적 정서를 반영한 시편들이 많아진다. 『행복은 이렇게 오더니라』에는 57편이 수록되었다. 그중에 인간의 원초적 감정과 생명의 존엄성이 주제인 42편이 있다. 즉 사랑시 13편과 생명시 29편이 이에 속한다. 그리고 사회를 비판한 시 9편과 기타 6편이 있다.

그의 말기 시집 둘에 변화가 생긴다. 『뜨거운 노래는 땅에 묻는다』엔 사랑시(6편)보다 사회시(11편)가 더 많다. 더욱이 마지막 시집인 『미루나무와 남풍』의 총 41편에 사랑시(4편)와 생명시(27편)와 사회 비판시(4편)와 기타 6편이 있다. 『미루나무와 남풍』엔 사랑 시편들이 더욱 적어진다.

청마의 시편들에 반영된 주제의식은 개인과 사회 차원으로 크게 양분된다. 개인의 원초적 본능과 생명의 존엄성이 주제인 시편들은 전기에 많다. 특히 그는 사랑과 생명을 인생의 등가물로 간주한 것이 그의 전기(前期) 서정시 특징이다.

또 후기엔 사회를 탐구·비판한 시편들이 많다. 한국전쟁의 참상이 사실적으로 담긴 시편들이 많다. 부패한 정치와 비참한 사회현상을 비판한 시편들이다. 초기에서 말기까지 사랑과 인생과 사회를 모두 시로 접근·탐구한 것이 청마의 일생이다. 따라서 일생 동안 그가 추구한 시적 여정은 사랑·인생·사회 세 갈래이며 그것이 그의 지적 주제의식의 핵심이다.

그의 시편들에 나타난 사랑은 님과 함께 누리는 기쁨이 아니라, 항상 합일될 수 없이 떨어져 있는 대상에 대한 그리움이다. 이루어질 수 없는 대상에 대해 홀로 품는 그리움이기에, 그 사랑은 항시 안타깝게 기다리고 슬프게만 느끼는 고통스런 정서이다. 그런 대표적인 시편들이 위 「그리움 1」과 「그리움 2(파도야 어쩌란 말이냐)」와 「행복」과 「아가(雅歌) 1」 등이다.

> 드디어 크낙한 공허이었음을 알리라.
> 나의 삶은 한 떨기 이름 없이 살고 죽는 들꽃
> 하 그리 못내 감당하여 애달프던 생애도
> 정처 없이 지나간 일진의 바람
> 수수(須臾)에 멎었다 사라진 한 점 구름의 자취임을 알리라.
> 두 번 또 못 올 세상
> 둘도 없는 나의 목숨의 종언의 밤은
> 일월이여 나의 주검가에 다시도 어지러이 뜨지를 말라
> 억조 성좌로 찬란한 구천(九天)을 장식한 밤은
> 그대로 나의 크낙한 분묘!
> 지성하고도 은밀한 풀벌레 울음이여 너는
> 나의 영원한 소망의 통곡이 될지니
> 드디어 공허이었음을 나는 알리라.
> 　-「드디어 알리라」

시인은 자신의 생명의 영원한 지속을 희구함에도 불구하고 결국
죽음에 이르며, 종국에 돌아가야 할 곳은 허무라는 사실을 깨닫는다.
즉 이 세계에 영원이란 없으며, 허무 자체가 영원이란 사실을 깨닫는
다.

청마는 시로 '사랑'과 '삶'과 '생명'을 탐구했다. 그 셋이 하나를 이루며 그것이 생명의 본질이다. 달리 표현하면 생명 현상은 리비도(Libido)의 표현이다. 모든 생명 현상은 맹목적 의지인 리비도를 실현하는 과정이라는 것이 정신분석학적 해석이다. 사랑의 원천인 리비도의 충동에 따라 새로운 세대로 이어지는 것이 생의 목적이다. 즉 리비도가 지향하는 궁극적인 것은 에로스(Eros)적 사랑이며, 그것이 생명의 본질이다.[22]

2) 애정 고백의 시편들

청마는 40대까지 「그리움 1·2」처럼 애련(哀戀)의 감정을 잘 드러낸 시편들을 많이 발표했다. 초기에 속하는 2편 「의주ㅅ길」과 「춘신」도 연시(戀詩) 편에 속한다. 이 시편들은 모두 시조형에 속한다. 이렇게 40대까지 전통율격에 충실한 시인이었다. 신시조에 속하는 다음 두 시편들에 그 점이 잘 드러난다.

> 장안을 나서서 북쪽 가는 천리ㅅ길
>
> 아까시야 꽃수술에 꿀벌 엉기는
>
> 이 길을 떠나면 다시 오지 안 하리니

---

22 오세영, 『유치환』, 건국대학교 출판부, 95쪽.

속눈썹 감실 감실 사랑한 너야

이대로 고이 나는 너를 하직하려노니

뉘가 묻거들랑 울지 말고 모른다소

천리ㅅ길 너 생각에 하염없이 걷노라면

하늘도 따사로이 뫼ㅅ등도 따사로이

가며 가며 쉬어 쉬어 울 곳도 많어라.

　　-청마 「義州ㅅ길」

이 시편의 9행 3연은 연시조형에 속한다. 3연이 모두 4음보율의 시
행이다. 단 2·3연의 첫·둘째 음보가 종장 자수율인 3·5 자수에 어
긋나니, 시조 형식에 속한다.

만약에 청마가 시조를 지으려 했다면, 종장의 첫 음보와 둘째 음보
의 음수율을 다음과 같이 시조 형식에 쉽게 맞출 수 있었다. 즉 6행을
'누군가 묻거들랑은 울지 말고 모른다하소'로, 또 9행을 '가는 중 쉬고
또 쉬어 울 곳도 많어라'로 손쉽게 시조 형식에 맞출 수 있다. 청마의
다음 시편도 앞 시편과 같이 신시조에 속한다.

꽃등인양 창 앞에 한 그루 피어 오른

살구꽃 연분홍 그늘 가지 새로

적은 멧새 하나 찾아와 무심히 놀다 가나니

적막한 겨우내 들녘 끝 어디메서

적은 깃을 얽고 다리 오그리고 지내다가

이 보오얀 봄길을 찾아 문안하여 나왔느뇨

앉았다 떠난 아름다운 그 자리 가지에 여운 남아

뉘도 모를 한 때를 아쉽게도 한들거리나니

꽃가지 그늘에서 그늘로 이어진 끝없이 적은 길이여

ㅏ「춘신(春信)」 전문

이 시도 「의주ㅅ길」처럼 4음보율인 3행이 1연을 구성하는 신시조
이다. 즉 3수의 연시조형이다. 이른 봄에 조그만 멧새가 살구꽃 송이
들이 핀 나무 가지에 앉아 있는 정경을 보고 느낀 1인칭 화자의 마음이
이 시편에 담겨 있다. 연분홍 꽃송이들이 핀 가지는 배경 이미저리요,
멧새가 1연의 핵이미지이다.

2연에서 '적은 깃을 얽고 다리 오그리고 지낸 멧새'는 단순한 묘사
대상이 아니다. 봄은 자연의 순리에 따라 저절로 오지만, 멧새는 적막
한 들녘에서 얼어 죽지 않고 각고의 노력 끝에 봄 꽃길을 문안 왔다.

특히 3연에서 멧새가 '앉았다 떠난 아름다운 그 자리 가지에' 남은
여운은 치열한 경쟁터에서 살아남은 멧새의 생존가치를 의미한다.
그 의미는 '그늘로 이어진 끝없이 적은 길'은 멧새의 영광스런 생존
과정임을 화자는 3연 마지막에서 강조했다. 여기서 멧새와 화자와 시

인의 생각이 일치한다.

이렇게 시인과 자연이나 대상물이 하나가 되는 합일의 정서가 서정시의 장점이라고, 슈타이거는 강조했다.[23]

슈타이거가 강조한 시인과 자연이 하나가 되는 경지의 표현이 청마의 절창인 「그리움 2」이다. "파도야 어쩌란 말이냐/ 날 어쩌란 말이냐"에 끊임없이 밀려오는 파도처럼 반복되는 감당하기 어려운 사랑의 고통이 담겨 있다. 이 시편처럼 자연과 시인이 하나가 된 작품은 드물다.

이 「그리움 2」에서 끊임없이 출렁이는 바다의 파도와 청마의 이룰 수 없는 짝사랑의 고통은 반복된다. 파도의 출렁임과 화자의 고통스런 번뇌의 반복은 일치한다. 자연 현상과 시인의 마음이 하나가 되는 경지이다. 그렇게 자연과 시인의 감정이 합일하는 순간에서 시가 탄생하는 것이 서정시의 본질이다. 표현 대상과 시인의 감정이 일치하는 순간에 시심의 싹이 튼다. 그것이 1인칭 화자가 등장하는 서정시의 특징이다.

3) 사회 비판적 시관

1949년에 간행된 『청령일기』엔 사회시는 1편뿐이고 나머지가 모두 서정 시편들이다. 그러나 해방 직후 남한 정부 수립기에 나온 『울

---

23 Emil Staiger, Grundbegriffe der Poetik, Zurich, 1996, p.218.

릉도』나 한국전쟁 중에 쓴 『보병과 더불어』와 『기도가』 그리고 전후 『행복은 이렇게 오더니라』와 4·19혁명기에 쓴 『뜨거운 노래는 땅에 묻는다』 등의 시집들엔 사회시 편들이 많다. 『제9시집』에만 유독 사회시 편들이 현저하게 적다.

청마의 사회시 편들엔 정부를 비판하고 사회모순을 고발한 우국충정의 휴머니즘이 깔려 있다. 한국 전쟁기에 발표된 시편들에도 휴머니즘이 기본을 이루고 있다. 북한군의 시신을 보며, 연민에 빠진 내용의 시편도 있다.

그는 기독교를 비판했지만, 종교 자체를 부정하지는 않았다. 다른 종교를 옹호할 목적으로 비판한 것은 더욱 아니다. 오직 기독교가 사회정의 구현에 기여하지 못함을 고발했을 뿐이다. 그는 특정한 이데올로기를 주장하지 않고, 오직 휴머니즘을 신봉했다.

초기에 청마는 인간의 영원한 존재 가치와 사랑의 고귀함을 시에 담으려 노력했다. 그것이 초기 시편들에 나타난 그의 주제의식이다. 그의 대표작 「생명의 서」라는 제목이 그것을 말해준다. 인간의 무한한 욕망과 한계의 갈등적 정서를 자신의 초기 시편들에 그렸다.

그런 개인 체험적 주제의식은 해방을 기점으로 달라진다. 전기의 주제의식이 애정의 갈등이라면, 후기엔 사회적 혼란과 정치적 부패 등을 비판하는 사회의식이 강해졌다. 하지만 천성적으로 애련의 감정이 풍부한 그는 서정 시인에 속한다.

청마의 서정적 시편일수록 시조 가락인 4음보율이 흐른다. 즉 그의

서정시 편들은 시조형에 속한다. 더욱이 평이한 그것들에 독자층의
애독성이 높다. 반대로 관념적인 한자어가 많이 쓰인 후기 사회시 편
들은 산문적으로 풀어져 있다. 따라서 그 시편들은 초기 시편들에 비
하면, 그 애독성이 떨어진다.

2. 천상병의 단시편들

심온 천상병은 대상을 묘사하는 이미저리 마디보다 자신의 마음을
진술한 의미의 마디들 위주로 구성된 진술의 시편들을 많이 썼다. 다
음 시편 「소릉조(小陵調)」도 의미의 마디로만 구성되었다.

> 아버지 어머니는/ 고향 산소에 있고//
>
> 형 누이들은/ 부산에 있는데, //
>
> 여비가 없으니/ 가지 못한다.//
>
> 외톨배기 나는/ 서울에 있고//
>
> 저승 가는 데도/ 여비가 든다면//
>
> 나는 영영/ 가지도 못하나?//
>
> 생각하니, 아, / 인생은 얼마나 깊은 것인가.
>
>   - 「소릉조(小陵調)」

소릉은 이태백의 호이다. 이 제목에서 우선 시인의 강한 자부심이

반영되었다. 이 시편의 행·연 들이 모두 짧아서 시조와 무관하게 보인다. 이 시편에 있는 14행은 모두 의미의 마디들에 속한다. 그 시행들에 반복되는 시어들이 생략되면, 다음과 같은 의미의 3마디가 나타난다. 그러면 의미의 핵인 〈저승〉이 위 자유시 편보다 아래 시조형에 더 분명하게 나타난다.

> 부모님은 선영에, 가족은 부산에 있고
> 여비가 없어 서울서 외톨배기 된 나는
> 저승도 못 갈까 하니, 인생은 참 깊다.

이 시편에 있는 시행들도 아주 짧다. 하지만, 그 짧은 3행들은 의미의 마디 하나를 이루고 있다. 시 전체에 이미저리 마디는 없고, 의미의 3마디만 있다. 그 3마디의 단일한 의미의 핵은 화자인 내가 저승에 가느냐 못 가느냐, 그 문제이다. 그 답이 원래 시편에 "영영/ 가지도 못 하나?"라고 반어적으로 제시했다. 그것이 반어적 표현임을 강조하기 위해, 심온은 "인생은 참 깊다"라고 표현했다. 인생을 깊게 파악하는 것이 종교이다. 이렇게 시심과 신앙심이 일치된다. 저승은 천당이며, 그 존재를 믿는 데서 신앙심은 생긴다.

다음 「진혼가」도 이에 속한다. 위 시편과 달리 아래 시편 「진혼가」는 이미저리 마디들로 구성되었다.

① 태고적 고요가/ 바다를 덮고 있는/ 그 곳.//

② 안개 자욱이/ 석유불처럼 흐르는/ 그 곳.//

③ 인적 없고/ 후미진/ 그 곳.//

④ 새 무덤, / 물결에 씻긴다.//

    -천상병,「진혼가」전문

이 시편은 11행(/)과 4연(//)으로 구성되었다. 전체 11행 중에 9행이 2어절이고, 나머지 2행이 3어절이다. 그렇게 짧은 시행들이 모여 4연을 이루고 있으니, 이 시편은 신시조에 속하지 않는다.

그러나 짧은 시편에 의미가 반복되는 시어들이 많다. '그 곳'과 '새 무덤'은 결국 동일한 공간이다. 따라서 같은 의미의 시어들이 3회 반복된다. 시의 제목과 연관되어 주제의식이 드러난 곳이 '새 무덤'이다. 이 새로 생긴 무덤으로 죽음이 강조되었다. 또 '인적 없다'와 '후미진'은 같은 뜻이다. 이렇게 의미가 중복된 시어들이 생략되면, 그 마디들이 분명하게 구분된다. 그러면 다음과 같은 3마디인 시조형의 완결미가 드러난다.

태고적 고요의 바다에 덥여 있는 곳.

석유불처럼 자욱히 안개가 흘러가는

후미진 그곳 물결에 새 무덤이 씻긴다.

짧은 11행의 자유시 1편이 이미저리 3마디로 분명하게 재구성되면, 좀 더 완미한 시조형이 나타난다. 동일한 내용이 단지 시행 재배치만 으로, 자유시에서 시조형으로 바뀐다면, 시/시조 구분은 무의미하다. 더욱이 혼란스럽게 구분된 11행이 간결한 3마디로 바뀌면 애송성이 향상된다. 마디들이 분명하게 구분될수록 애송성이 향상되는 사실이 다음 시편 「갈대」 분석으로 확연히 드러난다.

환한 달빛 속에서/ 갈대와 나는/ 나란히 소리 없이 서 있었다.//

불어오는 바람 속에서/ 안타까움을 달래며/ 서로 애터지게 바라보 았다.//

환한 달빛 속에서/ 갈대와 나는/ 눈물에 젖어 있었다.

- 천상병, 「갈대」

모두 9행 3연(//)으로 구성된 이 시편의 구조는 단순하다. 첫·둘째 행 "환한 달빛 속에서/ 갈대와 나는"이 반복된다. 중복된 부분들이 생 략되면, 이미저리의 마디들 셋이 아래와 같이 분명하게 구분된다.

바람 부는 환한 달빛 속에 나란히 서서ㄱ

갈대와 난 서로 애터지게 바라만 보며ㄱ

말 없이 눈물에 젖어 안타까움을 달랬다.ㄱ

원래 자유시 「갈대」의 9행엔 의미가 중복으로 표현된 부분들이 많이 있다. 그것들이 모두 사라지면, 위와 같이 이미저리 3마디가 분명한 시조 단수가 된다. 이렇게 짧은 시행 9개가 의미 3마디로 재구성되면, 의미의 변화가 없이 자연스럽게 시조형이 나타난다. 이처럼 자유시 편이 간소화되어 시조형으로 바뀌면, 그 완미성이 나타난다. 그런 현상은 다음 「귀천」에도 나타난다.

나 하늘로 돌아가리라
새벽빛 와 닿으면 스러지는
이슬 더불어 손에 손을 잡고, //
나 하늘로 돌아가리라
노을빛 함께 단둘이서
기슭에서 놀다가 구름 손짓 하며는, //
나 하늘로 돌아가리라
아름다운 이 세상 소풍 끝나는 날,
가서, 아름다웠더라고 말하리라… //
- 천상병, 「귀천」

9행 3연(//)인 이 시편에서 첫행 "나 하늘로 돌아가리라"가 3회 반복된다. 반복된 시행과 단어들이 생략되면, 이 시편의 마디들이 다음과 같이 셋으로 분명하게 구분된다.

기슭에서 이슬 손잡고 노을빛과 놀다가

이 소풍 끝내고 구름 따라 하늘로 돌아가

이승은 아름다웠다고 나는 꼭 말하리라,

이미 앞에서 밝힌 것처럼 청마나 심온의 자유시 편들에 시조형들이 많이 내재한 사실이 드러났다. 두 시인들은 독자층의 반응이 좋은 20세기 대표적인 시인에 속한다.

심온 천상병(深瑥 千祥炳: 1930-1993)은 참 시인이었다. 자신의 시집 제목 「천상병은 천상 시인이다」처럼 시인답게 청빈한 삶을 살았다. 금전만능의 자본주의 사회에서 그는 늘 시만을 생각하며 살았기에, 평생 직업이나 집을 변변하게 갖지 못했고, 생활도 극도로 곤궁할 수밖에 없었다. 가난을 숙명으로 받아들인 무욕의 시인이었다. 오직 시 창작을 평생 직업으로 삼았기에, 그는 '천상 시인'으로 불린다.

심온은 1930년 경남 마산시 진동면에서 태어났다. 그는 마산 상북초등학교에 입학하고 1년 뒤에 부모님을 따라 일본으로 갔다. 일본 중학 2학년에 광복을 맞아 귀국했다. 마산중학 5학년 때, 『죽순』에 시편 「피리」와 「空想」을 발표했다. 6·25전쟁으로 부산에 피난 온 서울상대에 입학했다. 재학 시절에 송영택, 김재섭 등과 시동인지 『處女』를 발간했다.

1952년 청마의 추천인 「강물」과, 모윤숙의 추천인 「갈매기」를 『문예』지에 각각 발표하여 심온은 정식으로 등단했다. 이듬해 조연현의 추천을 받고, 「나는 거부하고 저항할 것이다」로 평론 활동도 시작했다.

그는 『새』와 『주막에서』와 『천상병은 천상 시인이다』와 『저승 가는 데도 여비가 든다면』과 『귀천』과 『구름 손짓하며는』과 『아름다운 이 세상 소풍 끝나는 날』 등을 발간했다. 사후에도 『나 하늘로 돌아가네』와 시와 산문 전집 등이 나왔다. 출간된 시집들은 많지만, 중복 수록된 시편들이 많아 발간된 권수에 비해, 상대적으로 시편들의 총수는 적다.

사후에 그의 시에 대한 독자들의 반응은 더욱 높아졌다. 유독 그의 사망 직후에 독자층의 인기가 높았다. 서울의 대형서점에 그의 시집만이 진열된 상설 코너가 있을 정도였다. 의정부예술회관에서 그의 서거 10주년을 추모하는 행사가 거행되었다. 그를 추모하는 천상병 문학 축제가 해마다 열린다.

평론가 김우창 교수는 "천상병은 우리 시대 최후의 서정시인이다"라고 극찬했다.[24] 그의 타계로 시인의 전설시대가 막을 내렸다'는 것이 김재홍 교수의 지적이다.[25] 이처럼 그에 대한 높은 인기와 극찬의 언급들이 이어진 원인이 있다.

그것은 그의 천진한 서정성에 있다. 서정시가 쇠퇴하는 시대에 그

24 김우창, 「천상병 씨의 시」, 『주막에서』, 민음사, 1979.
25 김재홍, 「무소유 또는 자유인의 초상-천상병론」, 『현대문학』, 1993.6.

의 소박한 서정미가 더욱 소중하게 인정받았다. 결정적 원인은 그가 비극의 주인공인 점이다. '동백림사건'의 비참한 희생자가 그였다. 그 사건의 개요는 다음과 같다.

이 사건의 핵심 인물은 국내 헤겔학파의 거두로 알려진 임석진 철학박사이다. 그는 동베를린 북한대사관을 접촉해서, 북한을 방문한 전 과정을 당시 대통령에게 직접 말했다고 방송에서 고백했다. 대통령의 지시로 정보부가 유럽의 유학생들이나 예술인들을 불법으로 납치·고문했다.[26]

독일에 가지도 않은 심온은 이 사건으로 체포되어 전기고문을 당하고 6개월 후에 풀려났다. 이후 그는 심한 고문의 후유증에 시달렸다.[27] 그 고통을 잊으려 폭음하다 마침내 거리에 쓰러져, 서울시립정신병원의 행려병자가 되었다. 그 사실을 모르는 친지들은 그가 사망한 것으로 간주해 유고시집 『새』를 발간했다. 이렇게 살아서 유고시집이 나온 특이한 경력의 소유자가 되었다. 당시 고문당한 고통을, 그

---

26 독일에서 활동하던 예술가와 독일 유학생 등 194명이 연루된 간첩사건이다. 윤이상 등 6명에게 사형과 4명에게 무기징역이 선고되었다. 하지만 국제사회의 강력한 항의로 관련자들 모두 석방되었다. 35년 후에 MBC가 이 '동백림 사건'을 방영했다. 이 프로그램에 관련자들이 많이 출연했다. 대통령에게 사건 전모를 보고한 임 교수와 수사과장과 혐의자들과 재판장과 변호사 등이 참석했다. 혐의자들 중엔 통일에 대한 열정과 호기심으로 간 유학생들이 대부분이었다. 그들은 2~3백 불의 여비를 받고 방북했다. 북한 공작원들에게 이용당한 순진한 유학생들이 대부분이었다. 그중엔 북한 중심의 통일에 확신을 가진 소수도 있었다.

27 서울대 민족주의비교연구회 관련 학생들과 심온도 검거되어 고문을 심하게 당했다. 그는 당시 고문으로 폐인이 되었다. 그는 아내에게 빨간 옷을 입지 못하도록 했다.

는 다음 시편에 고백했다.

언제 몇 년이었는가
아이롱 밑 와이샤쓰 같이
당한 그 날은
…중략…
내 살과 뼈는 알고 있다
진실과 고통
그 어느 쪽이 강자인지를….
　　- 「그날은」 일부

　세 번 당한 전기고문으로 생식 능력을 잃었다는 사실을 심온은 그 사건 종료 20년 후에 고백했다.[28] 고문 후유증을 잊으려 평생 음주를 계속했다. 가난하게 살며 세속에 초연하여, 무소유의 삶을 즐긴 기행과 일화를 남겼다. 40대에 결혼하기까지 집도 없이 식객으로 지냈다. 그런 상황이 다음 시에 잘 반영되어 있다.

가난은 내 직업이지만
비쳐오는 이 햇빛에 떳떳할 수가 있는 것은

28　신경림, 「천상병, 순진무구한 어린아이의 마음과 눈」, 『시인을 찾아서』, 우리교육, 1998.

이 햇빛에도 예금 통장은 없을 테니까….

- 「나의 가난은」 일부

심온은 가난이 직업인 순진무구한 시인이다. 그는 문인들에게 늘 천 원을 당당하게 차용한 것으로 유명하다. 그래서 어느 시인은 그에게 '문화 걸인'이란 꼬리표를 붙였다.

1) 천진한 서정미

천상병 시인의 특징은 '천진성'이다. 비록 그가 동료 문인들에게 '세금'을 받아 술을 마시곤했지만 그의 기행이 '천진성'에서 비롯되었기에, 그를 미워하거나 비난하는 이들은 없다. 문인들은 그를 안타깝게 기억했다.

소설가 천승세는 '평화만 쪼으다 날아가 버린 파랑새'라는 글에서 천상병을 평화주의자로 보았다. 그는 애오라지 예술적 창의(創意)에서 환희를 발견했다.

문학적 성과에 연연하지 않았다. 예술성을 외면하고, 개인적 명리추구에 빠지지 않고, 예술의 텃밭에서 순수만을 쪼아대는 새처럼, 현실의 굴레를 벗어나서, 그는 무한한 자유를 갈망하며 살려고 노력했다.

환한 달빛 속에서 갈대와 나는
나란히 소리 없이 서 있었다.

불어오는 바람 속에

안타까움을 달래며

서로 애터지게 바라보았다.

환한 달빛 속에서

갈대와 나는

눈물에 젖어 있었다.

  - 「갈대」 전문

1951년 12월 『처녀지』에 발표된 이 시편은 천상병 특유의 순수성
이 잘 드러나는 명시에 속한다. 속세의 잡음이 흔들리지 않는 고요한
공간에서 화자는 갈대와 마주 서 있다. 자연과 시인은 완전 합일의 교
감을 나누고 있다. 이렇게 시인이 사회 현실에서 받은 서러움을 치유
하고 위로받을 수 있는 유일한 대상이 자연이다. "갈대와 나는/ 눈물
에 젖어 있었다"란 표현에 이 점이 잘 드러나 있다.

강물이 모두 바다로 흐르는 그 까닭은

언덕에 서서

내가

온종일 울었다는 그 까닭만은 아니다.

밤새

언덕에 서서

해바라기처럼 그리움에 피던

그 까닭만은 아니다.

언덕에 서서

내가

짐승처럼 서러움에 울고 있는 그 까닭은

강물이 모두 바다로만 흐르는 그 까닭만은 아니라.

  -「강물」 전문

이 시의 시간 배경도 역시 '밤'이다. '밤새 언덕에 서서 해바라기처럼 그리움에 피던'일 때문에 화자는 울고 있다. 그 울음의 원인은 무엇인지 분명히 알 수 없다. 그보다 중요한 것은 자연과 화자의 일치감이다. 강물의 흐름과 인생의 허무함이 일치됨이 시의 강조 포인트이다. 이는 인간의 숙명적인 슬픔이요, 근원적인 허무의식임을 상징한다.

시는 가장 진실하다는 것이다. 거짓말하는 시는 시가 아니다. 시는 가장 진실의 진실이다. 우리는 진실을 떠나서는 살 수 없다. 기쁨도 진실의 한 의미이다. …중략… 우리는 진실을 위하여 살고 있다. 인생의 진실은 여기저기 깔려 있다. 이것을 표현하는 것이 시다. 시를 읽고 짜증을 낸다면 그 시는 가짜이다. 나는 이런 시는 쓰지 않았다. 되도록 인생의 참뜻을 알리려고 했다.

나는 시를 단시간에 쓰는 편이다. 그러나 쓸 때만은 단시간이지 그 시를 구상하는 데는 많은 시일이 걸린다. 한 번 착상을 하면 이렇게 쓸까 저렇게 쓸까 하고 많은 시일이 걸린다.[29]

이 글편에 시의 진실성을 중요시하는 심온의 시론이 잘 드러나 있다. 그는 난해한 시를 가짜 시로 보았고, 진실한 시를 좋은 시로 보았다. 특히 그는 진실한 시를 쓰기 위해 많은 시간 동안 구상한다고 고백했다. 이런 진실의 시관은 이 시의 추천자인 청마의 시관과 일치한다. 청마도 다음과 같이 시의 진실성을 강조했다.

나의 시는 내게 있어서 언제나 제2의적(第2義的) 가치밖에 가지지 않았고, 그것은 언제나 인생에 대한 나의 사유하고 느끼는 바를 표현하는 구실을 하는 것밖에는 아니었습니다. 그러므로 해서 나는 심히 대담하게도 '나는 시인이 아니다', '진실한 시는 마침내 시가 아니어도 좋다'고 말했던 것입니다.[30]

---

29   천상병, 「나의 詩作의 의미」, 『나 하늘로 돌아가리라』, 지상, 1988, 163쪽.
30   유치환, 『구름에 그린다』, 신흥출판사, 1959, 148쪽.

위 인용문에서 청마는 자신의 시관을 분명히 밝혔다. "시는 언제나 인생에 대한 나의 사유하고 느끼는 바를 표현하는 구실"이라고 말했으니, 이는 그의 시에서 시인과 화자가 궁극적으로 일치한다는 것을 의미한다. 즉 1인칭 화자가 시에 등장하는 것이 그의 시적 특징이다. 진실한 시는 시인과 화자가 일치하는 시이다.

위 글에서 '진실한 시는 마침내 시가 아니어도 좋다'는 청마의 말에 중요한 의미가 있다. '진실한 시'란 시인 사유(思惟=생각)가 담긴 시, 즉 1인칭 화자가 등장하는 시편을 뜻한다. 따라서 '진실하지 않은 시'는 시인과 화자가 일치하지 않는 기교적인 시를 뜻한다.

여기서 "마침내 시가 아니어도 좋다"는 뜻은 기교적인 시가 당시 문단의 주류를 이루고 있어서, 그것이 당위적인 시가 되었다. 따라서 경험적인 화자가 등장하는 시편을 시로 인정받지 못한다는 의미가 담겨 있다. 또 '좋다'란 말 속에 시로 인정받지 못해도 자신은 오직 경험적인 화자가 등장하는 '진실한 시'를 쓰겠다는 청마의 의지가 담겨 있다.

우리는 시를 읽으면서, 어렵다고 생각해서는 안 된다. 쉽게 판단해야 한다. 어렵다고 생각되는 시는 시가 아니다. 수필적으로 읽을 수 있는 시가 좋은 시라고 나는 생각한다. 사소로운 일에서 인생의 근본을 생각하게 하는 것이 시다. 믿음과 생활은 시의 근본이라는 것이 나

의 생각이다. 어려운 말이 개입할 여지가 나에게는 없는 것이다.[31]

심온은 난해한 시를 배척하고, 쉽고 진실한 시를 명시로 보았다. 특히 수필적인 시가 좋은 시라고 하였다. 여기서 수필시란 청마가 말하는 경험적인 화자가 등장하는 시편이다. 즉 시편들 속에 등장하는 화자와 시인이 일치하는 시이다. 이런 시를 그는 진실한 시로 보았다. 따라서 심온의 시편들 속에 가족이나 지인 같은 실존 인물들이 많이 등장한다. 예를 들면 아내·장모·박봉우·김용기·한무숙 같은 인물들이 등장한다. 시적 화자와 시인이 일치하는 시를 심온은 진실한 시로 보았다.

이처럼 청마나 심온은 당시 시단에 유행하는 대여(김춘수) 식 시관과 대립되는 개성적인 시인들에 속했다. 이런 일치된 관점에서 심온은 청마의 추천을 받을 수 있었다. 더욱이 경험적 화자가 등장하는 소박한 서정시 편들을 비시(非詩)로 보는 것이 대여 김춘수이다. 그가 한국 시단을 주도한 시기부터 우리 현대시가 더욱 난해해져, 자유시와 시조의 거리가 더 멀어졌다.

청마와 대여의 대립적 시관의 차이는 재평가될 문제이다. 즉 시의 순수 애독성과 난해한 예술성의 가치 기준이 새롭게 재정립되어야 현대시의 생명이 회생될 수 있다. 이는 한국시의 세계화를 위해 매우

---

31 천상병, 「나의 詩作의 의미」, 앞의 책, 167쪽.

중요한 쟁점이다. 한국 시평단이 이 논제를 외면하면 허상에 불과하다.

2) 애잔한 외톨이 의식

주변 사람들은 그를 기인이나 문화 걸인, 광인이나 괴물 등으로 불렀다. 하지만, 그는 의연하고 당당하게 말하고 행동했다. 그에 관한 많은 일화들에 따르면, 그가 남의 눈치를 보는 사람이 결코 아니었음이 잘 드러난다. 그러나 일련의 시편 속에서 나타난 그의 참 모습은 알려진 것과 다르다.

오늘 아침에 다소 행복하다고 생각하는 것은
한 잔의 커피와 갑 속의 두둑한 담배,
해장을 하고도 버스값이 남았다는 것.

오늘 아침에 다소 서럽다고 생각하는 것은
잔돈 몇 푼에 조금도 부족이 없어도
내일 아침 일도 걱정해야 하기 때문이다.

가난은 내 직업이지만
비쳐오는 이 햇빛에 떳떳할 수가 있는 것은
이 햇빛에도 예금통장은 없을 테니까…

나의 과거와 미래

사랑하는 내 아들딸들아,

내 무덤가 무성한 풀섶으로 때론 와서

괴로웠음 그런대로 산 인생, 여기 잠들다. 라고,

씽씽 바람 불어라…

    -「나의 가난은」 전문

「귀천」과 함께 비교적 널리 알려진 작품이다. 화자는 가난을 '직업'이라고 말한다. 사실 그는 1964년경 부산시장의 공보비서를 한 것 이외는 평생 이렇다 할 직업을 갖지 못했다. 그래서 늘 그는 아내에게 용돈을 타서 쓰면서 살았고, '예금통장' 같은 것은 가져본 적이 없다.

그는 조금 남다른 데서 행복을 느꼈다. '한 잔의 커피'와 '두둑한 담배갑'과 '해장 밥값과 버스비' 등 지극히 소소한 것이었다. 이렇게 그는 지극히 소박한 일상사에서 행복을 찾았다.

그러나 일상의 틀 속에서 그런 대로 사는 것 같은 삶 속엔 깊은 괴로움과 슬픔이 깔려있다. 심층에 숨겨진 고통이 마지막 연에 나온다. '나의 과거와 미래'와 '아들·딸들'에게 그것을 말한다. 사실 심온에겐 자녀들이 없다. 결국 '자신에게 건네는 말' 그것은 절대 고독감이다.

어느 날 일요일이었는데

창에서 참새 한 마리
날아 들어왔다.
이런 부질없는 새가 어디 있을까?
세상을 살다보면 별일도 많다는데
참으로 희귀한 일이다.

한참 천장을 날다가 달아났는데
꼭 나와 같은 어리석은 새다.
사람이 사는 좁은 공간을 날다니.
  - 「창에서 새」 전문

   이 시편에 시인의 외톨이 의식이 잘 드러난다. 사람이 사는 좁은
공간에 들어온 참새 한 마리가 시인과 동일시된다. 자연 속에 있지 않
고 사람의 거주 공간으로 날아든 새에게 시인은 '이런 부질없는 새가
어디 있을까?'라고 말을 걸고 있다.
   새와 사람이 사는 공간은 분리되어 있다. 그런데 인간의 영역에 들
어온 이 '부질없는 새'는 '어리석은 나'와 일치된다. 새도 화자도 현실
에 적응하지 못하는 점에서 일치한다. 이 외톨이 의식인 고독감은 그
의 시에서 큰 비중을 차지한다.

3) 시심과 신앙심의 일치

천상병 시인의 시편들에는 새들이 많이 등장한다. 그 새의 이미지에 담긴 의미의 비중이 크다. 불행한 현실을 초월하려는 기독교적 내세관인 그의 주제의식이 새의 이미지에 많이 반영되어 있다.

> 외롭게 살다 외롭게 죽을
> 내 영혼의 빈 터에
> 새 날이 와, 새가 울고 꽃잎 필 때는,
> 내가 죽는 날
> 그 다음날.
>
> 산다는 것과
> 아름다운 것과
> 사랑한다는 것과의 노래가
> 한창인 때에
> 나도 도랑과 나뭇가지에 앉은
> 한 마리 새.
>
> 정감에 가득 찬 계절,
> 슬픔과 기쁨의 주일,
> 알고 모르고 잊고 하는 사이에

새여 너는

낡은 목청을 뽑아라.

살아서

좋은 일도 있었다고

나쁜 일도 있었다고

그렇게 우는 한 마리 새.

- 「새 1」 전문

이 시편에서 '영혼의 빈 터'는 저승이다. 그곳에서 우는 새가 바로
저승새이다. '새 날이 와'란 저승 세계가 열린다는 뜻이다. 화자와 저
승새의 만남은 사후의 세계를 의미한다. 이승의 행·불행을 초월하
여 우는 새가 저승새이다. 그 새의 울음엔 이승의 행·불행이나 희로
애락의 감정이 없다. 저승 새를 상상하며, 그는 현실을 초월한다.

원래 새는 땅과 하늘을 오가는 중간적 존재이다. 하지만 이 시편에
선 저승새는 지상과 천상을 왕래하며, 미래의 하느님과 이승의 현재
인간을 연결하는 매개자이다. 즉 살아 있는 이들에게 사후의 노래를
불러주는 영매자적 존재가 저승새이다.

심온의 이승의 새를 보며, 저승의 무한한 창공을 날아가는 저승새
를 상상한다. 그래서 살아 있는 자신에게 들리는 저승의 노래를 상상
한다. 그것이 생사를 초월한 주제의식이다. 그는 '새의 비상'이란 이
미지를 활용하여, 지상의 온갖 속박에서 벗어나 무한한 자유의 공간

을 갈구했다. 그 자유는 하느님을 믿어야 보장되는 기독교적 사상이다. 이를 바탕으로 이승에서 저승으로 해탈하는 자유가 보장된다. 따라서 심온은 현재의 하늘에서 비상을 새를 보며 미래 천국의 자유와 행복을 꿈꾸었다.

가지에서 가지로
나무에서 나무로
저 하늘에서
이 하늘로,
아니 저승에서 이승으로
새들이 즐거이 날아오른다.

맑은 날이나 궂은 날이나
대자대비(大慈大悲)처럼
가지 끝에서
하늘 끝에서…

저것 보아라,
오늘 따라
이승에서 저승으로
한 마리 새가 날아간다.

이 두 작품은 동일한 제목을 가지고 있다. 첫 작품 '새'는 '내 영혼
의 빈 터에'서 '살아서 좋은 일도 있었다고 나쁜 일도 있었다'고 이야
기해 주는 존재이고, 두 번째 작품의 새는 '가지에서 가지로' 또는 '저
하늘에서 이 하늘로', '저승에서 이승으로' 날아다니는 새이다. 이 새는
곧 나의 분신이다. 이 외에 '한낮의 별빛(부제: 새)'이라는 시도 '새'를 소
재로 하고 있어서, 그의 시 세계에서 '새'라는 존재는 매우 특별한 의
미를 지닌다. 그가 꿈꾸는 이상적 세계를 왕래하는 매개적 상징물이
다. 이승에서 저승으로, 지상에서 천국으로 승천하는 상징이 새의 이
미지이다.

돌담 가까이
창가에 흰 빨래들
지붕 가까이
애기처럼 고이 잠든
한낮의 별빛을 너는 보느냐…

슬픔 옆에서
지겨운 기다림
사랑의 몸짓 옆에서

맴도는 저 세상 같은
한낮의 별빛을 너는 보느냐…

물결 위에서
바윗덩이 위에서
사막 위에서
극으로 달리는
한낮의 별빛을 너는 보느냐…

새는
온갖 한낮의 별빛 계곡을
울고 있다.
   - 「한낮의 별빛」

심온은 의도적으로 위 시행들을 독특하게 시각적으로 배치했다. 앞 3행과 뒤 2행을 가지런하지 않고 엇갈리게 배치했다. 이 시편에 그는 지상적 이미저리와 천상적 이미지를 대립적으로 배치했다. 시적 초월을 강조하기 위해, 그는 지상의 현실과 천상의 이상계를 분명하게 구분했다.

심온이 현실 초월 의지를 가장 잘 반영한 대표작이 「귀천」이다. 그는 때로 기인 취급도 받으며, 사회에서 따돌림을 당한 외로운 국외자였다. 그래서 이승의 삶을 '저승의 소풍'으로 표현했다. 소풍은 잠시 동안의 외출이다. '이슬 더불어 손에 손을 잡고', '노을빛'과 함께 어울리는 소풍은 구름의 손짓에 따라서 끝난다. 그만큼 허무의식이 그의 시편들에 짙게 깔려 있다.

> 나 하늘로 돌아가리라
> 새벽빛 와 닿으면 스러지는
> 이슬 더불어 손에 손을 잡고,
>
> 나 하늘로 돌아가리라
> 노을빛 함께 단둘이서
> 기슭에서 놀다가 구름 손짓하며는,
>
> 나 하늘로 돌아가리라
> 아름다운 이 세상 소풍 끝나는 날,
> 가서, 아름다웠더라고 말하리라…
> - 「귀천」(주일)

이 시편은 만사를 초월한 심온의 마음이 투명하게 담긴 명시이다. 이 세상은 한낱 나들이에 불과하니, 사람들이 궁극적으로 돌아갈 곳은 하늘나라뿐이라는 심온의 시심이 잘 드러나는 시편이다. 그렇게 그의 시심과 신앙심은 일치한다.

1·2연에서 심온은 이승의 삶을 이슬이나 노을같이 짧은 나들이에 비유했다. 인생이란 긴 것 같지만, 실은 한낱 새벽빛에 스러지는 이슬이나 노을빛처럼 잠시이다. 짧은 인생에서 이슬이나 노을처럼 순수한 아름다움을 강조하기보다, 그가 궁극적으로 추구하는 것은 현실 초월 의지이다. 다음 「진혼가」·「소릉조(小陵調)」·「달」 등의 시편들에 그의 현실 초월의지가 잘 반영되어 있다.

> 태고적 고요가
> 바다를 덮고 있는
> 그 곳.
>
> 안개 자욱이
> 석유불처럼 흐르는
> 그 곳.
>
> 인적 없고
> 후미진
> 그 곳.
>
> 새 무덤,

물결에 씻긴다.

  -「진혼가」전문

"저쪽 죽음의 섬에는 내 청춘의 무덤도 있다"라는 니체의 인상적인
말이 이 시편의 부제이다. 이 말이 시 해석의 단서를 제공한다. 청춘
의 무덤은 '새 무덤'이다. 심온은 과거를 회상하며, 죽음을 인식한다.
그렇게 이승과 저승은 가깝게 느끼는 것이 그의 시심이다. 다음 「소
룽조」에서도 이승과 저승은 일치된다.

아버지 어머니는

고향 산소에 있고

외톨배기 나는

서울에 있고

형과 누이들은

부산에 있는데,

여비가 없으니

가지 못한다.

저승가는 데도
여비가 든다면

나는 영영
가지도 못하나?

생각하니, 아,
인생은 얼마나 깊은 것인가

- 「소릉조(小陵調)」

이 시편에는 빈곤으로 발생하는 사회적 소외감이 잘 담겨 있다. 추석에 차비가 없어 고향에도 못 가는 1인칭 화자를 등장시켜, 사회적 단절감과 그에 따른 외로움을 표현한 심층시조형이다. 단순한 가난 타령에 끝나지 않는 것이 이 시편의 장점이다.

5연은 '저승 가는 여비'라는 재치 있는 표현으로 시작된다. "저승 가는 데도/ 여비가 든다면// 나는 영영/ 가지도 못하나?"라는 의미는 자조적 체념이 아니라 반어적 강조이다. 즉 저승에 못 간다는 뜻이 아니라, 빈부 격차가 없는 저승에 떳떳하게 갈 수 있음을 강조했다. 가난하지만 이승에서 진실하게 살면, 저승의 천당에선 영원한 행복을 누릴 수 있다는 종교적 신념을 표현했다.

심온의 신앙심은 마지막 연에서 빛난다. "생각하니, 아, / 인생은 얼마나 깊은 것인가"라는 구절에서 신앙심은 극대화된다. 즉 종교적 깨달음에서 진정한 행복감이 생긴다는 사실을 그는 강조했다. 이 시에 대해 김우창은 '삶에 대한 투명한 개방성'이라고 평했다.[32] 더 적절하게 표현하면, 종교적 행복감은 그의 시심과 일치한다. 이 일치점이 잘 드러나는 시편이 위 「소릉조(小陵調)」와 아래 「하늘」이다.

무한한 하늘에
태양과 구름 더러 뜨고,
새가 밑 하늘에 날다.

내 눈 한가히 위로 보며
하늘 끊임없음을 인식하고,
바람 자취 눈여겨 보다.

아련한 공간이여,
내 마음 쑥스러울 만큼 어리석고,
유한 밖에 못 머무는 날 채찍질하네.
　　- 「하늘」

32　김우창, 「천상병 씨의 시」, 『주막에서』, 민음사, 1979.

이 시편에서 유한한 땅과 달리 하늘은 무한한 자유를 누릴 수 있는 광활한 공간이다. 짧은 순간의 삶을 누리는 지상과 달리, 하늘에선 영원한 생명이 보장되는 무한한 공간이다. 그 하늘을 우러러 보며, 화자는 지상의 짧은 생명을 초월하여, 하늘에서 절대자 하느님에 의지하여 영생을 누리려는 신앙심이 그의 시심이다.

유한한 지상과 무한한 영적인 세계를 왕래하는 매개체가 바로 새라고 심온은 생각한다. 기독교 관점에서 인간이 추구하는 궁극적 이상은 천당이다. 하늘을 보고 천당을 느끼며, 영생을 꿈꾸는 것이 기독교인들의 신앙심이다. 이승에서 느끼는 불행은 순간이지만, 하늘의 천당에서 누리는 행복은 영원하다고 믿으며, 현실에서 느끼는 짧은 고통을 저승의 영원한 행복감으로 보상받으려는 것이 기독교인들의 꿈이다. 심온의 그 꿈이 앞 시편 「귀천」과 함께 이 시편에 잘 담겨 있다.

사회적으로 소외·고립된 심온은 하늘을 쳐다보며, 비로소 현실에서 해방되려고 시를 쓴다. 하늘을 바라보는 종교적 발심에서 그의 시심은 시작된다. 따라서 화자가 갈구하는 진실과 자유가 영원히 보장되는 초월적 이상향은 하늘의 천당이다. 이런 신앙심에서 그 무욕의 시심이 나왔다. 그의 시편들에 나타난 주제의식은 사회적 소외감을 극복하려는 현실 초월 의지와 일치한다. 무욕의 신앙심과 그의 시심은 일치한다.

심온은 평생 변변한 직업을 가지지 못했다. 집도 자식도 없었다. 사회적으로 철저히 소외된 외톨이었다. 그 외로움과 소외 의식에서

벗어나려, 그는 오직 신앙심에 의지해 살며, 평생 시를 썼다. 구도의
자세로 시를 쓰면서, 심온은 하느님을 만났다. 달리 말하면, 하느님을
만나기 위해, 그는 시를 썼다. 따라서 그의 가슴에서 신앙심과 시심은
일치된다. 현실의 불행을 극복·초월하려고, 심온은 항상 미지의 천
상계를 갈망했다. 따라서 그는 이승과 저승의 갈림길에서 죽음을 의
식한다. 그 갈등의 죽음의식이 그의 시편들에 짙게 깔려 있다.

심온의 시심은 언제나 현재의 삶과 죽음 이후의 미래 사이를 왕래
하는 것이 특징이다. 이것은 그가 이승과 저승의 경계를 살았다는 것
을 의미한다. 따라서 저승의 영원한 삶에 비하면, 이승에서 누리는 자
신의 삶은 지극히 짧다고 생각했다. 그래서 그것을 '소풍'에 비유했
다. 그런 시심이 「소릉조(小陵調)」에 잘 담겨 있다.

심온의 시편들엔 유독 새가 많이 등장하는 사실도 같은 의미로 해
석된다. 새들은 이승의 땅과 저승의 하늘을 왕래하는 매체이다. 그는
새를 보면서 이승과 저승을 동시에 인식한다. 즉 이승에서 저승의 영
원성을 깨닫는 철저한 신앙심에서 그의 시심(詩心)이 생긴다.

이승에서 느끼는 불행은 순간이고, 저승의 행복은 영원하다고 믿
는 독실한 신앙심이 그가 느끼는 행복감의 원천이다. 따라서 그는 시
를 쓰면서 가난한 실업자의 사회적 소외감과 외로움을 극복하는 신
앙적 위안을 받았다.

하느님을 믿으면 천당에 간다는 신앙적 구도의 자세로, 그는 오직
시 쓰기에 인생의 전부를 걸었다. 따라서 그의 시심과 신앙심은 분리

될 수 없는 하나의 정신세계이다. 신앙심에 바탕을 둔 시심은 종교적 진리와 일치되니, 그의 시 쓰기는 신앙적 구원의 길이요 행복의 원천이었다.

그런 신앙심을 지녔기에, 그는 유행에 편승하여 명성을 얻고자, 시단의 눈치를 살피거나 유파를 만들거나 소속되지 않으려 했다. 전후 모더니즘에 경도하여, 난해한 추상 시편들을 결코 쓰지 않았다. 시단의 흐름에 휩쓸려, 무의미한 기교 시편들을 쓰지 않았다. 그는 오직 1인칭 화자를 등장시켜, 자신의 마음을 진술하는 자아표출의 기법으로 일관했다. 그렇게 고집스럽게 시편들을 쓴 것이 그의 시적 진실성을 방증(傍證)한다. 따라서 사후에 그의 시편들에 대한 독자층의 애독성이 매우 높았다. 그는 1인칭 화자만을 등장시켜, 자신의 분명한 목소리를 계속 유지한 서정 시인이었다. 따라서 그의 시편들엔 가족이나 친지 같은 실제 인물들이 많이 등장한다. 이런 경험적 화자를 등장시킨 진실한 시편들을, 그는 생의 마지막까지 썼다. 이런 점에서 두 시인들의 시관은 일치한다. 따라서 심온도 역시 청마처럼 무기교의 순수한 서정 시인에 속한다.

기형도,
기억의 혼융과
사랑의 열도(熱度)

강민숙 * 시인, 아이클라 입시전문학원 원장

1. 여는 말

　기형도에 관한 선행 연구를 검토해 본 결과, 기형도의 삶과 작품의
유기적 연관 하에 기형도 시에 대해 접근한 논문이 희박하다는 생각이
다. 그중 유희석(2003)[1]의 연구가 돋올하다. 그러나 1980년대의 시대
적 의미에 천착하여 기계적 반영론의 몇몇 편향된 작품 해석들은 설
득력이 없다.

　오히려 강금실 전 법무부 장관의 해석과 감상이 설득력이 있다.

　　　주위 사람들에게 기형도의 시를 이야기할 때 나는 그의 시가 겪어
　　야 했던 역사와 과도한 정치적 상황과 그의 내면이 만나는 지점의 고
　　통에 대하여 이야기하였다. 「대학시절」뿐만 아니라, 내가 받아들이
　　기에는 「입속의 검은 잎」은 80년대 초 광주의 체험이었고, 「장미빛 인
　　생」은 고문이 시작되는 밀실의 상황이었다. 그러나 최근에 이르기까
　　지 과문한 탓이겠지만, 그의 시를 이야기하는 평론에서 나와 같은 해
　　석은 발견할 수 없었다.[2]

1　유희석, 「기형도와 1980년대」, 『창작과비평』 제122호, 2003, 292~312쪽.
2　강금실, 「기형도의 대학시절」, 『시와시학』 제39호, 2000, 270쪽.

「입속의 검은 잎」을 80년대 초 광주의 체험과 연관시켜 해석한 강금실의 직관은 정확한 것이었지만, 엄밀성이 부족하다. 필자는 본론에서 기형도의 일대기와 산문을 통해 이를 면밀히 해석하고자 한다.

기형도에 대한 그 밖의 논의들은 유고시집에 실린 김현의 해설, 「영원히 닫힌 빈방의 체험 - 한 젊은 시인을 위한 진혼가」의 수준을 넘지 못하는 수준에서 비슷한 주제의 되풀이 수준이라고 생각된다. 본론에서 다루는 정과리의 「죽음 옆의 삶, 삶 옆의 죽음」[3] 역시 마찬가지이다. 정과리는 기형도의 죽음을 지나칠 정도로 신비화시키고, 기형도의 시작품을 순수 - 텍스트로서 절대주의적 내재론의 비평 관점에 서 있다.

시 작품은 시인의 삶에서 독립되어 감상될 수 있다. 그러나 시 작품이 시인의 삶에서 고립될 수는 없는 것이다. 시는 시인의 삶과 의식의 산물이므로, 시를 통해서 시인과 대화를 나누고 그와 그의 시를 '이해'하기 위해서는 그의 삶과 의도에 접근하려는 노력이 필요하다. 이와 같은 관점에서 이 보고서는 『기형도 전집』(기형도 편집위원회 엮음, 문학과지성사, 1999)을 중심 자료로 삼아, 첫 시집이자 유고시집인 『입속의 검은 잎』에 실린 작품의 미적 특질을 기형도가 남긴 일기, 작품 메모, 그리고 기형도의 일대기를 바탕으로 그 연관성을 탐구해 본다.

---

3 정과리, 「죽음 옆의 삶, 삶 안의 죽음」, 『문학과 사회』 통권46호, 문학과지성사, 1999, 779~807쪽.

유의하고 있는 점은 이 연구가 작가의 일대기와 산문을 나열하는 데 빠지는 것이다. 이러한 나열을 바탕으로 작품과 기계적 연관성을 찾는 낡은 전기론적 방법론에 빠지지 않도록 연구의 방향을 설정했다. 연구의 진행과정에서 심화되겠지만, 본 연구의 초점은 작품의 미적 특질 분석과 의미 해석에 있다는 방향을 유지하고자 한다.

2. 1980년대의 형벌 같은 죄의식과 기형도의 기억의 혼융

이 보고서는 기형도에 대한 다음과 같은 평가에 담긴 사유를 비판하고자 하는 문제의식에서 시작된다.

> 기형도의 죽음이 특이하긴 하지만 예외적인 죽음이 아니다. 그런 일은 언제든지 일어날 수 있다. [4]

삶은 죽음으로 이어진다는 것은 누구나 부정할 수 없는 통념이므로, '기형도의 죽음 또한 "언제든지 일어날 수 있다"와 같은 명제는 자연의 현상으로 당연하지 않은 것은 아닐 수 없겠지만, 정과리와 같이 평가하는 것은 인쇄 평면 위의 활자가 아닌, 시인의 특수한 심미(審美)

---

[4] 정과리, 「죽음 옆의 삶, 삶 안의 죽음」, 『문학과 사회』 통권46호, 문학과지성사, 1999, 788쪽.

와 정신에 대한 이해를 확장시키는 해석의 태도라고 보기는 어렵다. 문학작품은 인쇄 평면상의 활자로 존재하는 것이 아니다. 원(原)저자인 기형도의 삶과 정신을 배제한 채, 그가 살아오면서 느껴야 했던 불안과 소외를 먼저 이해하려는 데서 접근해야 한다. 어떤 하나의 해석법을 '권위'로 추종하여 따라갈 수는 없다.

문학은 본래 삶에 대한 절실한 바람이다. '죽음'은 살고자 하는 절실한 바람의 '역설'일 것이다. 기형도의 죽음은 '우연'일 뿐, 그가 스스로 죽음을 향해 갔다고 신비화해야 할 일이 아니다. 그 스스로 죽음을 향해 갔다고 신비화하는 것은 기형도에게 있어서 모독일지도 모른다.

김현은 그의 시 전체가 이미 죽음 덩어리였다는 것을 밝혀낸다. '한 젊은 시인의 진혼가'라는 부제를 달고 있는, 유고 시집의 해설 「영원히 닫힌 빈방의 체험」에서 김현은 정확하게도 죽음의 운동성을, 그 무시무시한 불가역적인 진행을 철저하게 묘사한다.[5]

라고 정과리는 평하고 있다. 기형도에 대한 김현의 해석은 '시' 또는 '예술'을 신비화하는 데 관심이 집중되어 있다. 신비화의 전술은 죽음이다. 죽음은 우리가 체험할 수 없다는 점에서 신비적이다. 기형도가 요절했으므로 그의 시 또한 신비하고 기이하고 천재적이라는 것이

---

5   정과리, 위의 글, 1999, 780~781쪽.

다.

"김현에 의해 '그로테스크 리얼리즘'이라는 이름을 부여 받은 후에"[6] 기형도 시의 정신의 정체는 무엇인지 고민하지 않고, 심지어 기형도 시에 나타난 죽음의 불안 요소를 확장하여 "죽음의 덩어리"로 그의 시 정신을 절대화하는 방향은 기형도의 삶을 왜곡하거나 심지어는 모독할 수도 있다.

열무 삼십 단을 이고
시장에 간 우리 엄마
안 오시네, 해는 시든 지 오래
나는 찬밥처럼 방에 담겨
아무리 천천히 숙제를 해도
엄마 안 오시네, 배춧잎 같은 발소리 타박타박
안 들리네, 어둡고 무서워
금간 창 틈으로 고요히 빗소리
빈방에 혼자 엎드려 훌쩍거리던

아주 먼 옛날
지금도 내 눈시울을 뜨겁게 하는

---

6 정과리, 위의 글, 1999, 788쪽.

그 시절, 내 유년의 윗목

　 -「엄마걱정」 전문[7]

　위 시는 기형도가 살았던 시대에 도시의 변두리에서 유년을 보낸 세대라면 쉽게 공감할 수 있는 기억의 보편이다. 영국 출신의 미국시인 윌리엄 윌리엄스(William Carlos Williams: 1883~1963)가 처음 사용했다는 '새로운' 관습적 장치인 라인브레이크(line break: 문법적 통사구조를 깨트리는 행 바꿈)를 썼다는 점[8]과 "해는 시든 지"와 같이 추상을 구상화하는 표현기법[9]의 사용 등등이 이 시를 새롭게 할 뿐, 시장에 열무를 팔러 간 엄마를 기다리는 아이의 불안과 금이 간 유리창, 전깃불이 들어오지 않는 방에서 숙제를 하던 등등의 기억은 기형도 세대, 1960년에 출생한 세대가 지니는 유년의 보편 기억이다. 이 시 어디에도 "죽음의 덩어리"는 없다. '빈 방의 불안'과 '어둠'은 푸근하고 밝은 삶을 소망하는 유년 정신의 역설일 뿐이다. 1989년 3월 7일 만 29세의 생일을 앞두고 서울 종로의 '파고다 극장'에서 심장마비로 돌연사했다[10]는 그의 불행한 죽음을 확장시켜 그의 시 전체를 "죽음의 운동성"이나 "죽음의 덩어리"로 단정 지을 수는 없다. 기형도의 죽음은 1969년 그의

7　기형도,「엄마걱정」, 기형도 편집위원회,『기형도 전집』, 문학과지성사, 1999, 134쪽.
8　라인브레이크는 향가「모죽지랑가」나 송강, 황진이 등의 시조에서 이미 사용되었다.
9　이 또한 황진이, 송강 정철의 시조나 한시 등에서 이미 사용한 기법이다. 이런 표현기법은 일상화되어 일상의 대화에서도 쉽게 사용한다. "내 마음이 찢어진다"와 같이.
10　『기형도 전집』, 위의 책, 346쪽.

부친이 중풍으로 쓰러졌던 점¹¹을 보아, 그의 사인(死因)인 심장마비에 의한 돌연사는 아버지로부터 이어지는 가족의 병력으로 보인다. 기형도는 1980년대라는 "죽음의 시대", "어둠의 시대"에 감수성이 가장 민감한 청년시절을 보냈던 것이고, 그의 민감한 감수성이 시대의 어둠과 죽음의 불안의식 등이 유년의 불행했던 기억과 혼용되면서 다음과 같은 시가 창작되었다고 본다.

> 택시 운전사는 어두운 창밖으로 고개를 내밀어
> 이따금 고함을 친다. 그때마다 새들이 날아간다
> 이곳은 처음 지나는 벌판과 황혼,
> 나는 한번도 만난 적 없는 그를 생각한다.
>
> 그 일이 터졌을 때 나는 먼 지방에 있었다
> 먼지의 방에서 책을 읽고 있었다.
> (중략)
> 그해 여름 많은 사람들이 무더기로 없어졌고
> 놀란 자의 침묵 앞에 불쑥불쑥 나타났다
> 망자의 혀가 거리에 흘러 넘쳤다
> 택시 운전사는 이따금 뒤를 돌아다본다

---

11 『기형도 전집』, 위의 책, 344쪽.

나는 저 운전사를 믿지 못한다, 공포에 질려

나는 더듬거린다, 그는 죽은 사람이다

그 때문에 얼마나 많은 장례식들이 숨죽여야 했던가

그렇다면 그는 누구인가, 내가 가는 곳은 어디인가

나는 더 이상 대답하지 않으면 안 된다, 어디서

그 일이 터질지 아무도 모른다, 어디든지

가까운 지방으로 나는 가야 하는 것이다

이곳은 처음 지나는 벌판과 황혼,

내 입 속에 악착같이 매달린 검은 잎이 나는 두렵다.

　- 「입속의 검은 잎」[12]

　위의 시는, 평론가 김현이 "죽음의 덩어리" 또는 "죽음으로 가는 운동성" 이라고 기형도 시의 심미적 특질을 규정한 후 그와 관련해 회자되는 시이다. 그의 첫 시집이자 유고시집이 되어 버린 『입속의 검은 잎』의 표제시이다.

　과연 기형도의 시는 "죽음의 덩어리" 인가? 만 29세를 며칠 앞두고 시집 출간을 위해 계속되는 밤샘 작업으로 정신과 육체가 극도로 지쳐 버린 그가, 아버지로터 이어온 가족의 병력으로 인해 종로의 파고다극장에 심장마비로 돌연사했다고 과연 그의 시가 "죽음의 덩어리"

12　『기형도 전집』, 위의 책, 72-73쪽.

가 될 수 있는가?

　　이제 광주로 간다. 방금 전 강 선생과 헤어졌다. 뙤약볕이 내리쪼
이는 전주터미널. "내가 내 생(生)에 얼마나 불성실했던가, 생을 방기
했고 그 방기를 즐겼던가를 서고사 일박을 통해 깨달았다."고 터미널
층계를 내려오면서 강선생에게 고백하였다.

　　노트를 펼치다가 놀랐다. 표지에 HOPE라고 씌어 있었다. 내 여행
이 '지칠 때까지 희망을 꿈꾸기' 위해서였다면 이 노트 또한 내 의지
를 돕고 있었던 것이다. (중략)

　　망월동 공원묘지를 찾아갈 결심을 하였다. (중략) 이 사람들이 모두
죽음의 공포를 겪었던 사람들일까. 어찌 보면 그랬다.[13]

　기형도의 「입속의 검은 잎」은 1988년 여름 그의 광주 망월동 여행
체험에서 비롯된 것으로 보인다. 1980년대의 청년들은 누구나 '광주'
를 생각하면 '살아남은 자의 슬픔과 죄의식'으로부터 자유롭지 못하
다. 기형도 역시 그랬다. 짧은 여행을 준비하고 광주로 바로 가지 못
하고, 먼저 대구로 갔다가, 전주를 거쳐 광주로 가면서, "내가 내 생에
얼마나 불성실했던가" 하고 반성한다. 일종의 성지 순례를 앞둔 자기
참회다. 그리고 "내 여행이 '지칠 때까지 희망을 꿈꾸기 위해서였다면

13　기형도, 「짧은 여행의 기록」, 『기형도 전집』, 위의 책, 1988, 304-305쪽.

이 노트 또한 내 의지를 돕고 있었던 것이다"라고, 어둡고 불안한 시대 상황의 8월 염천(炎天)에 희망을 꿈꾸고자 했던 것이다.

기형도는 광주 망월동 제3묘원에서 이한열(李漢烈)[14]의 어머니를 만난다. 기형도는 이한열의 연세대 선배이다.

50대로 보이는 기사가 나를 보며 말했다. "이한열(李漢烈)의 어머니예요." 나는 좌석 앞으로 옮아갔다. 여인이 힘없이 인사를 했다. "묘지 다녀가세요?" 나는 "한열이 선뱁니다. 연세대학교 선배예요." (중략) "1년 전이지요. 7월 5일이에요. 3남매 중 큰아들이지요." 한열이 어머니는 한숨을 토하듯, 그러나 힘없이 중얼거렸지만 멋모르고 캔만 빨아먹는 어린 손녀딸의 손을 힘들여 쥐고 있었다. 그럴 수도 있다. 우리 어머니의 뒷모습과 너무 흡사했고, 그것은 감상(感傷)도 계시도 아니었다. 망월동 공원묘지 제3묘원은 찌는 듯이 무더웠고 그것은 고의적인 형벌 같았다.[15]

기형도의 연세대학교 후배였던 이한열은 1987년 7월 5일 연세대학교 앞에서 시위 도중 최루탄에 맞아 사망하게 되고, 기형도는 그의 장례식에 참여했었나 보다. 그리고 1988년 광주 망월동 제3묘원에서 이

---

14 1966년 전남 화순 출생. 연세대 경영학과 재학 중인 1987년 7월 5일 연세대에서 시위 도중 사망함.
15 기형도, 위의 책, 1988, 305-306쪽.

한열의 어머니를 만난다. 그 당시의 폭염을 "고의적인 형벌"이라고 적었다.

「입 속의 검은 잎」은 바로 기형도가 후배인 이한열의 죽음과 장례식, 광주 망월동 순례 체험 등이 뒤섞인 기억과 형벌 같은 죄의식과 불안을 표현한 것이다. 그것을 "죽음의 덩어리"나 "죽음으로 가는 운동성"이라고 단정 짓는 것은, 자신의 불성실함을 반성하며 진실한 삶을 열망했던 기형도의 시인의 삶과 의도를 왜곡하는 것이다.

3. 거세 콤플렉스의 반대편에서 오는 불안과 유년의 가난 체험

기형도는 1960년 경기도 옹진군 연평리에서 출생했다. 부친 기우민(奇宇民)의 고향은 연평도 맞은편의 황해도이다. 그는 월남 피난민이었다. 기형도의 아버지는 면사무소에 근무했다고 한다.[16]

> 그리고 나는 우연히 그곳을 지나게 되었다
> 눈은 퍼부었고 거리는 캄캄했다
> 움직이지 못하는 건물들은 눈을 뒤집어쓰고
> 희고 거대한 서류뭉치로 변해갔다

16 『기형도 전집』, 위의 책, 343쪽.

무슨 관공서였는데 희미한 불빛이 새어나왔다

유리창 너머 한 사내가 보였다

그 춥고 큰 방에서 서기書記는 혼자 울고 있었다!

눈은 퍼부었고 내 뒤에는 아무도 없었다

침묵을 달아나지 못하게 하느라 나는 거의 고통스러웠다

어떻게 해야 할까, 나는 중지시킬 수 없었다

나는 그가 울음을 그칠 때까지 창밖에서 떠나지 못했다

그리고 나는 우연히 지금 그를 떠올리게 되었다

밤은 깊고 텅 빈 사무실 창밖으로 눈이 퍼붓는다

나는 그 사내를 어리석은 자라고 생각하지 않는다

　- 「기억할 만한 지나침」 전문[17]

　위의 시는 관공서의 '서기(書記)'에 대한 회상 장면과 그와 유사한 처지의 '나'를 병치한 몽타주 기법의 시이다. '서기'는 집으로 돌아오지 않았고, 그의 어린 아들은 아버지를 모시러 관공서로 갔는데, 아버지는 유리창 앞에 서서 혼자 울고 있었던 것이다. 어린 아들 앞에 울고 있는 모습을 보이게 되면, 아버지가 민망할까 봐 어린 아들은 "침묵을 달아나지 못하게 하느라 나는 거의 고통스러웠다"라고 할 정도로, 존재를 숨긴다. 아버지의 울음을 멈추어 주고 싶지만, 그가 울음

---

17 『기형도 전집』, 위의 책, 67쪽.

을 그칠 때까지 서 있어야 했던 유년의 기억. 그런데 어느 새 아버지 만큼 성장하여 어린 시절의 아버지 모습 그대로 깊은 밤 눈이 퍼붓는 사무실 창밖을 바라보며 유리창에 서 있는 '나'는 "나는 그 사내를 어리석은 자라고 생각하지 않는다"라고 아버지를 이해한다.

기형도의 불안의식을 구성하는 또 다른 한 요소는 오이디푸스 왕 이야기에서 비롯되는 거세 콤플렉스와는 반대로 이질화(異質化)되어 있는 아버지에 대한 기억의 혼용이 아닐까 한다. 아버지에 대한 유년 체험의 기억과는 상반된 오이디푸스 왕 이야기에서 비롯된 거세 콤플렉스를 진리의 보편으로 받아들인다면, 그것 또한 의식의 혼란과 불안의 요소로 작용케 된다. 기형도의 아버지는 거세의 불안과 공포로 기억되어 사라져 주기를 바라는 대상으로 기억화되어 있지 않다. 그 반대다. 유년 시절 기형도의 불안과 공포는 아버지가 사라질지도 모른다는 데서 비롯된다. 1969년 중풍으로 쓰러진 아버지로 인해 만 아홉 살밖에 안 된 그가 겪어야 했던 가난, 아버지가 돌아가시고 난 뒤 닥쳐올 미래에 대한 불안, 그리고 아버지의 죽음 이후의 가난 속에서 어머니에게 절대적으로 의존할 수밖에 없었던 민감한 소년기를 보내야 했던 기억과 1980년대의 죽음의 시대를 대학교에 입학해 청년시절을 보내야 했던 불안과 죄의식이 혼용된 것이 기형도 시의 한 축을 형성한 것이 아닐까 한다.

그해 늦봄 아버지는 유리병 속에서 알약이 쏟아지듯 힘없이 쓰러지셨다. 여름 내내 그는 죽만 먹었다. 올해엔 김장을 조금 덜해도 되 겠구나, 어머니는 남폿불 아래에서 수건을 쓰시면서 말했다. 이젠 그 얘긴 그만 하세요 어머니. 쌓아둔 이불에 등을 기댄 채 큰누이가 소리 질렀다. 그런데 올해에는 무들마다 웬 바람이 이렇게 많이 들었을까. 나는 공책을 덮고 어머니를 바라보았다. 어머니, 잠바 하나 사주세 요. 스펀지마다 숭숭 구멍이 났어요. 그래도 올 겨울은 넘길 수 있을 게다. 봄이 오면 아버지도 나으실 거구. 풍병風病에 좋다는 약은 다 써 보았잖아요. 마늘을 까던 작은누이가 눈을 비비며 중얼거렸지만 어머 니는 잠자코 이마 위로 흘러내리는 수건을 가만히 고쳐 매셨다.

- 「위험한 가계(家系), 1969」 부분[18]

  중풍으로 아버지가 쓰러지고 난 뒤 찾아온 가족의 가난과 불안, 그 와중에 막 열 살이 된 '나'는 전깃불도 없이 남폿불에 아래에서 공부 를 하고 있다. 이때 기형도는 경기도 시흥군의 소하리에 이사 와서 시 흥초등학교에 다니고 있었다. "상장을 라면 박스에 담을 정도로 많이 탄 그의 성적은 늘 최상위권이었다"[19]고 한다. 이곳은 급속한 산업화 에 밀린 철거민·수재민들의 정착지이자, 도시 배후의 근교 농업이 성한 농촌이었다고 한다. 부친 기우민(奇宇民)이 중풍으로 쓰러지기

18 『기형도 전집』, 위의 책, 92쪽.
19 『기형도 전집』, 위의 책, 343쪽.

전까지는 집안은 유복했다고 한다. 아버지가 중풍으로 쓰러지고 난 후 극심한 가난을 겪어야 했지만, 기형도는 신림중학교 졸업식 때는 졸업생 대표였고, 중앙고등학교를 우등으로 졸업한 뒤, 연세대학교 정법계열에 입학해서 정치외교학을 전공하고 중앙일보사에 입사한다. 아버지가 쓰러지고 아버지의 죽음 이후 가난 속에서 불안했지만, 삶의 열도(熱度)는 치열했고, 자기 삶에 누구보다 충실했다고 본다.

　기형도만이 그러한 것은 아니었지만, 1980년대의 대학 시절은 학문에 대한 순정과 미래에 대한 개인의 소망이 철저하게 억압받던 시대였다.

　　　　나무의자 밑에는 버려진 책들이 가득하였다
　　　　은백양의 숲은 깊고 아름다웠지만
　　　　그곳에서는 나뭇잎조차 무기로 사용되었다
　　　　그 아름다운 숲에 이르면 청년들은 각오한 듯
　　　　눈을 감고 지나갔다, 돌층계 위에서
　　　　나는 플라톤을 읽었다, 그때마다 총성이 울렸다
　　　　목련철이 오면 친구들은 감옥과 군대로 흩어졌고
　　　　시를 쓰던 후배는 자신이 기관원이라고 털어놓았다
　　　　존경하는 교수가 있었으나 그분은 원체 말이 없었다
　　　　몇 번의 겨울이 지나자 나는 외톨이가 되었다
　　　　그리고 졸업이었다, 대학을 떠나기가 두려웠다

"몇 번의 겨울이 지나자 나는 외톨이가 되었다"는 그의 고백에서 누구보다 민감한 감수성을 소유한 청년 시인의 고독과 아픔의 단면을 느끼게 된다. 나무의자 밑에 가득하게 버려진 책들, 나뭇잎조차 무기로 사용되는 대학의 교정에서 그는 은백양의 아름다움을 느끼지만 그 아름다움을 '노래'하기 힘겨운 시대 상황에 있었던 것이다. 감옥과 군대로 흩어지는 친구들과 들려오는 총성 속에서 플라톤을 읽었던 기형도 시인. 그는 사회에 나아가 중앙일보사에 입사한다. 1986년에는 문화부로 자리를 옮기고 1988년 편집부로 다시 옮기지만, 1984년 중앙일보에 입사하고 1985년 그가 배속된 부서는 정치부였다.

4. 맺는 말

기형도의 첫 시집이자 유고시집인 『입속의 검은 잎』의 표제시 「입속의 검은 잎」은 1989년 그의 사망 이후 발표된다. 기형도는 1988년 여름 휴가를 이용하여 대구·전남 등지로 홀로 여행한다. 본론에서 밝힌 대로 그는 망월동 제3묘원에서 그의 대학교 후배인 이한열 열사의 어머니를 만난다. 그는 그곳의 여름 더위를 "고의적인 형벌"이라

---

20 『기형도 전집』, 위의 책, 43쪽.

고 적어 놓았다.

"그 일이 터졌을 때 나는 먼 지방에 있었다 / 먼지의 방에서 책을 읽고 있었다 / 문을 열면 벌판에는 안개가 자욱했다 / 그해 여름 땅바닥은 책과 검은 잎들을 질질 끌고 다녔다 / 접힌 옷가지를 펼칠 때마다 흰 연기가 튀어나왔다 / 침묵은 하인에게 어울린다고 그는 썼다 / 나는 그의 얼굴을 한 번 본 적이 있다 / 신문에서였는데 고개를 조금 숙이고 있었다 / 그리고 그 일이 터졌다, 얼마 후 그가 죽었다 / 그의 장례식은 거센 비바람으로 온통 번들거렸다 / 죽은 그를 실은 차는 참을 수 없이 느릿느릿 나아갔다 / 사람들은 장례식 행렬에 악착같이 매달렸고 / 백색의 차량 가득 검은 잎들은 나부꼈다 / 나의 혀는 천천히 굳어갔다, 그의 어린 아들은 / 잎들의 포위를 견디다 못해 울음을 터트렸다 "(「입속의 검은 잎」 부분)"에서 볼 수 있듯이 이 장례식 장면은 이한열의 장례식 장면에 대한 기억이 1987년 6월 항쟁 이후의 장례식에 대한 기억들과 혼융되어 있다. 검은 잎은 '만장'의 은유이다. "그 때문에 얼마나 많은 장례식들이 숨죽여야 했던가 / 그렇다면 그는 누구인가, 내가 가는 곳은 어디인가 / 나는 더 이상 대답하지 않으면 안 된다, 어디서 / 그 일이 터질지 모른다, 어디든지 / 가까운 지방으로 나는 가야 하는 것이다 / 이곳은 처음 지나는 벌판과 황혼, / 내 입 속에 악착같이 매달린 검은 잎이 나는 두렵다 "(「입속의 검은 잎」 부분)"로 끝나는 이 시에서 볼 수 있듯이 기형도 시인은 자기 시대의 아픔--계속되는 죽음--을 상징하는 '만장', 그 '검은 잎'--그것은 기형도 유년 의식에 최초의 불안과 두려움의 원형이 된 아버지의 죽음과 연계되어 얽혀 있다.-- "내 입 속에 악착같이 매달린 검은 잎"은 시를 쓸 때마다 시의 흐름을 끼어들 수밖에 없는 개인과 시대의 기억인 것이다.

　그러나 기형도 시인의 삶과 그의 시들이 "죽음으로 운동하는" "죽음의 덩어리"였다고 신비화할 수는 없는 것이다. "이제 광주로 간다. (중략) 노트를 펼치다가 놀랐다. 표지에 HOPE라고 씌어 있었다. 내 여행이 '지칠 때까지 희망을 꿈꾸기' 위해서였다면 이 노트 또한 내 의지를 돕고 있었던 것이다"라고 그의 의식에 명백히 희망의 열도(熱度)가 의지로 내재화되어 있었던 것이다.

　1983년 대학시절에 '윤동주 문학상' 당선작으로 뽑힌 「식목제」를 보면, 삶에 대한 그의 열도(熱度)는

　　보느냐, 마주보이는 시간은 미루나무 무수히 곧게 서 있듯

　　멀수록 무서운 얼굴들이다, 그러나

　　희망도 절망도 같은 줄기가 틔우는 작은 이파리일 뿐, 그리하여 나는

　　살아가리라 어디 있느냐

　　식목제植木祭의 캄캄한 밤이여, 바람 속에 견고한 불의 입상立像이

　되어

　　싱싱한 줄기로 솟아오를 거냐, 어느 날이냐 곧이어 소스라치며

　　내 유년의 떨리던, 짧은 넋이여

- 「식목제」 마지막 부분[21]

　"내 유년의 떨리던, 짧은 넋"이 "불의 입상이 되어" "싱싱한 줄기로
솟아오를 거냐"라고 제시된다. 누이의 죽음, 아버지의 쓰러짐과 죽
음, 계속되는 가난은 전교 최상위권의 성적이었지만 그는 "외톨이"일
수밖에 없었다. 그러나 그는 "싱싱한 줄기"의 솟구침을 바랐다. 그러
나 그의 입은 "악착같이 매달린 검은 잎"이 있었다. 싱싱한 줄기의 솟
구침을 노래하기에 그가 살았던 시대는 어둠과 죽음과 불안과 두려
움의 시대였고, 시대의 아픔을 민감하게 수용한 기형도 시인의 정직
성과 진실성은 그의 시 전반을 어둡게 했다. 시와 문학이 구원일 수
있는 것은 죽음을 향해 가는 것이 아니라 삶을 가로막는 죽음을 껴안
아 보여줄 수 있을 때 가능한 것이다.

　　　안개는 그 읍의 명물이다.
　　　누구나 조금씩은 안개의 주식을 갖고 있다.
　　　여공들의 얼굴은 희고 아름다우며
　　　아이들은 무럭무럭 자라 모두들 공장으로 간다.
　　　　- 「안개」 마지막 부분[22]

21　『기형도 전집』, 위의 책, 86쪽.
22　『기형도 전집』, 위의 책, 35쪽.

인간에 대한 기형도 시인의 사랑은 깊고 아름답다. 루카치를 열심히 읽으며, 루카치의 환멸적 리얼리즘에 공감한 듯하다. 그러나 리얼리스트로서의 냉엄한 시선 그 반대편으로 뻗쳐 있는 내면의 뜨거운 슬픔이 가슴 아리다. 김승옥의 「무진기행」의 한 구절을 따와 변형시켰지만, 이것은 경기도 시흥을 흐르는 안양천의 모습이고, 그 지역 공단 지역의 모습이다. "여공들의 얼굴은 희고 아름다우며"라고 말하는 자아의 내면은 얼마나 아팠을까? 그것은 그의 누나들일지도 모르는데. 자신은 수재로서 명문대에 진학했지만, 그 주변의 "아이들은 무럭무럭 자라 모두들 공장으로 간다."

그래서 기형도는 "이제 광주로 간다. 방금 전 강 선생과 헤어졌다. 뙤약볕이 내리쪼이는 전주터미널. 내가 내 생(生)에 얼마나 불성실했던가, 생을 방기했고 그 방기를 즐겼던가"라고 했는지 모른다. 그랬을 것이다. 생활의 불성실을 돌아보고, 치열하고 성실한 자세로 자신과 주변의 삶을 사랑하고 희망의 의지를 내재화하고자 다녀온 1988년 광주 망월동 제3묘원의 순례 뒤 1년 후 1989년 3월 7일 새벽 심장마비로 그는 불행하게도 돌연사했다. 그의 죽음을 지나칠 정도로 신비화하고 그의 삶과 시에 내재된 삶의 열도를 외면한 채 그의 시 전체를 "죽음으로 가는 운동"과 "죽음의 덩어리"로 규정하는 것은 시와 시인에 대한 왜곡이 될 수 있으며, 심지어는 "모독"마저 될 수 있다는 점을 좀 더 반성해 봐야 할 것이다.

아동문학의 이해와 창작

- '놀이'의 독서와 글쓰기

차희정 * 평론가

** 이 글의 2장은
『솟대문학』100호(2015년)에 게재된 글을
수정, 보완하였다.

아동문학이 무엇인지에 대한 개념적 이해는 어렵지 않다. 아동문학은 어린이는 물론 어린이의 마음을 동경하는 어른들을 독자로 이해하고 쓴 모든 저작이다. 이재철 선생의 말씀을 빌리면 아동문학은 "문학의 본질에 바탕을 두면서 어린이를 위해, 어린이가 함께 갖는, 어린이가 골라 읽어온 또는 골라 읽어갈 특수문학(特殊文學)으로서 동요, 동시, 동화, 아동소설, 아동극 등의 장르를 통칭"(李在撤, 『兒童文學槪論』, 瑞文堂, 2003, 9쪽)한다.

즉, 아동문학은 어린이와 어린이의 마음을 간직하고(갖고) 싶은 성인을 위한 문학이라는 것인데, 주목할 것은 아동문학이 어린이를 위해서 무엇인가를 전달해주어야 한다는 목적을 갖는다는 점이다. 그 '무엇인가'는 어린이의 '사고와 마음의 자람'이다.

그러나 이러한 아동문학의 목적은 과제가 아니다. 어린이의 생각을 자라게 해 주려는 것이 과제가 되어서는 안 된다는 것이다. 그렇기 때문에 아동문학은 건강하고 긍정적인 판단과 의지를 전달하면서 어린이의 생각을 자라게 하지만 이것이 밀린 과제를 해결하듯 강제되어서는 안 된다. 교훈과 계몽의 목적이 날 것으로 전달된다면 어린이들은 억압과 강제를 느끼게 될 것이고 급기야는 책 읽기를 거부할 수도 있다. 당연하다. 책 읽기는 즐거움이 가장 우선되는 행위이기 때문이다. 다양한 정보와 지식, 교훈을 얻기 위해서 책을 읽는다면 이는 얼마나 갑갑하고 지루한 일인가!

아동문학이 '어린이를 위해' 창작된다는 목적 때문에 특수문학으로 지칭하지만 문학의 본질에 충실해야 한다는 점에서 굳이 특수문학으로 구분하지는 않는 까닭을 상기해야 할 것이다. 아동문학은 분명 어린이를 교육하려는 목적을 가지고 있지만 우선하는 것은 문학적 성취와 완성도이다. 이는 여느 문학과 다르지 않기 때문이다.

1. 아동문학은 놀이이다

폴 아자르(Paul Hazard)는 『책·어린이·어른』에서 어린이를 위한 책은 당장의 이익과 목적에서 물러서 "아이들 마음밭에 건강한 '씨앗'을 하나 뿌려 놓는 일"에 최선을 다한다고 말했다. 건강한 씨앗이란 무엇일까? 짐작하듯 생명의 존엄을 알고 사람을 존중하고 이해하며 배려하는 생각과 태도이다. 좋은 책은 어린이에게 밝고 긍정적인 생각을 키울 씨앗을 뿌리고 그것이 건강하게 뿌리내리기를 소원하는 것으로 정체성을 드러낸다.

그러나 이러한 '씨앗 뿌리기'는 문학적 형상화에 성공해야 한다. 즉, 아동문학이 문학이라는 것을 잊어서는 안 된다는 것이다. 폴 아자르도 이야기했듯 좋은 어린이 책은 어린이들에게 다양한 정보와 지식을 제공해서 지성과 이성을 단련시킨다. 그러나 이를 사용하여 당장의 이익을 생산하지는 못한다. 그리고 지식과 정보를 좇으며 생활에 이용하려는 '의도된 독서'를 방해한다.

좋은 어린이 책은 즐거움을 좇으며 무엇보다 '재미'를 우선하고 중요하게 여긴다. 어린이들은 좋은 책을 읽는 동안에 이야기 속 인물과 사건 전개에 몰입하면서 긴장과 통쾌의 감정을 만끽하게 될 것이다. 어린이 독자는 재미있다고 생각한다. 그리고 재미있다고 말한다. 아동문학이 긍정적 사고와 바른 인성을 배양하고 지식과 정보를 전달하려는 목적에 앞서 '문학의 본질'에 충실해야 함은 이러한 까닭이다.

그렇다. 아동문학은 '재미'있어야 한다. 재미는 그것이 문학으로 평가 받을 수 있는 가름대이다. 재미있는 동화는 우선 이야기 속 인물이 살아 있는 듯 그 성격이 말과 행위를 통해서 직접적으로 드러난다. 사건 또한 단순하지 않아서 전개 과정에서 독자가 긴장을 잃지 않는다. 어린이는 재미있는 이야기에 푹 빠져서 자연스럽게 지식과 정보를, 또 가르침과 지혜를 전달받을 수 있어야 한다. 아동문학은 어린이의 지성과 이성을 단련하겠다는 목적에 우선하여 '문학으로서의 성취'에 더 큰 목표를 두어야 한다.

책(이야기)을 읽는 즐거움이 독서의 과정에서 왕성하게 활동할 때에 책에 담긴 정보와 가르침의 내용은 자연스럽게 독자에게 습합될 수 있다. 즐거움 속에서 배우고 깨닫는 교훈은 긴장하고 의식하고 힘써야만 얻는 것이 아니기에 편안하다. 독서가 '놀이'가 된 때문이다. 어린이는 독서 놀이를 하면서 생각을 키우고 마음의 폭을 넓혀 갈 수 있다. 어려움을 이겨내고 절망 속에서도 자신을 믿고 희망을 기대하는 긍정적이며 강한 의지, 생각의 기둥을 세워갈 수 있다.

놀이는 그 자체가 동기이며 목적이다. 특히 문학과 같은 창작적인 놀이는 목표 성취의 정도에 예민하지 않다. 원시인들 사이에서 어떤 동물이나 사람의 특징적인 움직임과 소리를 모방한 놀이는 곧 예술이 되었다. 인간들이 흉내 냈던 움직임과 소리가 다양한 놀이로 발전하면서 동물들의 그것과 달리 원시예술을 생산하고 발전해 온 것을 생각하면 놀이가 인간의 창의성과 독창성을 자극하는 기제였음을 다시한번 이해할 수 있다.

어린이는 놀이의 체험 속에서 세계에 조화롭게 편성되는 전체가 된다. 그리고 세계의 한 부분으로서 스스로를 파악한다. "놀이가 본능적인 맹목적 합목적성에서 어린이의 삶을 해방시켜 주고 어린이로 하여금 다스리고 스스로를 재발견하게 하는 하나의 세계를 만들어준다"(Johan Huizinga(요한 호이징아), 『호모 루덴스』, 김윤수 옮김, 까치, 2012, 319쪽)는 호이징아의 주장을 빈다면 놀이를 통한 어린이의 성숙은 신비롭기까지 하다.

어린이가 신나게 문학을 향유하는 속에서 스스로 자신을 돌보고 성장하는 힘을 키워가는 것이야말로 아동문학의 최종적 목표일 것이다. 아동문학은 어린이에게 문학적으로 완성도 높은 작품을 읽으며 울고 웃고 생각하는 놀이의 경험을 제공하여 어린이 스스로 성장하도록 돕고 싶어 한다. 플라톤이 놀이가 성인 활동의 모방이기에 아이들한테 놀이를 시켜야 한다고 주장한 것도 이러한 관점에서 이해해야 할 것이다. 놀이는 교육의 원동력이 되고 구체적 행위를 기대하는 수단이 될 수 있다. 이때 어른들에게는 어린이들의 놀이 과정에서 과잉되거나 다소 무질서할 수 있는 것들을 조정하는 정도의 의도만 필요하고 요구된다.

2. 동화는 주제를 어떻게 말하고 싶어하는가?
-고정욱 동화의 문제의식과 교육의 의지

독서는 자신에게서 벗어나거나 끌어내려져서 다른 누군가가 된 것처럼 상상하는 경험을 제공한다. 아동문학의 경우 더욱 그렇고 또, 거기에 보태서 책 읽기 경험 중 교훈도 얻게 된다. 주지하듯 아동문학은 어린이를 대상으로 하거나 어린이로부터 받아들여지는 것일 때에 태생적으로 교육적 목적을 갖기 때문이다. 작가가 그것을 의식하든 못하든, 안 하든 거부하든 간에 아동문학이 어린이에게 미치는 교육적인 영향을 배제할 수 없다. 그래서 작가는 선택하게 된다. 무엇을, 어떻게 깨닫게 할 것인가?

이러한 아동문학의 목적적 성격을 적극 활용하는 작가가 '고정욱'이다. 작가는 동화를 통해서 장애와 장애인에 대한 비장애인의 의식을 변화시키겠다는 의지를 동화의 서문에서부터 적극적으로 드러낸다. 좀 자세히 읽어보면 작가는 이미 나와 다른 타인에 대한 존중과 인정의 태도를 잃어버리고, 잊어버린 어른들을 포기한다. 그리고 아직 순수함을 잃지 않은 어린이들에게 장애인들의 이야기를 들려주는 것으로 변화할 미래를 기대한다.

구체적으로는 동화를 읽는 어린이들이 장애인에 대한 마음의 벽을 허물고 편견에서 벗어나는 일, 장애인도 행복해질 권리가 있는 우리 사회의 구성원이라는 생각을 할 수 있게 되기를 바라는 것이다. 작가는 이러한 목표를 위해서 참으로 열정적인 창작 활동을 계속해 왔다. 현재까지 200여 권이 넘는 동화를 쓰고 2억 원이 넘게 인세를 기부하고 있는 사실은 동화를 통한 장애 의식 변화를 확신하고, 또 실천하는 작가의 행보를 뒷받침한다.

'본다'는 행위, 곧 시선은 보이는 대상들의 차이를 규정하고 각각을 명명하면서 지식과 차별을 생산하고 통제한다. 대상을 정상과 비정상으로 구분하고 지배하는 시선은 권력이 되고 헤게모니를 구성한다. 헤게모니로 인해 장애인은 비장애인 시선의 소유가 되고 곧바로 타자로 이미지화 된다. 차별은 여기에서 발아한다. 현재 대한민국의 대다수 비장애인들은 장애인을 어떻게 의식하는가? 이는 장애인을 바라보는 그들의 시선을 통해서 알 수 있다.

고정욱의 대부분의 동화가 주목하는 장애인에 대한 차별의 시선은 다양한 권력의 모습으로 나타난다. 방송과 제도, 정책 등 사회 구성원을 위한 존재의 당위성을 가지고 있는 것들이 권력화된 모습은 주인공 어린이들에 의해 다양하게 평가 받거나 심판 받는다. 장애를 가진 주인공과 그 가족, 주변 인물들이 권력화된 차별과 대결하는 양상은 흥미롭다. 이에 동화의 사건 전개에 주목하면서 주제를 구현하는 방식에 초점을 두고 살펴볼 필요가 발생한다. 이 과정에서 미처 의식하지 못했던 장애, 장애인 차별과 의도를 스스로 찾아내 만나고, 인식하고, 교정할 수 있는 계기를 만들 수 있을 거란 기대는 덤이다.

1) "다 괜찮은" 내일을 위한 이해와 소통의 연대

"미래에는 장애인이 차별 받지 않는 세상 속에서 모두가 조화롭게 살아가기를 바란다"는 고정욱 작가의 소망은 지금까지 발간한 동화 속에서 구체적으로 현현되었다. 이미 많은 사람들이 알고 있는『가방 들어주는 아이』(사계절, 2002)뿐만 아니라『괜찮아』(낮은산, 2002),『고맙습니다』(뜨인돌어린이, 2007) 등은 장애인과 비장애인의 마음 깊은 교류와 이해를 보여준다. 동화 속에서 서로를 끌어안으며 힘이 돼 주는 인물들은 연대의 모습으로까지 확장, 발전되고 있다.

『가방 들어주는 아이』의 '석우'는 처음에는 다리가 불편한 '영택'의 가방을 억지로 들어주지만 점차 영택을 진심으로 이해하고 도와준다. 석우는 길을 걸으면서 영택이를 흘깃거리는 어른들과, 자신과 다르다는 이유로 생일 초대에도 오지 않은 아이들 때문에 상처 받은 영택의 마음을 알 수 있었다. 그리고 돈을 모아서 자신에게 겨울 잠바를 선물해 준 영택의 진심에 감동했다. 그래서일까 석우는 3학년이 되는 첫날 '하지 않아도 되는 일'을 하지 않은 자신에게 부끄러움을 느꼈고 그 때문에 조회시간 교장선생님이 주시는 선행상을 받을 수 없었다. 운동장에 주저앉아 울음을 터트린 석우의 순수하고 정직한 모습은 어린이의 힘으로, 순수의 힘으로 차별과 편견 없이 장애인과 비장애인이 조화롭게 살 수 있는 '내일'의 가능성에 힘을 싣는다.

『고맙습니다』는 뇌성마비 1급 장애인 '지영'을 돌봐주시는 할아버지가 편찮으셨을 때 노인정 할아버지가 대신해 지영이의 휠체어를 밀며 학교에 데려다 주신 이야기이다. 지영은 소소한 것까지 챙기며 돌봐주신 할아버지 덕분에 아무런 불편함 없이 지낼 수 있었다. 그렇지만 자신의 재능까지도 장애인이라는 특별함에 더해져 평가 받고 있다는 생각 때문에 속상하다.

> 다른 아이들과 똑같이 글을 써서 상 받는 걸로 해 주면 안 될까. 왜 나만 장애가 있어서 특별하다고 이야기 하는 걸까.(74쪽)

지영은 재능에 붙어 도드라지는 장애인이라는 정체성을 거부하는 것은 아니지만 장애라는 틀 속에서 재능을 인정받는 것 같아서 자괴감에 괴로웠다. 그러나 지영의 마음의 상처는 할아버지를 대신해 학교에 데려다 주러 오신 할아버지를 통해서 치유 받는다. 할아버지는 평소 지영의 할아버지에게 지영이에 대해서 많은 이야기를 들었노라고 하시면서 지영의 글쓰기 재능을 칭찬하며 휠체어를 밀어주셨다. 걱정하지 말라시며 할아버지가 나으실 때까지 아침마다 학교에 함께 갈 거고, 또 다른 많은 할아버지, 할머니도 도와주실 거라는 소식을 전해주시는 할아버지 덕분에 지영이는 진심이 돕는 손길을 알게 되었고 그런 도움을 건강하게 받는 법도 배울 수 있었다. 어떤 형식의 대가든 바라지 않고 순수하게 돕는 즐거움, 나누는 사람들의 진심은 도움을 받아야 하는 사람들의 부담을 걷어낸다. 할아버지의 도움은 지영에게 자신의 장애를 부끄러움 없이 인정하고, 또 장애 현실을 현명하게 풀어갈 수 있는 힘을 불어넣는 기쁘고 행복한 사건이었던 것이다.

"넌 같은 반도 아닌데 왜 날 여기까지 힘들게 업고 왔니?"

"너 혼자 학교에 남아 있었잖아. 쓸쓸하게… ."

영석이는 아무렇지도 않게 대답합니다.

"쓸쓸한 건… 나쁜 거야."

동구는 그 말을 하는 영석이의 눈가에 눈물이 맺히는 것을 보았습니다.

(중략)

"엄마가 없지만… 그렇지만 난 괜찮아."

동구도 영석이를 보며 말합니다.

"그래, 나도 괜찮아. 소아마비 걸렸지만… ."

- 『괜찮아』, 51-54쪽

인용문은 『괜찮아』의 주인공 '동구'와 친구 '영석'의 대화이다. 소아마비 장애로 걷지 못하는 동구가 복도 끝에 앉아서 엄마를 기다리고 있는 것을 본 영석이는 가던 길을 되돌아와서 동구를 업고 집까지 데려다 준다. 달동네 동구의 집까지, 적잖은 계단과 골목을 오르내리는 중에 두 친구의 등과 가슴이 맞닿으며 흥건하게 땀도 배어나왔다. 서로가 가까워지는 시간이 만들어진 것이다. 그 덕분에 동구와 영석은 장애가 있는 것도, 엄마가 없는 것도 다 "괜찮다"며 서로를 응원할 수 있었다.

특히 영석이가 혼자 학교에서 엄마를 기다리고 있는 동구에게 "쓸쓸한 건 나쁜 거야"라고 말하면서 눈시울 붉히는 모습은 그가 엄마 부재의 현실을 얼마나 아프게, 또 힘들게 겪고 있는지를 보여준다. 이 일로 동구는 자신을 향한 영석의 진심을 알게 된다. 영석은 자신의 상처와 아픔으로 동구의 아픔도 이해하게 되었다. 땀에 흠뻑 젖은, 동구의 집까지 오르는 달동네 '여행'은 두 친구에게 자신의 아픔과 상처를 "괜찮은" 일로 격하시키는 선물을 주었다. 서로의 아픔을 이해하고 위로해 줄 수 있는 친구가 있다는 사실은 어렵고 힘든 장애의 현실을 만만하게 생각하고 이겨낼 만한 힘을 생산했다. 두 어린이의 서로에 대한 이해와 소통의 모습이 달동네를 오르는 과정에서 자연스럽게 드러나는 것은 동화의 문학적 성취 정도를 가늠할 수 있게 한다.

이렇듯 서로의 아픔을 알아주고 이겨내기를 응원하는 진심은 장애, 장애인을 특별하지 않은, 특별할 것 없는 존재로 만들고 변화시킨다. 동구와 영석은 인종적 다양성을 인정하는 차원의 의식이 신체적 다양성을 이해하는 데에까지 전이, 확장될 수 있음을 보여주면서 결손된 신체를 가진 장애인에 대한 비장애인의 차별 의식의 수정을 요청한다.

주지하듯 앞선 동화는 가난과 나이듦의 까닭으로 사회에서 소외된 약한 자들이 장애인과 소통하고 이해하는 모습을 구체적으로 현현한다. 이는 사회 약자들의 연대를 통해서 편견과 차별에 저항하며 궁극적으로는 이미 권력화된 차별 철폐의 성공적 도전으로 평가할 수 있다. 그리고 이의 확인은 작가의 200번째 출간작인 동화집 『가슴으로 크는 아이』(자유로운 상상, 2012) 속 〈야구 응원하는 아이〉에서 이루어진다.

동화 전집 방문 판매원인 주인공은 한 동네에서 두 팔로 땅을 디디며 아이들과 야구를 하고 있는 장애아동을 보면서 자신의 처지를 위안한다. 한 집 한 집을 방문하며 책을 팔아야 하는 처지를 비관하던 그는 장애를 가진 아이를 보고서 그래도 자신은 '정상'인 신체를 가지고 있는 것으로 다행이라고 생각한다. 그러나 외판원의 거칠 것 없는 장애아동에 대한 동정과 측은함은 장애아동이 부잣집에 살면서 공부도 잘 하고 여행도 자주 다닌다는 사실을 알고 난 후에 크게 변화된다. 외판원이 자조하는 모습이 그것인데 동화는 이를 통해서 뿌리 깊은 장애인에 대한 우월적 사고를 벌주고 경계한다.

서로에 대한 이해와 인정의 태도는 신체적 '차이'를 문제 삼지 않는 데에서 발현한다. 일련의 동화는 아픔을 공유하고 존재론적 가치를 인정하는 속에서 싹튼 소통과 이해의 모습을 전경화하고 있다. 그리고 진심을 바탕으로 한 연대의 가능성을 증명하면서 장애와 비장애를 넘어서는 인간 존재의 이유와 가치를 깨닫게 하고 있다.

2) 권력이 된 '것'들에 대한 도전과 응징

고정욱 동화의 주인공들은 대부분 훌륭한 인성과 지혜와 재능을 가졌다. 주인공뿐만 아니라 주변 인물로서 장애인과 장애아동 대부분이 그렇다. 그들은 이해심 많고 인내심 강하며 현명하다. 동화작가 김중미는 '완벽한' 인물로서 장애아동의 등장을 걱정한다. 또, 동화 속 장애인은 꼭 비범함과 특별함이 있어야 하는지도 고민한다.(「내 동무는 장애인입니다」, 『책과 세상』, 232-238쪽) 그는 구체적으로 『아주 특별한 우리 형』에 등장하는 사려 깊고 똑똑한 '종식'을 거론하면서 그의 '특별함'은 오히려 비장애아동들의 장애인에 대한 전체적인 이해를 방해하고 있다고 지적한다. 장애인을 있는 그대로 드러내 보여주어서 "그들도 우리 가족이고 이웃"(237쪽)임을 깨닫게 하는 것이야말로 아동 문학의 책임이라는 주장은 설득력이 있다.

그러나 동화를 통해서 장애인에 대한 인식 개선을 목적으로 할 때에 장애를 가진 주인공의 바른 인성과 강한 의지가 절대시되어야 하는 절대적 이유는 없지만 과도하게 그것을 의식할 필요 또한 크지 않다. 인물과 사건의 문학적인 형상화 정도가 여느 문학처럼 동화의 재미와 감동을 책임 맡고 있기 때문이다. 장애인과 장애를 주요 제재로 하는 동화에서 정작 문제가 되는 것은 출중한 장애인물이 등장하고 그(녀)의 강인한 의지가 두드러지면서 배제되거나 누락된 인물의 심리적 욕망과 갈등이다. 평면적 성격의 인물이 등장해서 단선적인 갈등을 유발하고 긴장감 없는 해소로 전개된 사건이야말로 주제 전달의 과욕이 부른 재난이다. 이 때문에 동화의 주제와 교훈은 독자에게 도착하지 못하고 소멸된다. 인물의 입체적 성격, 의식, 무의식의 욕망으로 발생하는 갈등 상황의 발전과 극적 전개는 이야기를 끌어가는 힘이다. 이를 의식했을 때에 동화의 주제가 독자에게 편안하게 전달되고 교훈은 충분하게 사고에 습합될 수 있다는 점을 잊지 말아야 할 것이다.

동화 속 갈등은 개인과 개인 사이에서 뿐만 아니라 개인과 세계와의 경쟁 속에서 유발된다. 개성적 인물들의 욕망이 충돌하는 매개가 주어지고 거기서 구성되는 일련의 사건은 세계와 개인의 대결로 옮겨질 때에 개인의 내면과 사건의 층이 증폭되어 드러난다. 이러한 차원에서 고정욱 동화를 살펴보노라면 두드러지는 양상이 있다. 장애인 주인공과 장애를 바라보는 시선들과의 경합이 그것이다. 동화는 장애인 차별의 '시선'을 적절히 이용하거나 단호하게 심판하는 등의 발랄한 도전을 계속하고 있다. 그리고 장애인 차별의 시선이 우리 사회의 여러 성격의 권력에서 노출한 것이었을 때 주인공과 장애인을 차별하는 권력의 대결은 자못 흥미롭다.

『아주 특별한 우리 형』(대교출판, 1999)의 '종식'은 절대적으로 누군가의 도움이 필요한 장애인이다. 돌봐주는 사람 없이는 일상생활이 어렵지만 자신의 삶을 책임지려는 성숙한 사고의 소유자다. 그는 컴퓨터를 아주 잘 해서 동생 종민이 친구들에게 게임도 가르쳐주는데 결정적으로 장애인이 사용하기 수월한 '자유 키 프로그램'을 개발해서 텔레비전 프로그램에도 소개된다. 『안내견 탄실이』(대교출판, 2000)의 주인공 '예나'와 안내견 '탄실이'도 예나 아버지의 사업 부도로 단칸방에서 지내며 갖가지 어려움을 겪지만 이를 잘 견뎌내면서 어렵고 힘든 사람들에게 희망의 본보기로 등극한다. 마라톤에 나가서 탄실이를 의지해 달리는 예나의 모습은 방송을 통해 전파되면서 많은 사람들에게 감동을 주었다. 방송의 성격을 효과적으로 이해한 결과이다.

방송에서 장애 극복과 도전에 맞춰 제작, 발표된 장애인 다큐는 대중을 상대로 큰 폭발력을 가지며 장애, 장애인 인식을 전환하려는 목적을 일시적이나마 성취한다. 이것이 특정한 시기와 특별한 날에 방송된다면 그 효과는 더 크다. 『안내견 탄실이』와 『아주 특별한 우리 형』은 이러한 방송의 성격을 적절하게 활용하고 있다. 동화는 더 이상 장애가 극복의 대상이 되지 않는 종식이와 예나의 모습을 보여주고 있기 때문이다. 종식은 이미 컴퓨터 게임으로 동생 종민의 친구들 사이에서 컴퓨터 잘하는 '형'이고 예나 또한 탄실이와 지내면서 이미 보지 못하는 불편함과 마음의 상처를 치유 받았다. 종식과 예나는 장애를 극복해 낸(내려는) 의지의 장애인이 아니라 컴퓨터 프로그램 개발자와 그림을 잘 그리고, 또 좋아하는 소녀로 새롭게 정체성을 구성했다. 그럼에도 주인공이 기꺼이 방송에 출현한 것은 주체적 개인으로서의 타인을 향한 순수한 인간애의 발현으로 용기를 잃고 좌절에 빠진 이들에게 희망을 주려는 나눔의 태도라고 할 수 있다.

종식은 방송 출현 이후 자신의 프로그램이 비싼 값에 팔릴 수 있는 것을 거절했고, 예나는 탄실이와의 생활이 안정된 속에서 '다른 사람들에게 희망을 주자'는 조련사 '김종욱' 선생의 의견에 찬성하면서 마라톤 대회를 위한 합숙을 시작했다. 그 때문에 장애인의 장애 극복 의지와 도전기를 감동적으로 보여주려는 방송의 의도는 와해될 수밖에 없다. 방송을 통해서 장애 극복의 도전기를 널리 알리는 것이 아니라 그 전에 완성된 건강한 자아 정체성이 방송을 통해서 널리 알려지며 비장애인들의 장애인에 대한 인식을 교정하려는 동화의 의도가 적절하게 진행되고 있는 것이다.

그러나 방송과 잡지 등의 다양한 매체는 장애, 장애인을 대상으로 하면서 다른 속성을 드러내기도 한다. 이는 장애를 흥밋거리나 구경거리로 만드는 등 언론이 장애에 대하여 구조적 폭력을 행사하고 있음(전지혜, 「장애 전문 언론의 장애인관 및 시대별 특징 변화에 관한 연구: 장애 전문 잡지 "함께 걸음"에 대한 통사적 연구를 중심으로」, 『특수교육저널: 이론과 실천』 제15권 4호, 2014, 31쪽)을 밝힌 연구를 통해서도 알 수 있다. 고정욱의 일련의 동화는 장애, 장애인을 바라보는 방송과 잡지, 신문 등

매체의 권력에 정면으로 도전하고, 때로는 심판을 하면서 장애인 차별의 권력을 흔들고 있어서 흥미롭다.

『휠체어를 찾고 말겠어』(을파소, 2007)는 사고로 다리를 잃은 중도장애인 '대운'이 어려운 형편에 장만한 휠체어를 잃어버리고 찾으려 애쓰다가 방송국에 찾아가 어렵게 방송을 하게 되고, 방송을 본 기업에서 휠체어를 기증받게 된 이야기이다. 그러나 방송을 탄 대운이 휠체어를 기증 받은 것보다는 그의 건강한 생활이 동화의 주요 내용이다.

대운은 씩씩한 소년이다. 가난은 물론이거니와 두 다리를 잃게 된 후에도 두 손으로 다니며 학교 계단도 오르고, 야구도 하면서 즐겁게 학교생활을 하고 있다. 두 다리가 없다는 사실이 그에게는 심각하거나 미래의 꿈을 고민할 만큼의 문제가 되지 않는다. 그래서 주인공의 라디오 방송 출연은 그의 씩씩하고 도전적인 생활의 단면이 될 뿐이지만 방송이라는 권력의 속성이 드러나고 있어서 그것에 대응하는 동화의 자세를 관찰하는 것이 필요하다.

"이 사람이 누구 모가지 잘리는 거 보려고 그래?"

"한 번만 봐 주십시오, 네?"

"이봐요! 여긴 댁 같은 잡상인이 들어오는 곳이 아니야. 방송국을 뭘로 보고 날 속이려 들어? 양복만 입으면 내가 모를 줄 알아?"(93쪽)

"그래, 알았다. 그럼 방송 한번 해 보자. 잘하면 감동적인 이야기가

되겠다. "(106쪽)

"애청자 여러분, 정말 죄송합니다. 제가 그만 감정이 격해졌습니다. 지금 제 앞에는 장애의 멍에를 어깨에 진 작은 용사 한 사람이 앉아 있습니다. 너무도 해맑은 얼굴을 가진 이 아이는 앞으로 평생 장애인으로 살아야 합니다. 편견과 냉대로 가득 찬 이 세상을 헤쳐 나가야 합니다. 오늘 방송국까지 기어서 왔다고 합니다. 굳은살 박인 이 아이의 손은 온통 먼지가 묻어 있고 바지는 흙투성이에요. 하지만 그 어떤 것도 이 아이의 의지를 꺾을 수는 없다고 생각합니다."

대운이는 그 말을 무덤덤하게 듣고만 있었습니다.(110쪽)

인용문은 방송국의 권위적 성격과 장애를 소재로 '잘하면 방송이 되겠는' 아이디어로 사람들의 관심을 끌어내려는 욕망을 드러내고 있다. 그리고 이 모두를 확장하고 부추기는 아나운서의 눈물을 "무덤덤하게" 듣고 있는 대운의 모습 또한 전면화하고 있다. 장애인을 방송이 될 만한 소재로 해서 최고의 감동으로 포장해 내려는 방송은 그 자체로 권력적 속성을 행사한다. 정작 대운은(대운의 친구들까지도) 자신의 장애에 대해서 의식하고 있지 않지만 방송국 사람들은 불쌍하고 도와주어야 할, 휠체어를 찾겠다는 의지 강한 장애아동으로 대운을 대상화하고 있는 것이다. 한 개인의 주체적 삶에 끼어들려고 했던 방송은 정작 대운의 삶을 간섭하지 못하는 것으로 권력 행사에 실패했다.

이는 대운이 방송 덕분에 휠체어를 선물 받았지만 그 전에 이미 자율적으로 휠체어를 찾으려고 노력했고, 또 휠체어 없는 동안에도 씩씩하게 생활한 모습이 증명한다.

　방송뿐만 아니라 경찰과 제도의 권력 또한 장애를 차별하고 자신의 목적을 위해서 이를 이용하려는 속성을 그대로 드러낸다. 『경찰 오토바이가 오지 않던 날』의 '동수'는 어느 날 나타난 오토바이 경찰 아저씨의 호의로 경찰 오토바이를 타고 등하교를 하게 되었다. 이후 경찰의 봉사가 텔레비전과 신문에 차례로 소개되더니 경찰 오토바이는 나타나지 않았다. 진급을 했다는 경찰 아저씨가 나타난 것은 그 후 며칠 뒤였다. 그는 급히 다른 곳으로 옮기게 되어 연락하지 못했노라 했고 동수에게 미안한 마음을 전하러 왔다고 하지만 사실은 경찰서 홈페이지에 올라온 자신에 대한 비난의 댓글을 삭제해 달라는 요청을 하기 위해서 찾아온 것이었다. 그를 벌한 것은 동수네 반 아이들이었다. 책과 지우개를 던지며 교실에서 경찰을 내쫓은 아이들은 그가 동수에게 주려고 가져온 선물 상자를 운동장 한쪽 가난한 사람들에게 줄 의류 수거함 위에 두고 가는 것을 멀리서 조롱하며 보고 있다. 승진을 위해서 동수를 이용하고, 동수를 태우고 오고가는 길에 경찰 오토바이를 쳐다보는 사람들의 부러움과 권위에 대한 긍정적 시선을 한껏, 느긋이 즐겨왔던 경찰의 비루한 모습이 부각된다. 공권력의 배려와 도움이 사실은 위장된 것임이 드러날 때 그것의 폭력성은 극대화된다. 『경찰 오토바이가 오지 않던 날』은 이를 드러내 고발하는 동시에 어린이들로 하여금 이러한 공권력의 폭력을 고발하고 심판하게 하면서 의지를 분명하게 한다.

『폭주 전동 우리 삼촌』 또한 장애를 가진 주인공의 삼촌이 장애인 이동권 보장을 주장하는 1인 시위를 하면서 장애인에 대한 제도적 폭력의 심각성을 고발한다. 삼촌은 주인공이 갖고 싶어 했던 MP3를 사기 위해서 처음으로 혼자서 길에 나섰다. 그 길 위에서 철저하게 비장애인 중심의 교통 환경을 맞닥트렸고 장애인 이동권을 주장하는 한 무리의 장애인단체 시위를 목격한다. 이후 삼촌은 달라졌다. 매일 혼자서 집을 나섰고 릴레이 1인 시위를 시작했다. 비로소 자신이 필요한 사람임을 깨닫게 됐다고 고백하는 삼촌은 장애를 걷어낸 주체자의 모습이다. 햇볕이 쏟아내리는 거리에서 피켓을 목에 걸고 시위를 이어가는 삼촌과 친구들은 서로 교대할 때에 농담을 주고받는 등으로 의지를 다지고 있다. 이들의 즐겁고 발랄한 시위는 대다수를 위하지만 대다수를 소외하는 제도와 정책의 집행에 저항한다.

장애인에 대한 다양한 제도와 정책의 폭력성은 새삼스럽지 않다. 공공의 이름으로, 공공성의 성격으로 이미 차별과 배제, 소외의 폭력을 행사하는 권력과 대결하며 그것을 심판하는 주인공들의 행위야말로 묵직한 울림이 되고 있다.

3) 장애인 차별에 대응하는 전략이거나 타협이거나, 동화의 남은 과제

앞서 살펴본 동화는 방송 권력과 공권력의 허위와 과장을 고발하

고 이를 응징하였다. 특히 장애아동에 대한 동정적 시선과 이를 상품화하는 행위들은 철저하게 심판 받았다. 그러나 『아빠에게 돌 던지는 아이』(중앙출판사, 2004)는 권력화된 전통과 공동체 의식이 장애인을 차별하고 있는데도 앞선 동화에서처럼 엄중하게 심판하고 있지 않다. 이는 차별에 대응하는 다른 방식의 담판일까? 더 구체적이고 계획적인 문제 해결의 도모일까?

『아빠에게 돌 던지는 아이』는 주인공 '철우'가 소리를 듣지 못하는 아버지에게 식사 때를 알리기 위해서 돌을 던진 것이 아버지의 머리를 때리게 되면서 갈등이 고조된다. 그러나 갈등의 시작은 서울에서 구멍가게를 하다가 대형 슈퍼에 밀려서 결국 문을 닫은 철우네가 새 삶을 시작하려고 행문리 마을에 이사 오면서 시작되었다.

"에헴, 에헴! 우리 마을이 생긴 지 삼백 년 이래 손가락 하나, 머리털 한 터럭 이상한 사람이 나온 적이 없소. 그런데 갑자기 외지 사람이, 그것도 벙어리가 허락도 없이 마을에 들어와 살다니 있을 수 없는 일이야!"(18쪽)

행문리 주민들은 오래전부터 "머리카락 한 올" 상하지 않은 마을에 듣지도 말하지도 못하는 장애인이 들어와 살 수 없다고 주장한다. 마을의 영험함에 대한 주민들의 믿음과 자부심은 철우네를 쫓아내는 것이야말로 마을의 전통을 지키기 위한 당연한 결정과 행위라는 왜

곡된 믿음과 확신을 생산하고 있다. 이러한 공동체 의식은 사실 철우 아버지에 대한 우월감으로 한층 견고해지고 있지만 동시에 타자와의 소통을 스스로 차단하는 것에서 자라난 폐쇄성 또한 노출하고 있다.

외부와의 소통을 거절하는 공동체의 폐쇄성은 진실이 아닌 '현상'을 두려워하게 만들고, 또 현상을 절대성의 자리에 위치시키는 오류를 범하고 있는 점에서 문제적이다. 돌팔매 사건이 그 예다. 마을 사람들은 주인공 철우를 아버지에게 돌을 던진 패륜아로 단정 짓는다. 자신들과는 '다른' 철우네를 쫓아낼 이유가 보태지고 분명해지고 있다. 게다가 '말 못하는 아버지에게 돌을 던졌다'는 이웃동네의 소문은 마을의 고매한 전통을 위협하고 있다. 이제 마을 사람들은 철우네를 향해 더 한층 강력한 배제와 차별의 실천을 시작할 것이다. 그리고 철우네를 차별하면서 경계 밖으로 물러서기를 바라는 마을, 행문리에서 농사지으며 새 삶을 꾸려가겠다는 철우 아버지의 소망은 소원해지고 있다. 마을 어른들의 오해 속에서 이미 침몰한 듯 보이는 진실을 끌어올려야 하는 과제가 만만찮다. 철우네는 지금 생존의 벼랑 끝에 다다랐다.

"하지만 삼강오륜과 예의범절은 자기보다 못한 장애인들을 따돌리고 차별하라고 있는 것이 아닙니다. 그런 사람들을 위해서 옛날 어른들이 가르침을 주신 게 아니겠습니까. 어르신들께 이런 말씀을 드리긴 외람됩니다만 불쌍하고 가난한 사람을 서로 힘을 합쳐 도와주는

게 우리 마을의 아름다운 전통 아닙니까?"…중략… "하지만 이미 돌을 던져서 아비를 쓰러뜨렸다는 게 옆마을까지 다 소문이 난걸."(82쪽)

인용문은 철우 담임선생이 마을 어른들을 설득하려는 간절한 바람을 보여준다. 철우의 돌팔매는 듣지 못하는 아버지를 부르는 '소리'이고, 잘못 던졌지만 그 일로 아버지 머리에 종양이 발견되어 수술하고 회복될 수 있었다는 진실은 소문을 잠재울 수 있을 만큼 힘이 없었다. 담임선생은 어려운 사람을 돕는 마을의 전통을 들춰내보지만 "고집 센 노인들"의 마음을 움직이는 것은 어려워 보인다.

그러나 담임선생의 설득에 장애인에 대한 차별이 담겨 있어서 주목할 필요가 있다. 담임선생이 철우네 가족을 "불쌍하고 가난한 사람"으로 지칭한 것은 장애인을 대상화하는 시선의 전형적 표현이기 때문이다. 설사 그의 인식이 마을 어른들을 설득하기 위한 전략적 발언을 위한 순간적 조작이라 할지라도 방법적 적절성을 주장하기에는 부족해 보인다. 오히려 '점잖고' '인정 많고' 유서 깊은 마을의 주민으로서 전통을 보전하며 살아가고 있다는 자부심을 한 겹 더 채워주는 일이 된 것은 피할 수 없어 보인다. 권력이 된 전통과 명분은 사람을 구별 짓고 공간을 구별하는 일에 거리낌없고 당당하다. 앞서 마을의 빈 집을 빌려준 철우 아버지 친구의 배려를 꺾어 놓은 것 또한 전통의 명분을 앞세운 공동체의 권력이었다. 그것은 장애인 차별의 당위성을 주장하고 있지만 장애인에 대한 혐오와 터부의 의식을 전통이라고 위장한 채 계승(?)하고 있을 뿐이다.

『아빠에게 돌 던지는 아이』는 이즈음에서 다른 동화들과는 변별되는 방식으로 권력이 돼 버린 전통과 담판 짓는다. 철우 담임선생은 철우네가 마을을 떠나면 안 되는 결정적 이유로 '도지사기 쟁탈 경기도 어린이 야구대회'를 거론한다. 담임선생은 마을 어른들에게 지난해 경쟁 상대였던 '갈마군'에 졌던 일을 상기시키면서 철우의 공은 누구도 받아칠 수 없다고 장담하며 직접 확인하기를 청한다.

담임선생의 당숙인 흰머리 할아버지가 철우의 공을 치면 철우 가족이 떠나는 것을 조건으로 한 대결은 할아버지의 승리로 끝났지만 철우네는 마을에 살 수 있게 되었다. 담임선생의 '작전' 때문이었다. 담임선생은 세 번째 공을 할아버지가 칠 수 있도록 철우에게 직구를 던지라고 사인을 보냈고 결국 할아버지는 철우의 공을 시원하게 받아 쳤다. 담임선생은 "이를 악물고" 공을 치려했던 할아버지에게 홈런의 기쁨과 함께 과거 대표선수로 활동했던 실력을 자신과 마을 사람들에게 증명하는 기쁨까지 느끼게 해주었다. 그리고 고집 센 할아버지의 허락으로 비로소 철우 가족은 마을 구성원으로 인정받게 되었다. 담임선생은 전통이라는 명분으로 오랜 시간 다져진 권력과 타협하는 것으로, 주민의 명예를 자극하는 것으로 마을 사람들이 철우 가족을 행문리 주민으로 인정하게 했다. 담임선생의 타협은 전통과 관습의 권력이 가진 배타성이 스스로 분열하도록 도모한 일이었다.

전통과 문화, 권력화된 관습은 장애인에 대한 차별과 배제의 의식을 배태하고 있다. 선별되고 선택된 것이 전통이 되고 문화로 성장하면서 선택 받지 못한 것들의 소외는 당연했다. 의식했든 하지 못했든 소외된 것들은 선택 받아 이미 익숙한 것들에 의해 배제될 수밖에 없다. 철우네 가족이 마을로부터 배척된 것은 이러한 관습 때문이었다.

『아빠에게 돌 던지는 아이』는 이렇게 오랜 시간의 퇴적을 통해서 권력화된 전통과 관습을 형상화하면서 그 폭력성을 고발한다. 그리고 전면적으로 권력을 심판하는 대신에 타협을 통해 그것의 균열을 도모하면서 차별 없고 조화로운 세상을 기대하는 동화의 주제를 구현한다. 그러나 흰머리 노인의 명예를 충족시키고 우월의식을 충족하는 방식을 선택한 것은 차별을 심판하는 방식의 지엽성을 드러낸다.

앞선 동화와 변별되는 방식의 담판은 일견 권력화된 전통, 관습, 명분에 일정 정도 굴복하는 것처럼 보이기도 한다. 그러나 공동체를 구성하는 의식의 다층적 '결'을 자극하는 것을 통해서 새롭게 공동체를 재구성할 수 있다는 가능성에 대한 기대는 차별을 전복하는 에너지가 된다. 물론 개인과 공동체의 복잡다단한 성격의 결을 분명하게 파악하고 좀 더 세련되게 권력의 철옹성을 허무는 창작이 뒷받침되어야 하는 것은 과제이다.

구체적으로 동화 속 수직적이고 적대적인 인물 관계는 이분법적 사고의 틀을 고정할 수 있다는 점에서 지양해야 한다. 그리고 권력으로 변질된 공공성과 공명심, 전통성에의 집착과 폐쇄적 공동체성이 스스로 문제를 드러내도록 사건과 인물의 성격을 창조해야 한다. 어린이들이 용서와 이해, 인정과 존중의 태도가 꼭 편협한 마음, 자만과 오만, 편견과 독단의 태도와 절대적으로 구분되는 것은 아니란 사실을 이해할 수 있도록 인물의 성격이 입체적이어야 하는 것은 당연하다.

고정욱의 동화가 장애인을 차별하는 권력의 전복을 실천하고 있는 양상은 다채롭다. 독자가 이러한 양상을 찾아내는 읽기를 계속했을 때에 사회문화적인 텍스트로서 동화의 가능성은 확장될 수 있을 것이다. 작가의 바람처럼 장애인과 비장애인 모두 동화 속 장애인의 주체적 의식과 행위를 통해서 자신은 물론 서로에 대한 깊은 이해와 소통이 가능한 내일을 기대한다. 더 큰 기대와 소망은 그 내일이 오늘이 되는 것이고.

3. 아동문학 창작의 본령

어린이들도 어른들과 똑같이 다른 방법으로는 얻을 수 없는 종류의 경험을 독서에서 발견한다. 어린이들은 이야기를 통해서 자신이 속한 세계의 여러 가지 모습을 알게 되고 현실의 여러 가지 것을 깨닫고 이해하며 현실 너머의 새로운 세상을 꿈꾸기도 한다. 아동문학이 스스로에게 기대하는 것은 어린이가 긍정적으로 생각하고 상대를 이해하고 배려하는 너른 마음밭을 가꾸는 것이다.

그 때문에 아동문학 창작에서 어린이에게 '무엇을', '어떻게' 전달할 것인가를 고민하는 것은 당연하다. 즉 작가는 "아동문학은 독자인 아동의 정신적 이해능력과 신체적 수용능력에 적합한 내용과 형식이어야 하며 지적으로나 육체적으로 아직도 미분화, 미성숙한 어린이에게 주는 것인 만큼 읽어서 그들의 심신발육에 도움을 줄 수 있는 문학"(이재철, 『아동문학개론』, 서문당, 2003, 9-11쪽)이라는 것을 주지하고 전달하고픈 내용을 '재미'에 담아내야 하는 것이다. 재미는 흥미진진한 긴장과 성취감, 통쾌함, 크고 벅찬 웃음과 눈물을 쏙 빼고 난 후 정화된 감정의 발견, 보이지 않는 세계에 대한 두려움 없는 호기심, 무궁무진한 관찰과 탐색, 자신과 타인에 대한 사색을 모두 담아내는 그릇이다. 어린이들은 형체도 없는 그릇 속에 뛰어들어 한바탕 뛰어놀며 녹아들어야 한다.

모든 문학 텍스트는 주제나 양식상 그 텍스트에 가장 긍정적으로 반응할 만한 독자들을 내포하고 있다. 아동문학 텍스트는 우리에게 해석 기술을 갖추고 텍스트가 제공하는 즐거움을 마음껏 즐길 것을 요구하면서 텍스트가 내포하는 독자와 비슷하게 되기를 권한다.(페리 노들먼, 『어린이 문학의 즐거움』, 김서정 옮김, 시공주니어, 2005, 54쪽) 이는 내포 독자를 흉내내면서, 독자인 척 하면서, 텍스트에 푹 빠져보라는 주장이다. 이끄는 대로 한다면 누구든 동화를 읽는 동안 어린이가 되어서 인물과 사건에 동일화되는 경험을 하게 되고 곧이어 자연스럽게 주제를 받아들게 될 것이다.

1) 세계를 여는 상상력

아동문학 속에 펼쳐진 세상은 현실이 아니다. 현실을 닮았으나 같지 않은 다른 세계이다.

작품 속 세상은 돈과 명예, 신체의 우월함과 지식의 정도와 학벌 등으로 서열화되고 그것이 공고화된 세상 속에서도 패배를 인정하지 않는다. 작품 속 세상은 출신과 배경으로 무릎 꿇리는 강제에 저항하는 인물들이 바삐 움직인다. 실패할 수 있으나 절망하지 않는 긍정의 왕들이 활개친다.

작가는 자신이 겪은 현실 세계를 나름의 방식으로 체화하고 작품 안에 새로운 세계를 창조한다. 작가의 상상이 문학을 통해서 새로운 세계의 모습을 현현하는 것이다. 상상의 세계는 합리와 이성(또는 그래야 하는)으로 치장한, 그래서 딱딱한 현실의 질서를 무화시키고 새로운 질서를 만든다. 이때 현실에서 바깥으로 밀려난 세계는 다시 중심을 회복하고 그 속에서 독자는 현실의 피로감을 위로 받고 미래를 위한 새로운 힘이 솟음을 체감한다. 어린이 문학이 가지고 있는 상상력의 힘이다.

'보여주어야 할 세상'을 만들어주는 동화 속 인물은 살아 움직인다. 설명과 묘사로 정형화된, 마치 허락된 말만 반복해 주절거리며 꼼짝 못하는 벽지 모양 고정되지 않고 스스로 말하고 행동한다. 울고 웃는 모습이 생생하다. 분노와 절망의 감정도 살갗에 닿는 듯 느껴진다. 살아 있는 듯 느껴지는 작품 속 인물 사이의 갈등과 사건 전개의 흥미로움 또한 현실을 닮은 다른 세상에서 생겨나며 충돌하고 화합한다. 작품 속에 등장하는 인물은 내가 되고 혹은 친구가 되어 속삭일 수 있고 독자는 그들의 속삭임이 자연스럽다. 작가는 이러한 속삭임이 이어지도록 계속해서 설명과 해설을 거부하며 인물의 행동과 말, 인물 간의 갈등을 유발시키고 전개해야 한다.

2) 삶의 치유, 동심

"동화는 굳이 아이들 속에 갇힐 까닭이 없다."(박상률, 『동화는 文學이다』, 사계절, 2008, 37쪽) 아동문학이 굳이 어린이들만을 독자로 하지 않는다는 뜻이다. 어린이에게 읽히기 위해서만 아동문학이 존재하지 않는 것은 자신이 쓴 동화를 어른이 읽었을 때에 그 깊이 있는 이해가 가능하다고 말한 안데르센을 통해서도 이해된다. 그렇다. 아동문학은 어린이와 성인을 독자로 한다.

아동문학은 어린이뿐만 아니라 어린이의 마음을 간직하고 있거나 그 마음을 회복하고 싶은 성인을 독자로 인식한다. 이는 아동문학이 한 사회 집단이 공유하고 나눌 수 있는 이야기를 담고 있기 때문이다. 즉, 유럽의 동화도, 아시아의 동화도 그 뿌리는 신화와 민담, 설화 등의 옛이야기이고, 한 사회 집단이 공감하고 즐겼던 민요와 옛이야기에서 성장한 동요, 동시, 동화가 다시 한번 아동문학을 만나는 어른들에게 도전과 용기, 희망과 꿈을 선물하기 때문이다.

그렇다, 어른들은 아동문학을 통해서 잃어버렸거나 잠자고 있었던 용기와 의지를 깨우고 싶어 한다. 그리고 정직한 용기와 의지를 통해서 피폐해져 버린 삶이 회복 될 수 있기를 기대한다. 그들은 스스로를 믿고 순수한 정의를 상상하는 건강한 용기와 더불어 갈등의 상대와 진심으로 화해하고 또 용서하는 순수와 너그러움을 회복하고 싶다. 동심, 즉 어린이의 마음은 순수한 '정의'와 '진실'의 힘을 믿고, 그 힘을 빌 수 있는 '용기'이다. 아동문학을 만난 어른은 다양한 가면을 쓰면서 사는 일이 마땅하다고 스스로를 기만한 시간을 반성할 수 있을 것이다. 수직적 인간관계의 이해가 옳다는 왜곡된 주장을 강제한 세상에 자신을 맞추려 했던 어리석음에서도 구원받을 수 있을 것이다.

작가는 이러한 동심의 힘을 신뢰하고 좇아야 한다. 이는 곱고 아름다운, 상처 받지 않을 세상의 시원(始元)을 찾으려는 노력이 아니라 실패를 절망으로 인식하지 않고 진정한 두려움이야말로 자신을 속이는 것이란 것을 알고 경계하는 강한 힘을 찾아나서는 길이다. 아동문학 창작은 이 모든 과정에 애정을 쏟아 붓는 일이다.

기상(奇想)을 넘어 상응(相應)으로

- 이상론(相應論)에 터한 시론[秘義] 소고

서정남 * 시인, 법무사

1. 들어가며

시의 에스프리, 즉 시 정신을 감상함에 있어 상상력을 제약한다면 시를 죽이는 것과 다름이 없고, 시를 죽이는 일은 사람을 죽이는 일과도 다름이 없다는 생각이 든다. 언어의 도움 없이는 어떠한 표현도 불가능하고 그러기에 언어는 '존재의 집'이다. 철학자나 시인이 존재와 시성을 인식하고 증명하려 해도 존재 자체는 언어 개념의 갑옷에 은폐된 모습을 좀처럼 드러내지 않는다. 그 까닭은 존재 자체, 언어 자체에 내재된 신비한 속성이기도 하려니와 우리의 일상생활이자 연계의 질서 체계—일상적인 개념을 수단으로 이해하려 하기 때문이다. 이런 현실을 가리켜 '그대들은 저마다 사물을 죽이고 있다' 했는지(릴케)도 모르지만, 이는 곧 '사람을 죽이는 것'과도 다름없다는 시적 진술이라는 생각이 든다. 결국 우리는 일상적인 통념의 껍질을 벗어나지 않고서는 참된 존재를 결코 접촉할 수 없고 존재의 궁극을 만날 수가 없다는 얘기도 된다.

좀 더 리얼한 실존을 만나기 위해서는 불가피 차원(degree)을 달리해야 하고, 이것이 곧 기상(奇想)이요 파격이란 생각이다. 나비의 일생은 간격등차의 비밀을 이해하지 않으면 그 실존을 만날 수 없다. 단단한 껍질 속의 생명과 그 껍질을 깨고 나온 유충과 광명한 세계를 찾아 날아다니며 살다가 다시 백색장막의 암실에 칩거하다가 환생하는 생명질서 현상에 상응한다는 진리를 외면한다면 본 소고는 천동설 신봉자에게 지동설을 주장하는 우에 불과할 것이다.

시인들은 신들의 이름을 부르고 만물을 본질에 따라서 이름을 짓는다.[1] 이름을 짓는다는 말은 겉으로만 명명하는 것이 아니라 존재 자체의 본질을 규정하고 존재하는 것을 인식하는 데 이른다. 따라서 '시란 언어로 존재를 건설하는 행위'(하이데거)라고 말했던 것이다. 또 그러기에 '시인이란 자기에게만 특유한 어구(語句)를 사용한 사람을 말하는 것이 아니라 기존의 언사에다 가장 많은 의미를 부여하고 새로운 용법을 찾아내는 사람이다'(리샤아르)라고 말했던 바, 이때 시인의 현실언어에 대한 파괴가 시작되는 것이다. 파괴된 언어는 그 자체가 사회에서 일정한 개념인 약속된 언어가 아니라 그 시인의 독자(獨自)의 신조어(新造語)다. 그것은 극히 우연적이고 무의식적인 시적 경험 사물의 인식작용에 의존한다. 시를 쓴다는 것은 요컨대 이런 의미의 탈피를 가리킨다. 이렇게 함으로써 '나'와 '사물' 사이에 새로운 관계를 맺게 되고 현실과 산(生) 접촉을 할 수 있다. 그러므로 시인에게 우선 요청되는 것은 존재와 우리들 사이를 가로막는 일종의 벽을 부수는 일이며, 여기서 사용되는 무기는 다름 아닌 언어이다. 언어야말

---

1   홍문표, 『현대시학』, 양문각, 1998, 74쪽, 창 2:19.

로 우리를 실재에 접하게 하는 무기이다.[2] 이른바, 형이상학 시가 출현한 시기에도, 그 논의가 기이한 발상(상상력)으로 하여 기존의 시론으로는 이해할 수 없던 언술로 '시(詩)'와 우리 사이를 가로막는 '벽'을 부수는데 T.S 엘리엇의 시론이 큰 몫을 한 사실은 주지하는 바다.

2. 용어의 개념

1) 기상(奇想 conceit)

기상이란 흔히 별난 생각을 뜻하는 바, 16세기 영국의 존 던(John Donne) 등의 시인들을 가리켜 '형이상학파 시인들(Metaphysical Poets)'이라고 한 데서부터 시작되었다. 이들의 공통적 특징의 하나는 자신들의 시에 기지가 풍부한 기발한 착상(Witty conceits)을 사용한 점이다. 예컨대 존 던은 「벼룩」이란 시에서 자신의 피를 빨고 연인의 피를 빨아 벼룩의 몸 안에서 그들은 진정한 결합이 이루어졌다고 하거나, 「콤파스」라는 시에서 연인과 자신을 콤파스 다리처럼 떨어져 멀리 있지만, 머리 부분에서는 결국 하나라는 등 당시 보통 시인들은 상상할 수 없는 기발한 아이디어를 시에 사용했던 것이다. 기상(奇想), 낙상(落想)은 진기한 생각 등의 의미이지만, 시의 수법으로서는 상반되는 것을 연결시켜 조화시키는 방법을 가리킨다. "형이상적 사상적 기상"이라 표현

---

2 앞의 『현대시학』, 75쪽.

했으며, 형이상 시의 가장 중요한 특징이 되는 것은 다 아는 사실이다. 컨시트의 개념이 무엇인가를 알아야 형이상 시를 이해할 수 있듯이 오늘의 주제인 상응(Correspondence)과 비의(Arcana Caelestia)를 이해하기 위해서는 "이질적인 사상도 폭력적으로 연결시킬 수 있다"고 한 사무엘 존슨(Samuel Johnson)의 말을 기억할 필요가 있다. 그는 두 말의 연결의 실패, 즉 "사상의 연결은 되었지만 결합되지 못했다"고 했던 바, 이 '실패'가 현재는 형이상 시의 특징을 단적으로 드러내는 중요한 방법이 된 것이다. 그러니까 20세기 영국의 비평가 그리어슨과 엘리엇 등 영미 비평가들에 의해 추상적인 것과 가장 구상적인 것을 미묘하게 하나로 결합시켜 표현하는 기발한 착상으로 수용되기에 이른 것이다.

2) 비의(秘義, Arcana Caelestia) [3]

비의는 천국의 신비(Heavenly Secret)라는 뜻인 바, 일반적으로 천국

---

3   400쪽-600쪽의 Arcana Caelestia. E. Swedenborg, London, The Swedenborg Society, 1983. 400-600쪽의 12권 전질의 내용 외 DLW. 외 Rotch Edition 판 31권 내용의 비의.
    *비의의 용례
    AC : Arcana Caelestia ; 천국의 신비.
    AR : Arcana Revealed ; 요한계시록 풀이.
    AE : Apocalypse Explained ; 요한계시록해설.
    DP : Divine Providence ; 하나님의 섭리.
    DLW : Divine Love and Wisdom ; 하나님의 사랑과 지혜.
    HH : Heaven and Hell ; 천국과 지옥.
    TCR : True Christian Church ; 순정기독교.
    CL : Conjugial Love ; 결혼애.
    SD : Spiritual Diary ; 영계일기 등.

의 신비 또는 천계비의(天界秘義)로 새기고 있다. '의(意)' 자를 사용하지 않고 국어사전에도 없는 생경한 어휘를 사용한 배경은 '의(義)' 자는 Doctrine, 즉 교의(敎義)·교리(敎理)·주의(主義)의 함의(含意)가 강하게 반영된 의역으로 이해하기 때문이다. 이번 논의의 주제 자체가 앞에서 살펴본 바와 같이 '기상'이요, 형이상학적 불가사의적인 종교적 파격(Religious Offbeat)을 넘어선 상응이론을 뜻한다.

3. 논의의 범위

시를 쓰고 시를 이해하는데 왜 비의에 대한 논의가 필요한가? 이 물음에 짧게 대답하는 것이 쉽지 않다. 인류 역사에 시가 등장한 이래 지금까지 동서양을 막론하고 무수한 시들이 있었고 다양한 시관(詩觀)들의 특성이 있으며, 이런 현상은 영원히 열려 있는 시의 세계일 터인데 어떻게 짧은 몇 마디로 담아 낼 수 있겠는가? 다만 물질문명이 아무리 극한적인 첨단 기계문명으로 치닫는다고 할지라도 정신문명이 몰락하는 순간 물질문명도 사상누각이 될 수밖에 없음은 추론할 수 있다고 본다. 그런데 어떤 연유에서인지 모르지만, 최근 들어 종래에 금기시했던 시적 영성(詩的 靈性)의 문제가 자주 논의되는 것을 보았다.

나는 제31차 세계시인대회 개최를 계기로 백한이 시인(대회장)의 시적 영성에 관련된 놀라운 에스프리(esprit)를 발견하였다. 그리고 그와 관련하여 비유와 상징이 종래의 일반적인 시론으로 이해하고 넘어가기에는 너무 충격적이었다. 그 소회를 『고려달빛』제73호, 77호, 78호 등에 게재한 후, 회원들에게 특강을 한 바 있는데 내용을 간추린 자료들에 국한하여 그 일부를 소개한다.

4. 비의 이해의 당위성

시를 창작하고 이해하는 데에 비의에 대한 논의가 왜 필요한가? 시란 무엇인가? 이는 시의 본질에 대한 물음일진대, 이 소고는 처음부터 시론을 논하기 위해 계획된 것이 아니다. 제31차 세계시인대회에 대한 소회를 술회한 것이 계기가 되어 백한이 대회장의 시정신 특히 서시에 담긴 비유와 상징 그리고 그의 아호인 행촌(杏村) 및 백의(白衣, 두루마기)에 감추어진 비밀스런 배경을 살펴보는 과정에서 놀라운 사실을 발견했고, 그 이해를 돕기 위한 특강을 했던 바, 그럼에도 불구하고 비의의 핵심 주제가 되었던 상응이론이 왜 시 창작과 이해에 필요한가에 대한 논의가 충분하지 못했던 점을 보충하는 데 국한한다. 진부한 얘기가 되겠지만, 발레리가 시는 언어의 연금술이라 했던 말을 상기하면서, 끊임없이 변화 발전하는 언어 현상의 형이상학적, 언어철학적인 고찰과 궁구는 아무리 한다 해도 지나치다 할 수 없다고 본다. 그 까닭은 서두에서 인용한 리샤르의 지론처럼 시인의 독자적 '신조어' 때문이다. 그는 "극히 우연적이고 무의식적인 시적 경험', 즉 사물의 인식작용에 의존함으로써 '나'와 '사물' 사이에 전혀 새로운 관계를 맺게 되고 현실과 산 접촉을 할 수 있다"고 했던 바[4] 이처럼 필자의 경우가 적중할 줄은 나도 몰랐다.

평생을 상응이론에 의하여, 지상의 모든 현상은 천상의 현상에 상응한 현상이란 학문을 하면서도, 오로지 성경의 해석에만 적용하는 편견을 맹종하듯 수용하고 있었던 바, 백 시인의 서시를 만남으로써 새로운 시세계에 눈을 돌리게 된 것은 그야말로 우연적이고 무의식적인 만남이요 기적적인 사건임을 고백하지 않을 수 없다. E. Poe는 시와 진리와의 관계를 전적으로 거부하면서 "시는 시이고 그 외의 다른 것은 아니다. 오직 시를 위해 씌어진 시일 뿐이다. 시적 진리란 철학적 진실이나 윤리적 진실과 무관하다"[5]고 했지만, 시가 인간의 전 존재적 언어생활과 전혀 무관하다면, 동서양을 막론하고 장구한 인류 역사에서 시의 본질과 효용이 우주진리(우주질서=자연)와 깊은 관계가 있다는 시관(詩觀)들을 어떻게 볼 것인가 싶다.

주지하는 바와 같이, 아리스토텔레스는 시의 본질을 감각적인 지상의 세계를 모방하지 않고 영원한 형식(eternal form)인 우주를 모방하는 것이라 주장했다. 이에 반해 플라톤은 모방이란 비진리 비실재적인 것을 모방하기 때문에 모방을 수단으로 삼는 시인들은 추방해야 된다는 부정적인 논리를 폈다. 그런데 셸리(Shelly)는 시인을 가리켜 불

---

4 앞의 『현대시학』, 74-75쪽.
5 앞의 책, 59쪽.

멸의 질서를 상상하고 표현하는 언어 · 음악 · 무용 · 건축 · 조각 · 회화의 창조자일 뿐 아니라 가장 보편적인 질서, 즉 진 · 선 · 미의 세계를 드러낼 수 있는 입법자요 문명의 건설자요 예언자일 수 있다는 논리를 폈다. 또 릴케는 상식의 세계는 결코 본질적인 것을 찾아낼 도리가 없는 것이라면서 그러므로 우리는 무엇보다도 일상적인 통념의 껍질을 벗어나지 않고는 참된 존재를 접촉할 수 없으며, 따라서 좀 더 리얼한 현실에 참여할 수 없을 것이라고 술회했다.[6]

그리고 비의, 즉 일상의 상식을 뛰어넘어 사물의 본질을 접함에 있어 시인의 존재 이유를 강조한 하이데거(M. Heidegger)의 주장을 상기하지 않을 수 없다. 그는 "언어는 존재의 집이다. 언어의 주택 속에 인간은 산다"고 갈파했으며, 횔더린의 시를 분석하면서 "인간은 자기 존재를 증명하기 위하여 온갖 보물 가운데서도 가장 위험하다고 할 만한 언어를 간직하고 있음을 지적하고 있다. 인간은 자기의 존재를 증명해야 할 존재다. 인간이란 자기 자신의 현 존재를 증명한다는 점에서 인간으로 존재하는 것이다. 철학자나 시인이나 존재를 발견하고 해명하는 해석자로서의 임무가 있다. 그런데 존재는 언어 속에 철저히 은폐되어 있다"고[7] 했던 바, 바로 이러한 논거에서 나는 비의 이해의 당위성을 확보할 수 있다고 생각한다.

---

6 이규호, 『언어철학』, 제일출판사, 1970, 22쪽.
7 앞의 『현대시학』, 73-74쪽.

5. 상응의 과학원리[8]

상응의 교의(원리)는 눈에 보이는 것은 모두 내적인 원인을 가지고 있다는 사실을 바탕으로 한다. 예컨대 말이나 쓰인 언어는 사고(思考)가 외적으로 구체화된 것이다. 사고가 없다면 말은 문서로 결코 존재할 수가 없을 것이다. 이것이 저급인 동물은 표현적인 음성이라는 절대적으로 제한된 범위를 넘어서는 아무런 언어도 가지고 있지 않은 이유인 것이다. 표현이 발음된 언어, 문자, 또는 음악의 형태를 취한다고 하더라도 사고와 표현 사이에는 정확한 상응이 있다. 이 상응의 지식이 결여되어 있는 곳에는 외형은 그 의미를 상실해 버린다.

예컨대 외국어는 그 상징과 어형(語形)을 모르는 사고가 그에 상응된 외적인 표현에서 분리되고 있기 때문에 무의미하다. 수년 동안 이집트의 상형문자와 설형문자를 새긴 것은 아무런 의미가 없는 기호였지만 마침내 그것을 푸는 비결이 발견됨으로써 내적인 관념과 외적인 표현 사이에 잊혀졌던 상응이 회복되어, 오늘날 고대인은 죽고 없지만 그들의 특수한 모양의 문자에 의해서 여전히 우리에게 말을 하고 있는 것이다.

쓰인 기호, 또는 입으로 말하는 언어까지도 어느 정도 임의적인 것이다. 실제로 절대적으로 임의로 정해진 기호만을 쓴 언어를 발명하

---

8 조지 트러브리지 저, 『見神者 스웨덴보르그 傳』, 송준식 역, 송산출판사, 1986, 163-167쪽.

는 것도 설령 역사적인 언어이고 그렇게 태어난 것이 아무것도 없다 손치더라도 가능한 것이다. 이 기교적인 언어 중에서도 여전히 순수한 협정적인 상응이 존재할 것이다. 이에 반해서 자연적인 언어가 사용되는 모양은 사람이 전하려는 관념에서 원래 유래하므로 그것은 참으로 상징적인 것이다. 그러나 그 상응이 완전해서 모든 사람으로 부터 이해되는 형태의 언어, 즉 정서의 언어라는 것이 있다.

우리는 프랑스인이 분노하거나 기뻐하거나 괴로워할 때를 알기 위하여 프랑스어를 알 필요는 없다. 우리는 그가 말하는 한마디를 이해하지 못하더라도 그 얼굴의 표정을 읽을 수 있으며 그 태도와 어투로 그 마음의 상태를 추측할 수 있다. 성실한 인간들 사이에서는 얼굴은 마음의 완전한 표현이며 위선자조차도 그 성격이 어느 정도 동작에 나타남을 숨길 수가 없다. 그리고 동작만이 아니라 전신은 그 동작과 운동으로 인간의 성질을 표현하고 있다. 왜냐하면, 영은 신체를 자신의 모양과 비슷하게 만들고 있기 때문이다. 그것은 현재의 존재의 상태에서는 완전한 것으로 만들어져 있지 않지만 내적인 것과 외적인 것 사이의 상응이 완전한 영계에서는 완전한 것이 되어 있다.

신체의 모양이 인간의 영의 성격을 나타내는 것처럼, 그 손이 하는 일 역시 그 내적인 성질을 나타내고 있다. 민족의 예술 안에 쓰여 있는 역사만큼 진실한 역사는 없다. 건축은 국민생활이 구현한 것이고, 일용품을 만드는 일조차도 어느 정도는 그 공동체의 성격과 이상을 나타내고 있다. 실제로 인간의 행위는 모두가 그 영혼의 결과와 표현이며, 어느 정도는 완전하게 영혼에 상응하고 있다.

만일 인간의 행위와 하는 일이 그 내적인 성격을 은밀히 나타낸다면 신의 지혜와 선 역시 그 하시는 일에 나타난다. 그것은 단지 그 피조물의 필요와 쾌락에 봉사한다는 전반적인 뜻에서만 아니라, 극히 개별적인 방법으로 나타나 있으며 모든 대상은 신성의 어떤 특질의 구현이며 또한 거울인 것이다. 『상응의 해설』(Science of Correspondence Elucidated) 제4장에서 에드워드 매들리 목사(Rev. Edward Madley)는 이 견해를 지지하기 위하여 고금의 저자로부터 연속적으로 그 문장을 인용하고 있다. "눈에 띄는 것은 모두 표상이다. 왜냐하면 그것들은 신적 관념에 상응해서 창조되었기 때문이다. '상응의 과학'은 우리에게 그런 것들의 내적인 실상을 이해시킬 수 있는 과학인 것이다"고.

외적인 창조물과 영계 사이에는 상응이 있을 뿐만 아니라 자연과 인간의 사이에도 밀접한 관련이 있다. 고대인을 소규모 우주라고 쓴 바 있다. 이 비교의 뜻은 스베덴보리에 의해서만 우리에게 충분히 밝혀졌던 것이다. 외적인 자연은 신적 관념이 구체화된 것이고 인간은 '신의 영상으로 신을 닮게 창조'되었기 때문에, 인간의 모든 물(物)과 물리적 우주의 모든 물의 상응이 존재하고 있다.

여기서 상응의 세계를 좀 더 쉽게 구체적으로 이해할 수 있는 단적인 예를 아래에 제시한다. 즉 인간의 생명은 제1원리로는 뇌에 생명력이 있고, 다음으로 심장과 폐장이 결합되어 기능하지 않으면 살수 없다는 점이다. 인간이 자연과 총체적으로 상응관계를 여실히 보여주는 버밍엄대학교 생화학 교수의 『The Natural Bases of Spiritual Reality』에 전술한 바와 같이 인간은 소우주에 상응하며, 해부학적으로 신체기관 하나하나가 모두 그러한 질서 체계대로 연결되어 기능하고 있음을 본다. 부연하면, 인간은 허파의 호흡과 심장의 혈액순환의 어느 하나가 기능이 멈추면 죽을 수밖에 없는데, 허파(lung)는 이해(Understanding)에 상응하고, 심장(heart)은 의지(Will)에 상응하는 바, 천사들은 진리를 호흡하며, 사랑 또는 선을 먹고사는 것에 상응한다. 그러므로 이해는 진리를 이해해야 하고, 그 이해한 바를 실천해야 살 수 있음을 상징한다. 또한 천사들에게는 하나님이 태양으로 보이는 바, 태양의 속성은 볕과 빛으로서, 볕은 사랑에 상응하고, 빛은 진리에 상응한다. 여기서 알 수 있는 것은 사람에게 사랑이 없으면 살 수 없고, 진리가 없으면 세상은 암흑천지가 되는 것을 이해할 수 있다. 그런데 상술한 교수의 저서에는 인간의 모든 기관의 유기적인 상응관계를 해부학적 도해(圖解)와 함께 한눈에 이해할 수 있도록 편집되어 있다.[9]

또한 상응의 원리를 이해하기 위해서는 인간의 마음에는 세 가지 등차(度, degree)가 현저하게 나타나 있음(三物界)을 이해하여야 한다.

바위, 흙, 광물, 가스를 지닌 광물계는 인간의 성질 속에 활발하지 못하고 생명이 없는 것 전부를, 지적인 면으로 보면 단순한 지식을,

---

9 The Natural Basis of Spiritual Reality. by Norman J. Berridge. Swedenborg Scientfic Association. Bryn Athyn, Pennsylvania. 1992. 전권(387쪽).

도덕적인 면에서는 동물의 본능과 성향을 나타내고 있다. 식물계는 우리가 알고 있는 것처럼 지적 경과를 적절하게 상징하고 있으며 그 것은 우리의 일상 언어에서 볼수 있는 진리의 씨앗을 뿌린다든가 관 념(생각)이 싹튼다든가, 그것이 마음에 뿌리를 내리고 정신적인 식물 이나 나무와 같은 진리의 질서였던 체계로 성장하여 마침내 실제적 인 효과가 되어 결실을 맺는다고 말하고 있다. 동물계는 도덕적인 성 질에 더욱 특별한 관계를 가지고 있어서 하나의 약속된 표현적인 상 징이 되고 있다.

"동물계의 물(物)은 '살아 있기' 때문에 첫째 도(度)의 상응이며 식물 계의 물(物)은 '성장하기' 위하여 두번째 도(度)의 상응이며 광물계의 물(物)은 '살거나' '성장'도 하지 않기 때문에 세번째 도(度)의 상응인 것이다. 이런 것 이외에도 인간이 근면하게 행한 것들로부터 갖추고 있는 것도 그것이 어떠한 것이건 상응인 것이다. 예컨대 모든 종류의 음식물이나 의복이나 집이나 공공건물과 같은 것도 상응인 것이다."
(HH 104)

"창조된 우주에 존재하는 것은 모두가 전반적으로나 개별적으로나 인간의 모든 것에 전반적인 것이나 개별적인 것에도 상응하고 있기 때문에 인간 역시 일종의 우주라고 할 수 있을 것이다. 동물계의 모든 것은 인간의 정동(affection 愛情)에 상응하며, 거기에서 인간의 사고(思 考)에 상응하며, 식물계의 모든 것은 인간의 의지에 상응하며, 거기에 서 인간의 이해에 상응하며, 광물계의 모든 것은 인간의 가장 외적인

생명에 상응하고 있다."(DLW 52)

그러므로 상응의 지식은 창조를 참답게 이해하는 데 불가결한 〈보편적 지식〉의 하나라고 말하고 있다.

끝으로 선(善)과 진리, 이해와 의지의 상응관계를 부연하고 상응의 과학 원리를 보충하고 마치려 한다.

선(善, 또는 사랑)과 진리는 자연계의 태양이 볕과 빛의 결합으로 이루어진 것처럼, 선과 진리가 분리되면 태양은 태양이 아니듯이 선과 진리는 결합되어 있는 한에서 선일 수 있고 진리일 수 있다. 이 말은 선 아닌 진리는 진리가 아니고, 진리 아닌 선은 선일 수 없다는 말이다. 진리에서 분리된 선의 성질과 선에서 분리된 진리의 성질은 사람 안에 분명하게 나타난다. 왜 그런가 하면 그 사람의 모든 선은 의지 안에 거하고 그의 진리는 이해 안에 있으나, 의지는 그 자신의 선에 의해서는 아무것도 행할 수 없기 때문이다. 행동도 말도 느낌도 말이다. 즉 의지의 덕과 힘은 이해를 통해서 존재하는 것이므로 이해가 용기와 거처로 되어 있는 진리를 통해서만 의지는 활동할 수 있다. 그것은 사람의 몸 안의 심장과 폐장의 운용과 같이 면밀하다. 심장의 박동과 폐장의 호흡 없이는 운동도 감각작용도 산출할 수 없고 심장 박동에서부터 폐장의 호흡이 운동과 감각작용을 생산한다. 이것은 심장의 박동은 계속되지만 호흡하기를 멈추고 운동과 감각작용이 없는 사람이 숨막혀 기절하고 또는 물에 빠져 빈사상태가 되는 것에서 명백하다. 또 어머니의 자궁 안에 있는 태아도 이와 같다. 그 이유는 심장의 의지와 그 선(善)들에 상응(대응)하며 폐장이 이해와 그 진리들에 상응(대응)되는 까닭이다. 영계에서는 진리의 힘이 대단히 뚜렷하다. 몸으로는 허약하기가 어린 아이와 같지만 주님께 받는 신령 진리 안에 있는 한 천사가 아나킴(Anakim)과 네피림(Nephilim)[10] 즉 거인들 같이 보이는 지옥의 영들을 쫓아버릴 수 있다.

6. 맺는 말

시는 과학적인 언어의 진술이 아니라 정서적 감성의 언어라고 주장하지만 끝없는 추상과 공허한 관념적 언어유희에만 매몰되어 있을 수는 없다. 궁극적인 실재에 대한 진실한 전달이 없대서야 아리스토텔레스의 비유의 개념인 전이(Trenseferance)가 없는 것과 무엇이 다르겠는가? 우주의 근본적인 비의에 관한 지식의 전이가 필요하다고 본다. 그 이유는 스베덴보리를 통하여 Correspondence의 이론이 시 문학에 지대한 영향을 끼친 실증적인 예를 통해서 이해할 수 있을 것이다. 그리고 상응원리를 일고의 가치도 없는 것으로 혹평했던 Kantrk가 결국 스베덴보리가 보여준 세계와 사상을 향하여 "지극히 고상한 사상이요, 그 세계야말로 이성의 세계요, 감각적인 세계와 구분되어

---

10 창 6:4. 및 TCR 87.

야 할 세계라고, 인간의 영혼 불멸은 감각적·공간적 견지에서 시간도 공간도 없는 심령으로 가는 여기에 있다"고 실토한 것처럼 우물 안 개구리가 대해를 알지 못하는(井中蛙不知大海) 데에서 벗어나 상응시론(相應詩論)에 새로운 접근을 시도해 보아야 할 때가 아닌가 생각한다.

논의를 처음 시작할 때는 세계적으로 저명한 서구 시인들과 비평가들의 작품들을 소개하고 그 속에 나타난 천계비의들을 다루려 했으나, 워낙 자료가 방대한 반면에 유용한 자료임에도 불구하고, 칸트(Kant)의 경우나 기상(Conceit)의 경우처럼 상응이론을 시적 논의의 대상으로 함에 부정적 소극적이어서 구체적인 사례들은 생략했다. 따라서 상응의 원리가 비유와 상징으로 형상화된 시들을 몇 십 편이라도 예시하려 생각도 해 보았지만, 그러한 시들과 천계비의들의 상관성을 평설 입증하기에는 역시 자료가 방대하여 다루지 못하고, 다음 기회가 되면 최소 100편 정도의 시를 소개할 생각이다.

끝으로, 백한이 시인의 시편들이 개천+개벽→자연현대의 이념을 정선과 조화, 형제애와 시성을 통해 구현함으로써 마침내 세계평화와 인류 행복의 구현에 입각하고 있음을 볼 때 이러한 시정신은 모름지기 천계비의(天界秘義)가 고차적 상응현상으로 형상화되어 관류하고 있는 사실을 세계 시인들과 폭넓게 공유하고 싶은 심정으로 집필했음을 밝힌다.

이러한 심정과 관련하여 최근 필자가 겪은 잊지 못할 에피소드 하나를 덧붙여 소개하면서 마치려 한다. 2015년 8월 우리나라 경주에서 개최했던 세계한글작가대회에 초청되어 발제 강연을 했던 노벨문학상 수상자인 르 클레지오 씨의 강연 중 스베덴보리(E. Swedenborg)에 관련해, 단순히 칸트의 혹평(사기꾼으로 간주)[11]만을 인용하여 언급하는 순간 놀라지 않을 수 없었다.

그 이유는 칸트의 그러한 혹평에 대하여 그 당시 많은 석학들이 이해할 수 없는 주장으로서 그 답변을 요구하거나 잘못임을 직·간접으로 지적하였기 때문이다. 결국 그는 부인하려야 부인할 수 없는 진실 앞에 스스로 그 오류를 실토하고, 더 나아가 스베덴보리의 사상과 지론을 자신의 지식으로 바꾸어 버리는 데까지 이르렀다. 실로 학자적 양심과 권위를 누리는 철학자로서 있을 수 없는 일이며, 무책임한 일이라 생각된다. 스베덴보리가 주님의 소명을 다하고 세상을 떠난 지 2세기가 훨씬 넘은 이 시점에 그런 혹평을 그대로 반복했다는 점에서, (필자는) 시단에 나오면서부터 상응시론(相應詩論)을 연구하며 장차 본격적인 이론 전개를 위한 준비를 하는 중이어서 그 말 한마디가 충격적이지 않을 수 없었다. 무엇보다도 우려되는 것은, 그 자리에 모인 국내외 수백 명의 문인들(특히 시인)에게 파급될 부정적인 측면을 생각하니 더욱 그러하였다. 형이상학시(形而上學詩)가 초기에 혹평을

---

11 세계한글작가대회 발표자료집. 2015. PEN 한국본부발간. P. 282. 르 클레지오(J.M.G. Le Clezio)의 표현은 '사기꾼'으로 표현함.

받았던 바와 유사한 전철을 부추길 수 있는 계기가 되기에 충분한 부정적 이미지가 파급되리란 생각으로 그렇게 생각했을 뿐만 아니라, 상응이론이 현재 서구의 세계적인 많은 시인들의 시 속에 영계 현상의 상응현상으로 비유되고 상징과 표상으로 형상화되어 있음이 실증되고 있는데도 여전히 그 깊고 오묘한 세계에 등을 돌리는 우를 오늘날에도 반복하는 현실이 필자로 하여금 마음을 아프게 했다.

그리고 국제 PEN 한국 본부의 PEN 대회에 두 번이나 참석해주신 르 클레지오 씨에게는 한국 국민에 대한 우의에 감사하는 마음을 전하면서도, 강연 내용의 공개적인 비판을, 그것도 자신의 생각이 아닌 다른 학자의 비판을 무비판적으로 인용하여 공개강의 석상에서 그대로 옮긴다는 행위는(광신자의 두목이라, 일고의 가치도 없다는 등 야유)[12] 세계적인 학자다운 성품에는 아무래도 그 말에 대한 스스로의 책임이 없다고 할 수는 없을 것이라 생각한다. 지금 다시 칸트를 비롯한 당대의 석학들의 논의가 재현된다면 어떠할까…. 그럼에도 불구하고 우리나라에서 개최한 세계 PEN 대회에 두 번씩이나 참석해 주신 한국 국민에 대한 우의와 한국 PEN 회원들을 성원해 주신 애정에 대해서는 개인적으로 거듭 깊은 감사의 마음의 인사를 전하는 바이며, 필자의 지적 또한 깊이 이해주실 것으로 믿는 바이다.

---

12 언어철학적인 문제를 다루는 현장에서 '광신자의 두목'과 '사기꾼'은 그 개념이 본질상 다르다('사기꾼'은 형법상 범죄인)는 생각때문에 여운이 필자의 마음을 아프게 한다.

문답을 통해서 본
소설 창작 실기 과정의
문제점들

채길순 * 소설가, 명지전문대학 교수

이 글은 소설 쓰기 실습 현장에서 흔히 만나는 질문에 대한 답변을 정리한 글이다. 여기서 답변은 보편적인 문학이론에 입각한 답변이므로 창작 실습자 누구에게나 공통으로 적용되지는 않을 것이다. 이 글은 자신의 글쓰기 상황에 맞게 유연하게 받아들여야 한다.

이는 소설 쓰기에서 이론보다 실제 습작이 더 중요하다는 뜻이기도 한데, 이는 곧 소설 창작이 이론(방법)보다 실습으로 얻은 문장(실제 작품)이 더 우선한다는 뜻이기도 하다. 이론은 큰 물줄기가 흐르도록 방향을 설정하는 일이기 때문이다. 필자는 다양한 질문들을 그 범주에 따라 1. 소재 및 주제 2. 구상 3. 플롯 4. 갈등 5. 인물 6. 이야기 방식 7. 소설언어 8. 퇴고 9. 기타 항목으로 분류하여 기술했다.

1. 소재 및 주제

소설에서 소재(素材, material)란 작가의 직·간접 체험은 물론 작가의 상상에 의해 창조된, 소설을 쓸 때 동원되는 모든 재료를 말한다. 소설 속에 사용된 사건이나 인물 배경이 모두 소재라고 할 수 있다. 또 소설의 사건이나 에피소드, 소도구를 말하기도 한다. 특히 소설의 주제를 드러내는 중심 소재를 제재라고 하며, 소설 착상의 단초가 된

씨앗과 같은 소재를 모티브라 한다.

소설의 소재는 삶의 현장에서 실제 일어났거나 일어날 수 있는 모든 사건들이 소설의 소재가 될 수 있다. 대개 습작기에는 각별한 이야기를 찾기 위해 공상에 의존하거나 사회적인 사건에 관심을 가지는 경향이 있다. 그러나 모든 소설의 소재는 나를 포함한 내 주변의 체험에서 찾는 것이 좋다. 사회적으로 알려진 사건이라 하더라도 자신의 체험적인 사건으로 재구성되었을 때 비로소 소설의 소재가 될 수 있다.

소설의 주제는 중요한 요소이긴 하지만, 흥미 있게 글을 읽다보면 저절로 느껴지는 것이어야 한다.

문1) 저는 주어진 글제와 주제가 알맞게 들어맞도록 연결을 잘 못 짓고 있습니다.

→ 주어진 글제와 주제가 반드시 일치해야할 필요는 없습니다. 작가는 의도에 따라 이를 맞추기도 하고, 의도적으로 어긋나게 하기도(역설법) 합니다. 예를 들면 〈어떤 오후〉는 의미가 광범위하지만 '현대인들의 고단한 삶'으로 상징화하여 보여 줄 수도 있고, 아니면 환희의 밤을 맞이하기 위한 활기찬 오후로 의미를 붙일 수도 있습니다. 글제와 주제 둘의 관계 설정 법칙이라면, 처음에는 글제와 주제를 정확하게 맞췄다가 차츰 비유 상징의 사건으로 범위를 넓혀간다고 보면 이해하기가 쉬울까요? 이보다 더 익숙해지면 역설로 가기도 하겠지요.

문2) 단순한 주제 혹은 제목이 주어지면 상상력을 통해 글을 전개하라고 하는데, 상상력을 어떻게 펼쳐 가야 효과적인가요?

→ 제목이 주어졌다면 당연히 이를 확장해 나가야겠지요. 이때 주어진 제목을 다양한 각도에서 접근해야 합니다. 이 과정에서 제목을 비유나 상징으로 해석하면 상상의 폭이 넓어지고 풍부해지겠지요.

필자가 평소에 준비해둔 이야기를 제시된 제목(주제)에 꿰어 맞추기도 합니다. 이런 경우 가장 효과적인 글쓰기가 될 것입니다.

문3) 항상 가족 혹은 자신의 이야기, 사랑-교훈으로 이야기가 끝나는 것 같아요. 풍부하고 다채로운 소재의 글을 쓰고 싶은데 어떻게 해야 다양한 글을 쓸 수 있을까요.

→ 소설 쓰기에서 자신의 삶의 현장에서 실제 일어났거나 일어날 수 있는 모든 사건들이 소재가 될 수 있습니다. 대개 습작기에는 각별한 이야기를 찾기 위해 지나치게 공상에 의존하거나, 나와 무관한 사회적인 사건에 대해 관심을 가지는 경향이 있는데 이는 바람직하지 않습니다. 체험적인 내용을 소설적으로 픽션화하는 것이 다양하고 풍부해질 수 있습니다. 다시 말하면 모든 소설의 시작은 나로부터, 즉 체험적인 것이 좋습니다.

우리가 만나게 되는 잘 쓴 글이란 대개 체험적이지 않던가요?

문4) 소설에서 주제는 어떤 방식으로 나타내는 것이 좋을까요?

→ 소설이 인간의 삶을 그대로 보여줄 수도 없거니와 또 그럴 필요가 없을 것입니다. 꼭 필요한 행위를 통해 작가가 뚜렷이 의도한 바를 보여줘야 합니다. 그것도 어떤 특정 인물과 사건 배경을 통해서 전달하며, 여기서 특정 인물이나 사건을 통해 보여줄 뿐이지요. 주제는 대개 직접 드러나지 않습니다.

이상의 〈날개〉에 등장하는 소설의 소재 혹은 소도구로 아스피린 아달린이 있습니다. 이것들은 상징화되었습니다. 즉, 마취되지 않으면 살 수 없는, 질식할 듯 암울한 일제 강점기를 상징하고 있습니다. 여기서 술도 대략 그런 상징적인 의미를 가지게 됩니다. 문학작품들에서 일제시대는 '술 권하는 사회'로 표현되었습니다. 이런 맥락에서 보면 현대인은 술을 포함한 도박, 마약 등이 이를 대신하고 있다고 볼 수 있을까요. 아니, 이보다 더 복잡해졌겠지요.

문5) 제목을 잘 못 잡고 있습니다.

→ 모든 글에서 제목이란 완성된 구조물을 가장 매력적으로 드러내 보이는 핵심 요소입니다. 제목은 한 구조물을 대신할 수 있으며, 상징화되고, 문제를 집약시킨 결과물이지요. 더러는 작품을 다 쓴 뒤에도 꼭 맞는 제목을 정하지 못하는 경우도 있습니다. 다만 그 구조물에 가장 적절한 제목을 붙였더라도 대개는 작가에게 제목은 늘 미흡한 것처럼 느껴지는 경우가 많습니다. 소설집을 출간할 때 마지막까지 제목을 두고 고심하기도 합니다.

그렇지만 제목에서 간과해서는 안 되는 요소가 있습니다. 즉, 글의 제목과 주제가 어떤 식으로든 연관 관계가 있어야 한다는 점입니다.

현진건의 〈운수좋은 날〉은 여러 운수 나쁜 사건들을 연달아 겪는 하루의 일과를 보여주려는 작가의 의도가 제목에 집약되었다고 보아야 할 것입니다. 예를 더 들겠습니다. 황석영의 〈삼포 가는 길〉은 저무는 밤이나 벌판이 중심 배경인데, 이는 소설의 주제를 효과적으로 뒷받침하고 있습니다. 이로 보아 소설의 제목과 소설의 주제가 어떤 이미지로 맞닿아 있는가가 소설의 성패를 좌우하기도 하기도 합니다. 소설의 구성 요소가 추상적으로 제시되었다가 소설이 차츰 전개되면서 주제가 더욱 선명하게 드러나게 되기도 합니다. 이효석의 〈메밀꽃 필 무렵〉도 제목만으로 일정한 인물과 사건과 배경이 제시된 셈입니다. 구체적인 '산골의 길'이 제시되면서 '고단한 인생길'이라는 추상적인 주제도 정해졌습니다. 실제로 〈메밀꽃 필 무렵〉에서 작품의 중심 배경은 파장 무렵의 장터와 메밀꽃이 흐드러진 산길입니다. 소설의 주제가 '인생 파장 무렵 허생원의 고단한 삶'이라면 실제 여름 시골 장터의 파장 무렵은 인생 파장을 상징적으로 제시하게 되었으며, 한밤중 내내 장돌뱅이가 걷는 길은 '고단한 인생길'을 또 다른 상징으로 보여준다고 할 수 있습니다.

문6) 주제가 글 안에 잘 녹아들게 하려면 어떤 방법이 있나요?

→ 그냥 흥미 있는 이야기를 계획하고, 어느 단계에서 이 이야기를 통

해서 드러낼 문제나 주제를 떠올리면서 사건을 전개해 나간다면 자연스럽게 주제가 녹아들게 되지 않을까요?

2. 구상

글쓰기에서 일단 소재를 취사 선택해야 한다. 체험에서 얻어진 소재를 소설적인 흥미나 주제를 위해 재해석하여, 객관화 또는 주관적인 체험의 내밀화 과정을 거쳐야 하는데, 이는 체험을 좀 더 흥미 있고 의미 있는 소재로 변형하기 위한 과정이다. 여기서 재해석이란 소설적인 문제의 결합을 말하며, 체험의 재해석과 내밀화 과정이란 소설적인 주제를 위해 사건을 재구성하거나 마치 자신의 체험처럼 내 안에서 소화를 시키는 과정을 말한다.

체험의 재해석과 내밀화 과정이란 소설의 흥미를 위해 사건들을 재배치하는 단계를 말하며, 이를 포괄적으로 구상이라고 한다.

문1) 글의 큰 틀을 짤 때, 사건을 처음부터 터트려야 할지, 아니면 시간 순서대로 진행한다면 언제 어떻게 사건을 터트려야 효과적인가요?

→ 소설 쓰기에서, 사건 전개 방법에는 크게 세 가지가 있습니다. 첫째는 재미나는 서사(사건) 틀을 만들면서 주제(문제)를 담는 것이고(미괄식 접근법), 둘째는 주제(문제)를 담아낼 사건을 구성해 가는 것입니다(미괄식 접근법). 크게 보아 이 두 가지는 접근 방법의 문제이고 결국

은 이 두 가지가 거의 동시에 적용하게 되겠지요(양괄식 접근법)? 이 두 가지 방법을 동시 적용하는 것이 세 번째 방법입니다.

그렇지만 통상적으로 소설은 우선 '뭐 흥미 있는 이야기 없을까(미괄식 접근법)?'로 시작하는 것이 옳습니다.

문2) 주어진 글제가 상황 제시의 글일 경우, 꼬아서 생각해도 되나요?

→ 한마디로 말한다면, 꼬는 것도 정확한 의미를 파악한 상태에서 꼬아야 합니다. 만일 의미가 정확하게 파악되지 않은 상태에서 꼰다면 전혀 엉뚱한 답이 나올 수 있습니다. 흔히 자신이 언제인가 다뤘던 문제 쪽으로 억지로 꿰어 맞추려는 경향이 있는데, 이는 오답을 쓸 위험이 그만큼 크다고 봐야겠지요. 정확하게, 냉정하게 주어진 문제를 파악하고 접근해 들어가야 합니다.

문3) 사건 구성을 좀 더 튼튼하게 하라는 지적을 받는데, 이를 해결할 방법은 뭔가요?

→ 사건 구성을 다른 말로 서사라고 할 수 있는데, 서사란 일반적으로 사건(갈등)을 제시하고 점차 사건이 발전시켜 가서, 갈등이 완전히 해소되었을 때 마무리되는 구조입니다. 따라서 사건은 처음-중간-끝, 발단-전개-위기-절정-결말의 단계로 계획하고 나서 쓴다면 문제는 어느 정도 극복될 것입니다. 소설에서는 갈등이 격해질수록 인물들의 감정이 격해져 가는 것처럼, 상승과 하강의 사건 배열은 물론 작가

의 감정이나 어조까지 조절됩니다. 참고로, 각 단계의 조건은 다음과 같습니다. 발단부에서는 갈등의 조짐이 제시되거나 암시되어야 하고, 전개부에서는 앞에서 제시된 갈등이 구체적으로 드러나야 합니다. 갈등은 몇 단계를 거치면서 차츰 상승하는데, 그를 통해 불투명했던 갈등 관계가 구체화되면서 점차 강화(심화)되어야 합니다. 위기부에서는 갈등이 최고조에 이르고, 그 결과 갈등은 새로운 탈출구를 찾아갑니다. 절정은 결말을 준비하는 단계이므로 예상되는 결말을 염두에 두고 미리 복선을 제시해야 합니다. 이런 플롯 과정에 따른 갈등의 층위를 설정하는 일은 온전히 작가 고유의 몫이며, 작가가 의도하는 주제를 드러내는 과정입니다.

문4) 글제가 단어인 경우 그 단어를 상징으로 써야 하는가요? 예를 들면 '단추'가 제목으로 주어진 경우 단추에서 소설적인 의미를 계속 확장시켜야 하나요, 아니면 단추라는 단어를 등장만 시키고 그냥 아예 다른 상징을 찾아 써도 되는가요? 글제는 단추이지만 '다리미' 같은 아예 다른 소재를 써도 되나요?

→ 일단 제목이 주어졌다면 자체를 다양한 각도에서 접근해야 합니다. 이 과정에서 비유나 상징으로 해석될 수 있기 때문에 제목을 소설로 드러내는 방식은 다양하겠지요. 단추는 큰 성과물의 시작("첫 단추를 잘 꿰어야 성공할 수 있다.")이 되거나, 뼈아픈 실수로 끝나 버리는 서사 구조로 써 나갈 수도 있겠지요. 단추 때문에 사랑이 시작되기도 하

고, 이별의 아픔을 맞는 것도 가능합니다.

또 다른 예를 든다면, 세상 뜬 아버지를 그리워하는 이야기를 썼다고 할 경우, 아버지가 봄비 오는 날 세상을 떠나셨다면 제목이 '봄비'가 될 수 있으며, 눈 오는 날에 세상을 떠나셨다고 마무리한다면 '눈 오는 날'이 될 수 있습니다. 마지막 질문인 "다른 소재인 '다리미'를 가져다 써도 되느냐?"를 즉답한다면, 제목과 자연스럽게 연결만 된다면 별 문제 없겠지요. 문제는 얼마나 제목('단추')과 자연스럽게 한 구조물을 이뤘느냐가 중요합니다. 더 솔직히 말하면, 이미 필자가 준비된 이야기에 제시된 제목을 얼마나 자연스럽게 꿰어 맞추느냐가 가장 큰 관건입니다. 이는 결국 습작을 많이 해야 하는 이유가 됩니다.

문5) 결말에 서경과 서정을 사용하는 것이 좋다고 하셨는데, 서경과 서정을 어떻게 사용해야하는지 잘 모르겠습니다.

→ 이는 포괄적으로 정서적인 문장이랄 수 있겠네요. 짧고 쉬운 글도 어떤 정황에 놓이느냐에 따라 신선할 수 있지만 아무래도 시적인 표현으로, 감성의 울림을 줄 수 있는 문장을 구사하는 것이 정답일 겁니다. 이는 오랜 습작, 혹은 표현 방법을 배워야 구사할 수 있어요. 그래서 남의 좋을 글을 많이 읽는 것이 좋은 방법으로 제시되기도 하지요.

문6) 첫 문장에서 배경을 잘 보여주고 싶은데 얼마나 자세히 설명을 해야 배경을 잘 보여줄 수 있을지 모르겠습니다. 또, 너무 자세히 설명하면 독자를 의식하고 글을 쓰게 되는 것 같아 어렵습니다.

→ 왜 첫 문장에서 반드시 배경을 제시해야 하나요? 긴 장편소설의 시작은 구구절절 배경을 쓰기도 하지만 단편소설에서는 시작 방법이 한층 다양해졌습니다. 참고로 글쓰기에서 발단은 흥미 있는 이야기를 툭 던져 놓고, 이를 풀어가도록 해야 합니다. 가령 '집나간 지 3년 만에 돌아온 아버지는 마치 아침에 나갔다가 돌아온 것처럼 자연스러웠다'는 첫 문장이라면 아버지의 가출이나 무책임을 고발할 작가의 의도를 포함하면 됩니다. 소설은 이처럼 첫 문장에서 모든 문제를 담을 수 있어야 합니다. 소설의 첫 문장에서는 문제를 제기하거나 주제의 방향을 암시할 수 있어야 합니다.

문7) 소설 전개에서, 사건 암시를 어떻게 해야 효과적인지 모르겠어요.

→ 암시란 대개 글의 발단부에서는 갈등의 조짐이 제시되거나 암시되어야 하고, 전개부에서는 앞에 제시된 갈등이 구체적으로 드러나야 합니다. 때로 암시는 반전을 위한 복선을 의미하기도 합니다. 이때 복선은 너무 깊게 감춰져도 독자가 알 수 없으며, 너무 쉽게 드러내도 소설적인 흥미가 떨어지겠지요? 따라서 암시란 이야기를 흥미 있게 끌고 가기 위한 적당한 방법이 될 것입니다.

문8) 어떻게 하면 암시 기법을 효과적으로 쓸 수 있을까요?

→ 앞의 내용과 유사한 질문입니다. 암시된 내용을 반드시 잘 보이

게 할 필요가 있나요? 적당히 재미있으면 그만이지요. 숨바꼭질을 할 때, 너무 완벽하게 깊이 숨어 있어서 도무지 찾을 길이 없다면 그 게임은 흥미가 없습니다. 술래가 적당히 여기저기 가능성을 짐작할 수 있도록 해야 흥미가 있지요. 소설도 마찬가지입니다. 암시도 적당히 흥미 있게 제시할 궁리를 하세요.

문9) 글쓰기에서, 뒤에서 일어날 상황을 미리 앞에서 말하여 독자의 흥미를 떨어트렸다는 평가를 받았습니다. 어떻게 하면 흥미를 떨어트리지 않으면서 개연성 있게 암시를 할 수 있을까요?

→ 문학은 감춤의 미학이라는 말이 있습니다. 자연스럽게 흥미 있는 이야기를 계획하면 됩니다. 숨바꼭질이 흥미 있는 이유는 보일 듯 말 듯, 곧 찾을 수 있을 것 같아 흥미 있는 것처럼, 소설도 이런 원칙에 입각하여 전개해 보세요.

3. 플롯

우리가 현실에서 만나는 사건 기사는 한낱 이야기일 뿐이다. 즉 소설을 기준으로 보면 소설적인 짜임을 갖추지 못한 재료일 뿐이다. 이러한 날것의 소재에 작가의 주제나 문제의식이 효과적으로 투영되고, 소설적 흥미와 긴장을 위해 작가의 의도에 따라 사건의 순서를 교체하거나, 사건을 집약하거나, 혹은 확장하는 과정을 거쳐 비로소 소설이 된다. 즉 스토리에 일정한 내부 질서를 부여하여, 기-승-전-결과 같은 상승과 하강 국면이 포함된 의미 있는 구조물로 만들어 낸 결과물을 플롯이라 한다. 달리 말하면 플롯은 서사적 흥미나 주제, 문학적 정서를 드러내기 위해 만들어 낸 인위적인 질서를 가리킨다. 소설의 플롯을 건축으로 비유하면 설계에 해당하며, 사전적인 정의에 의하면 스토리를 얽어내는 틀을 말한다. 때로 플롯은 소설 전체의 뼈대를 뜻하는 말로 쓰이기도 한다.

여기서, 이야기(스토리)와 플롯의 관계를 정리해 보자. 스토리가 자연의 시간 흐름에 따른 개념이라면 플롯은 이 스토리를 소설적 재미와 감동을 위해 시간적 질서를 재배열하는 것이다. 즉 소설적 감동을 위해 인위적으로 질서를 구축한 구조물이다. 따라서 소설 쓰기란 스토리를 플롯으로 바꿔가는 과정이라고 할 수 있다. 그래서 플롯을 만드는 과정을 '인과에 의한 사건 질서의 변형'이라고 표현하기도 한다.

문1) 반전을 설정하고 싶은데 어떻게 하면 자연스럽게 장치를 만들 수 있을까요?

→ 반전의 일반적인 개념은 일반적인 흐름(독자가 예상하는 과정과 결과)을 뒤집는다는 뜻입니다. 사건의 흐름에서 결말 부분에서 주로 일어납니다. 신선한 마무리를 위해 글쓰기에서 흔히 도입합니다. 하지만 반전이 모든 글에 반드시 필요한 요소는 아니며, 반전을 억지로 만드는 것보다 자연스럽게 시도하는 것이 좋습니다.

문2) 소설적인 긴장감이 떨어진다는 평을 받는데, 이를 극복할 방법이란 무엇인가요?

→ 플롯은 '인위적인 시간 변화에 의한 사건 재구성'이라고 했습니다. 그러나 이는 지극히 자연스러운 사건 구성이라는 이해가 먼저 필요합니다. 다만 작가에 따라 사건을 제시하는 방법에 차이가 있다고 보아야 합니다. 예를 들면 두 남녀가 만나 자연스럽게 사랑의 감정이 깊어간다면 상승 플롯이라고 할 수 있지만, 남녀의 뜨겁던 사랑이 서서히 식어가는 과정을 그렸다면 하강 플롯이라고 할 수 있습니다. 작가는 '두 사람이 만났다가 헤어지는 과정'을 흥미 있게 만들기 위해 갈등을 제시하고 이에 따른 사건을 터트리게 됩니다. 이때 사건은 점차 갈등이 깊어가는 순서로 배치해야 합니다.

소설적인 긴장감이란 결국 갈등으로 빚어지는 사건 진행 과정이라고 볼 수 있습니다.

문3) 플롯을 '정해진 이야기의 틀'로 보면 되나요? 그리고 어떤 소설의 플롯을 모방해도 되나요?

→ 이야기를 풀어가는 방법, 즉 플롯은 모방해도 별 문제가 없습니다. 설령 모방했다 하더라도 그것은 필자 자신의 개성적인 플롯이 될 테니까요. 그러나 가급적이면 다양한 플롯 구성법을 익혀 두는 것이 필요합니다. 예를 들자면 사랑 플롯은 흔히 삼각관계의 갈등이 설정되며, 복수 플롯은 꼭 원수를 갚아야 할 사건이 벌어지고 복수를 위해 온

갖 시련을 이기고 원수를 갚으면 소설이 끝납니다. 라이벌 플롯은 서로 대등한 인물(오히려 주인공이 능력이 떨어지기도 한다)이 대립각을 세워 긴장감을 유지하면서 서사가 진행됩니다. 찾아가기 플롯은 상실한 물질이나 정신적인 가치를 찾아가는 구조로 진행됩니다. 이 밖에 성장 성숙 플롯, 상승과 하강 플롯 등이 있습니다.

4. 갈등

갈등은 소설의 본질이다. 소설이 인간의 이상적인 삶을 보여주려 하지만 실제의 소설적 전개는 현실적 삶의 고통스런 모습을 통해 이뤄진다. 즉, 소설이 비록 인간의 행복한 세계를 보여주더라도 삶의 갈등이나 불행 끝에 찾아진 행복을 보여준다는 뜻이다. 이는 소설의 본질의 하나인 갈등 문제와 연관이 있다. 따라서 소설은 갈등이나 고통이 해결됨으로써 얻을 수 있는 쾌락의 세계를 보여주는 플롯 구조를 지닌다. 다시 말해 소설은 갈등을 해소해 가는 감동적인 이야기이어야 하며, 풍자와 해학을 통한 감정 정화(카타르시스 · 스트레스 해소)의 기능을 감당할 수 있어야 한다.

문1) 사건과 갈등이 서사적인 글쓰기에서 반드시 필요하다고 했는데, 혹시 작은 사건과 작은 갈등이어도 되는지요?

→ 대개의 서사물들은 중심 갈등이 있고, 이를 떠받치는 작은 갈등들

로 구성됩니다. 이는 중심 사건과 작은 사건으로 나타난다고 볼 수 있겠지요. 이런 층위는 나름대로 기준이 필요합니다. 맥베스의 경우, 첫 사건은 '욕망으로 인한 살인에의 추억' 때문에 벌어지는 하위 갈등으로 극이 진행되고 있습니다. 모든 서사물들은 중심 갈등(중심 사건)을 터트리고 이를 풀어가는 하위의 작은 사건들로 구성되며, 진행되고 있습니다.

문2) 끝까지 글이 약해지지 않고 집중력 있고 힘 있는 글이 되려면 어떻게 써야 하나요?

→ 갈등을 제시하고, 이 갈등의 긴장감을 끝까지 유지하는 방법입니다. 굳이 방법을 제시한다면, 글을 구성하고, 줄거리를 쓰는 등 가능하면 계획이 충실한 글이 집중력이 있고 힘 있는 글이 됩니다.

문3) 갈등은 반드시 제시되어야 하나요?

→ 물론입니다. 그렇지만 현대소설은 갈등이 밖으로 드러내지 않고 내면에 숨어 있거나 감춰지는 경우도 많습니다. 더러는 갈등을 수수께끼처럼 감춰 두고 조금씩 천천히 드러내기도 합니다.

5. 인물

소설은 기본적으로 사람들의 이야기이다. 소설은 인간에 대한 탐구와 새로운 인간상의 창조로부터 시작하기 때문에 소설 쓰기란 기본적으로 현실인물(일상인물)을 모델 삼아서 새로운 인물을 창조하는 행위라 할 수 있다. 따라서 일상인물과 소설인물은 같으면서도 또한 다르다. 결국, 소설 쓰기란 개성화된 인물 창조의 과정이다.

문1) 소설에서, 등장인물을 효과적으로 제시하는 방법이라면 어떤 것이 있나요?

→ 등장인물의 모든 행동은 모두 작가의 의도에 의해 설정된 인물들이며 행동입니다. 예컨대, 살인자를 등장시키거나, 착한 인물을 내세울 때 얼마나 착한지를 보여주기 위해 괴롭히는 인물을 등장시키지요.

그리고 등장시킨 인물은 (1)직접 인물이 행동하게(말하게) 해서 보여주는 방법과 (2)작가가 이를 설명해 주는 두 가지 방법이 있네요.

문2) 작중 인물의 캐릭터가 뚜렷하지 않다고 지적합니다. 이런 문제를 극복하는 방법은 어떤 것이 있을까요?

→ 작품에서 인물은 작가의 의도에 의해 창조된 결과물입니다. 따라서 작품 속의 캐릭터는 작가의 의도에 따라 설정(등장시킨)된 인물의 성격입니다. 따라서 애초에 작품을 쓸 때 주위의 체험적인 인물(모델)을 작품에 등장시킬 때 생동감 있는 인물로 개성화될 수 있습니다. 그래서 우스갯말로 집안에 작가가 하나 있으면 집안의 모든 인물들이 폭로된다고 합니다. 즉, 작가는 주변 인물을 바탕으로 창조한다고 할

수 있겠네요.

문3) 등장인물에 이름 짓는 방법이 있나요?

→ 소설가는 일정 부분 작명가도 되어야 합니다. 사회의 보편적인 인식에 걸맞은 이름이 필요합니다. 그러나 체험적인 글, 1인칭의 글에는 굳이 이름이 필요하지는 않지만 염두에 두고 쓰는 것이 효과적입니다. 〈삼포 가는 길〉을 보면 백화(술집 작부), 영달이, 정씨가 등장하는데 모두 산업사회에서 버림받은 자들이지요. 세상의 보편적인 인물인 경우 이름 대신 K, Y 같은 이니셜을 쓰기도 합니다.

문4) 앞에 질문과 비슷한데요, 특정한 성격을 가진 인물의 경우, 특정한 이름 방식이 있나요?

→ 성격을 짐작할 수 있도록 이름을 짓는 경우가 있습니다. 성격이 강하면 강철이 좋고, 유약한 성격의 소유자라면 약수로 지으면 더 효과적이지 않을까요.

6. 이야기 방식

소설 창작을 시작할 때 작가가 가장 먼저 직면하는 문제가 이야기 방식이다. 주된 인물이 사건을 직접 이야기하도록 할 것인지, 아니면 부수적인 인물로 하여금 주인공의 이야기를 하게 할 것인지, 또는 작가가 이야기를 하고 거기에 사건을 분석 비평까지 할 것인지를 고심하게 되는 것이다. 더욱이 장편소설은 이야기 방식이 복잡하고 다양하기 때문에 이야기 방식 선택이 복잡할 수밖에 없다.

결국 시점은 작가와 작중인물 사이의 거리 문제이기도 하다. 작가는 충분히 떨어져서 여러 인물과 배경 가운데 있는 대상을 관찰하거나 작가가 작중인물의 한 사람으로 등장하기도 한다. 이 문제는 카메라 촬영 기법으로도 설명이 가능하다. 소설이 진전됨에 따라 독자에게 어떤 정보를 얼마만큼 제공해 줄까 하는 작가의 의도에 따라 카메라 렌즈가 피사체를 따라 이동하듯이, 인물의 표정을 그림 그리듯이 보여주거나, 인물의 행동을 먼 거리에서 관찰하듯 보여주는 방식으로, 필요에 따라 거리가 다양하게 조절되는 것과 같다. 그러나 시점과 거리를 정하는 문제는 소설의 기술에 있어서 필수적인 선택 요건이 된다. 물론 분량이 적은 단편소설에서 이야기 방법이나 거리를 자주 변경하는 일은 자칫 작품의 통일성을 해칠 우려가 있다는 점을 잊어서는 안 된다.

문1) 스토리에 따라 이야기 방식을 잘 선택하는 방법은 무엇인가요?

→ 다소 막연한 질문인데, 체험적인 접근이 가장 보편적인 이야기 방법입니다. 그럼에도 불구하고 독백체, 내면의 중얼거림 방식은 절실한 자기 체험적인 이야기를 풀어갈 때 효과적입니다. 신경숙의 〈풍금이 있던 자리〉 주요섭의 〈사랑손님과 어머니〉는 일종의 불륜 소설

인데, 독백체 이야기 방식으로, 혹은 어린 아이(옥희)의 눈으로 대상을 보게 하여 예술적 성과를 획득한 예가 됩니다.

참고로, 장편소설은 많은 인물들의 다양한 사건을 다루기 때문에 3인칭을 쓰는 경우가 많고, 체험적인 이야기 방법인 1인칭은 단편소설에서 많이 씁니다.

문2) 시점이나 화자의 거리 정하기 문제를 해결하는 방법이 있나요?

→ 간단하게 답하면, 체험적인 입장에서 써 나가면 많은 문제가 한꺼번에 해결됩니다.

문3) 대학 입시 글을 쓸 때, 청소년(지금 작가인 나의 나이)이 세상을 바라보는 시각으로 쓰는 게 좋을까요? 아니면 어린아이, 혹은 어른의 시각으로 써도 상관없나요?

→ 일단 소설쓰기에서 모든 시각의 글쓰기가 가능합니다. 다만 자신이 잘 알고, 쉽게 다룰 수 있는 소재라야 하기 때문에 현재 자신의 시각으로 쓰는 것이 좋습니다. 가령 한 가정의 파탄을 아버지나 어머니의 눈으로 쓸 수는 있겠지만, 작가 자신의 눈높이로 써야 현실감을 살릴 수 있겠지요. 그렇지만 '아버지를 관찰하는 나'가 아버지보다 실감나는 글이 될 수 있습니다. 이런 점에서 작가가 여성이라면 어떤 식으로든 여성의 입장을 쓰는 것이 좋습니다.

문4) 글을 쓸 때 시점(인칭)이 자주 혼동됩니다. 정확하게 생각하면서 쓸 수 있는 방법이 있을까요?

→ 아주 쉬운 방법이 있습니다. 마치 자신의 체험처럼, 1인칭으로 쓰면 모든 문제가 일거에 해소될 수 있습니다. 사실성이 중시되는 오늘날의 소설에서 체험적인 1인칭 글쓰기가 대세인 이유이기도 합니다.

7. 소설언어

소설이란 작가가 인식한 세계의 진실(소재)을 일정한 서사 구조 내에서 소설언어로 형상화한 것이다. 따라서 아무리 좋은 소재가 있다 하더라도 언어로 형상화하는 데 실패하면 결코 좋은 소설이 나올 수 없다. 소설언어는 인간의 삶을 총체적으로 드러낼 수 있도록 일반적인 산문형 문장이라는 특성 외에 시적인 표현은 물론 수필, 희곡, 시나리오, 방송극, 실용적인 설명문이나 논설문, 심지어 기행문, 보고서, 일기, 편지글 등 여러 가지 형태의 문장이 종합되어 있다. 소설언어가 종합언어라고 하는 것은 이 때문이다.

소설은 대화와 지문으로 이루어져 있다. 그러나 대화와 지문을 효과적으로 서술하려면 온갖 문학 장르의 글은 물론 실용적인 글까지 효과적으로 표현할 수 있는 능력을 갖춰야 한다.

소설은 대화와 지문으로 전개된다. 먼저, 소설에서 대화는 작가의 의도를 충족시켜 주는 유용한 수단으로 쓰인다. 그것도 생생한 청각과 시각 언어로 전달해 준다는 점에서도 대단히 적절한 표현법이다. 대화의 기능을 알고, 효과적으로 활용하는 것이 바람직하다.

첫째, 대화는 인물의 정보와 정황을 제시하는 기능을 한다.

둘째, 대화는 사건의 흐름에 관련된 사항을 제시하는 서사적 기능을 한다. 표면적으로는 대화 상대자와 주고받는 말이지만, 사실은 독자에게 사건의 흐름이나 내용을 이해시키기 위해 고안된 장치라는 점을 알아야 한다.

셋째, 대화는 작품의 종합적인 의미를 정리하거나 중요한 문제를 제시, 논평하는 기능을 한다.

넷째, 대화는 문학적 정서를 담아내는 기능을 한다. 일상의 대화와는 달리 소설의 대화는 좀 더 문학적인 정서를 담는다.

이에 비해 지문은 대화를 보충하는 기능과, 사건 양상을 독자들에게 제공하는 서사적인 기능, 사건 정황을 상세하게 전달하는 기능을 수행한다.

소설에서 대화와 지문은 동시에 쓰이는 것이 원칙이지만, 그리고 서로 조화를 이루어야 하지만 일반적으로는 지문이 소설의 많은 부분을 차지한다.

문1) 대화와 지문의 비율은 어떻게 써야 바람직한가요?

→ 대화와 지문의 이상적인 비율이란 없습니다. 원칙이라면, 대화와 지문은 조화를 이뤄야 한다는 것입니다. 물론 조세희의 〈난장이가 쏘

아올린 작은 공〉, 안정효의 〈죽 이야기〉는 온전히 대화로만 소설이 이뤄지기도 합니다. 이와 반대로 대화 없이 지문만으로 이뤄진 소설도 있습니다.

문2) '구체적인 묘사가 아닌 생각을 서술 방식으로 말하기 때문에 내용이 명확하지 못하다'는 평을 받고 있습니다.

→ 위의 예를 염두에 두면 이해가 쉽겠지요. 작가는 이미 사건을 통해 꽉 짜인 구조물을 머릿속에 가지고 있습니다. 예를 들면 어린 나이의 딸을 잃은 사연을 가진 어머니가 있다고 합시다. 당연히 그의 가슴에는 크고 깊은 상처를 지니고 있겠지요. 여기서 왜 어떤 과정을 통해서 딸을 잃었는지 구구절절 사건으로 내세울 수도 있지만 그렇게 하지 않고 내면에 담아두고 바깥 사건을 통해 보여줄 수도 있습니다. 즉, 사건이 모두 생략된 채 소설이 진행될 수 있습니다. 여기서 원고의 분량을 늘리려 고민하는 사람이라면 어머니의 회상을 통해 딸의 죽음 과정을 길게 늘어놓겠지요. 다만 '상처받은 사람이 이를 어떻게 극복해 나가느냐'를 다루겠다는 의도를 지녔다면 소설은 극히 짧은 분량으로 보여줄 수도 있습니다.

문3) 서사를 이끌어 가는 힘 있는 대사가 좋은 줄은 알겠는데, 어떻게 하면 효과적으로 쓸 수 있을까요?

→ 소설에서 대화는 다양한 정보를 제공해 줍니다. 특히 소설 진행에

필요한 사건을 중심으로 대화가 집중될 때 힘 있는 대사가 됩니다.

문4) 식상하지 않은 비유와 상징, 묘사를 하고 싶은데 마음처럼 잘 되지 않습니다.

→ 다소 애매한 질문이지만, 소설을 쓰는 사람이면 누구나 신선한 표현을 갈망합니다. 평소에 알고 있는 속담이나 관용구를 자신의 글 상황에 맞게 고쳐서 써 보는 것도 신선한 글쓰기를 위한 훈련 방법이 될 수 있습니다.

문5) 시각적으로 느껴지는 신선한 문장을 잘 쓸려면 어떻게 해야 하나요?

→ 이는 표현의 기본 요건인데요, 소설문장은 기본적으로 눈에 보이듯(시각) 들리는 듯(청각) 등 오감을 생생하게 드러낼 수 있어야 합니다. 구체적으로 보이듯 들리듯 써야 한다는 말입니다. 좋은 작가들의 문장을 필사하다 보면 생동감 있는 표현 방법을 익히게 되기도 합니다. 무엇이든 거저 얻어지는 것은 없습니다.

문6) 문장 배합을 어떻게 해야 할지요?(공간묘사, 감정묘사, 서사)

→ 원론적으로, 모든 요소들이 조화를 이뤄야 합니다. 서사는 속도가 있고, 묘사는 정체되기 쉽기 때문에 독자의 반응을 염두에 두어 조화를 이뤄야 한다는 뜻입니다.

문7) 요즘 제 문장에 비문이 많다는 말을 듣는데, 어떻게 이를 극복할 수 있나요? 문법도 맞지 않고, 어느 곳에서는 시점이 틀리곤 하는데, 이도 비문에 속하나요?

→ 비문은 그 범위가 넓습니다. 앞뒤 내용의 논리가 맞지 않거나, 어법에도 맞지 않거나. 시점이 맞지 않는 것도 이치에 맞지 않으니 당연히 비문이랄 수 있겠지요. 비문을 바로 잡는 것은 교정 과정으로, 문장을 차근차근 검토하며 고쳐 나가야 합니다.

비문을 쉽게 잡는 방법은 일단 ①주어+서술어 ②주어+목적어+서술어 등식을 기준으로 챙겨 보면 달아난 성분을 찾거나 호응이 맞지 않는 요소를 쉽게 찾아 낼 수 있습니다. 그렇지만 이런 성분을 온전히 다 잘 갖추는 데만 신경을 쓰다 보면 자칫 문장이 딱딱해질 위험도 있습니다. 문학적인 문장은 비유나 상징을 통해 작가의 의식 속에 성분이 감춰지는 경우가 많기 때문입니다. 자기 표현을 충분히 한 이후, 비문을 최소화하는 연습을 해 나가야 할 것입니다.

문8) 글을 쓸 때마다 계속 비슷한 문장만 나오는데 어떻게 해야 바로 잡을 수 있나요?

→ 이는 글쓰기 과정에서 흔히 만나는 문제입니다. 이는 정체 진술에서 빚어지는데요, 사건 변화나 장소 이동, 인물의 등·퇴장을 빠르게 진행할 때 이 문제가 극복되기도 합니다. 흔히 군더더기 없는 간결한 문장이 함께 요구되기도 합니다.

문9) 소설쓰기에서, 설명글을 넣으면 이야기가 길어지고, 설명글을 빼면 이야기가 엉뚱한 이야기로 진행되는데 어떤 설명을 빼야 되고 어떤 설명은 둬야 하는지 혼란스럽습니다.

→ 다소 모호한 질문인데요. 소설은 원래 꼭 필요한 이야기만 쓰도록 되어 있습니다. 사람도 중언부언 말을 많이 하면 매력이 없지요? 소설 언어는 꼭 필요한 사건, 필요한 설명만으로 이뤄져야 합니다. 참고로, 제 아무리 짧은 글이라 할지라도 줄거리를 써 보면 불필요한 구조가 걸러지는 경우가 있습니다. 꼭 줄거리를 써 보는 것이 좋은 글쓰기 습관입니다.

문10) 산문을 쓰는데 시를 읽는 것도 도움이 되나요? 산문을 쓸 때 시적인 용어를 써도 괜찮은가요?

→ 소설언어는 종합언어입니다. 인간의 삶을 총체적으로 드러내는 산문형 문장이라는 특성 외에 시적인 표현은 물론 수필, 희곡, 시나리오, 방송극본, 실용적인 설명문이나 논설문, 심지어 기행문, 보고서, 일기, 편지글 등 여러 가지 형태의 문장이 종합되어 있습니다. 따라서 소설문장을 일러 잡문이라고도 칭하는데, 세상의 모든 글을 종합할 줄 알아야 좋은 글을 쓸 수 있습니다. 일기 형식의 소설이 있는가 하면 편지글 소설도 있지 않던가요? 그렇다면 시적인 소설도 매력적이지 않나요?

8. 퇴고

퇴고(推敲, elaboration)는 글을 쓰고 나서 손질하는 모든 과정을 뜻한다. 퇴고는 전체 내용에서 부적절한 부분이나 틀린 문장을 고치고, 빠뜨린 단어나 잘못 쓴 단어를 바로 잡는 일까지, 글 고치기의 전 과정을 뜻한다. 한마디로 작품의 완성도를 높이는 마지막 포장 과정을 퇴고라 한다.

퇴고 방식은 작가마다, 작품마다 다소 차이가 있다. 소설에 국한하여 말하면 대개 소설 초고를 쓰는 시간보다 퇴고하는 시간이 더 오래 걸리기도 한다. 그만큼 글 다듬는 일이란 고통스런 글쓰기의 연장선상에 놓인 고통의 과정이다. 어느 작가의 경우 '원고를 마감하고 나면 영혼이 고갈된 느낌'이 드는데, 다시 마지막 힘을 쏟아 부어야 하는 퇴고 과정의 고통을 토로하기도 한다.

원론적으로, 글은 오래 다듬을수록 좋은 글이 된다. 초고를 쓰고 난 직후에는 글에 대한 영감에 취해 있을 때이므로, 하루 이틀 또는 며칠이 지난 뒤에 독자의 입장에서 원고를 대하면 좀 더 객관적인 안목으로 글을 고쳐 나갈 수 있을 것이다. 이때는 글을 냉정하게, 전체와 부분을 서로 교차해 가면서 고쳐 나가는 것이 바람직하다.

문1) 글쓰기에서, 고쳐도 고쳐도 끝없이 교정 사항이 나오는데, 이는 글쓰기에서 소질이 없기 때문인가요?

→ 교정 과정이란 글쓰기에서 오랜 시간을 요하며, 누구나 긴장되는 고난의 과정입니다. 독자를 대면한다는 설렘보다는 두려움이 앞서기 때문입니다. 교정이란 이렇게 덜 부끄럽게, 덜 두렵도록 글을 고치는 과정입니다. 어느 작가나 오랜 시간 동안 교정을 하기 마련입니다.

문2) 글에서 필요 있는 문장과 필요 없는 문장은 어떻게 구분할 수 있을까요?

→ 소설에서 대화나 지문은 모두 소설 구성에 꼭 필요한 문장만 쓸 수 있어야 합니다. 그 문장을 빼 놓고도 이야기가 잘 흘러간다면, 혹은 더욱 간결하고 명료해지거나 소설적인 긴장감이 더해진다면, 그 문장은 군더더기라고 할 수 있습니다.

문3) 문장에서 조사를 중복되게 사용하지 않고 자연스럽게 쓰려면 어떻게 해야 하나요?

→ 소설문장에서, 조사의 반복이 어색한 경우가 많습니다. 이런 때는 문장을 짧게 잘라 보세요.

9. 기타

다음은 흔히 소설쓰기에서 일반적으로 만나는 문제들이다.

문1) 소설 쓰기에서, 소설에 대한 구상이나 계획을 어느 정도 진행한 뒤에 글쓰기를 시작해야 하나요?

→ 우리는 살아가면서 가끔 여행을 하게 됩니다. 무작정 떠나기도 하지만, 며칠 준비하거나 몇 해를 계획하여 떠나는 여행도 있습니다. 뿐만 아니라, 계획만 세우다 여행을 포기하는 경우도 있습니다. 소설 쓰기도 이와 비슷하여, 무작정 써 나가기도 하고, 며칠 동안 꼼꼼하게 준비한 끝에 시작할 때도 있지요. 흔하게는 오랜 세월 머릿속에 구상만 하다가 끝내 소설 쓰기를 포기하기도 합니다. 한 번도 만나지 못한 소설을 두고 평생 후회하면서 살아갑니다. 그러면 왜 소설을 쓰지 못할까요? 일단 시작하지 못하는 데 문제가 있습니다. 지도를 펼쳐 놓고 하나하나 따져 가며 여행 계획을 세우듯, 소설 쓰기 계획을 꼼꼼하게 세울수록 좋습니다. 그러나 소설 쓰기란 계획 못지않게 일단 시작하는 것이 중요합니다. 왜냐하면 어느 누구도 '소설 창작 여행'을 위한 완전한 준비를 할 수 없기 때문이지요.

아무리 준비를 잘 갖추고 출발하여도 가는 길목마다 항상 지도를 확인해야 하는 것이 여행(소설쓰기)이며, 또 무작정 출발하더라도 중간중간에 지도를 찾거나 사람들에게 길을 물어가며, 즐겁게 여행할 수도 있는 법입니다. 소설쓰기도 이와 같습니다. 어느 경우든 두려움을 떨치고, 용기 있게 나서는 것이 중요합니다.

문2) 소설에서 상징은 무엇인가요?

→ 광범위한 질문인데, 편의상 연극에 비유하자면 무대 위의 행위는 모두 '인간 삶'의 상징입니다. 그렇다면 소설이라는 무대도 어떤 의미에서 보면 '우리 인간의 현실의 상징'인 셈이지요.

구체적인 예를 든다면 이상의 〈날개〉 속 인물들의 모든 행위는 지식을 가지고도 무기력할 수밖에 없는 일제 강점기 지식인의 암담한 삶을 상징으로 보여줬지요. 옛 소설은 직접 대상을 상징화했다면(〈홍길동전〉, 〈춘향전〉, 〈로미오와 줄리엣〉 등) 현대소설 〈이방인〉, 〈날개〉에서는 초현실적으로 무의식의 세계를 상징화하고 있습니다.

현대소설은 대개 상징화, 내면화되기 때문에 쓰는 작가도, 이해하는 독자도 어렵게 느껴지게 되었습니다.

문3) 소설 쓰기에서 원고 분량은 어떻게 조절하나요? 단편소설 형식으로 쓰다 보니 하나의 이야기에 여러 개의 에피소드를 집어넣으려는 경향 때문에 원고의 양이 길어집니다. 그래서 소설의 속도감이 떨어지고 긴장감이 떨어집니다. 이럴 때 어떻게 해야 하는지요?

→ 답변에 앞서, 요즘 소설이 서사가 있는 수필 모양을 갖춘 소설이 많다는 말을 상기할 필요가 있습니다. 여기서 짧은 글이란 한 시퀀스 단위라고 봐야 됩니다. 한 가지 문제를 제시하고 이를 발전시켜 마무리 짓는 단위로 보면 처음 - 중간 - 끝 구조가 완전한 장편소설(掌篇小說), 혹은 콩트 구조가 되겠지요. 요즘은 엽편소설(葉片小說, 2500자 내외)이 있을 만큼 짧은 글이 나오기도 합니다.

대개 습작기에는 사건이 많고, 이것이 익숙하면 최소한의 사건을 선택하는 과정을 거치게 됩니다. 여기서 사건이 많고 적은 것은 어떤 기준이 되지 않습니다. 얼마만큼 주제를 잘 드러낼 필요한 사건들만으로 구성되었느냐가 중요할 뿐입니다.

다만, 현대소설은 잡다한 사건들을 내면에 숨겨 놓고 이에 대한 행동을 구체적으로 묘사하는 경향이 있습니다. 그렇기 때문에 현대소설은 수필적 성향의 글이 많습니다. 그러나 너무 숨기고 정황만 묘사하면 이야기에 맥이 빠집니다. 정통 소설 기법은 든든한 사건 구성이라는 점을 기억할 필요가 있습니다.

문4) 글을 쓸 때 보편적으로 알려진 상표, 상품 이름(예를 들어 편의점 이름, 신발 상표)을 드러내도 되나요?

→ 원래 답안지라면 특정인물을 짐작하게 하는 고유명사는 쓸 수 없도록 되어 있습니다. 물론 특정 상품을 광고할 수 없겠지요. 가능하면 쓰지 않거나, 꼭 쓰더라도 조금 비틀어서 쓰세요. 예를 들면 '나이키'가 아니라 '나이기'면 무난하지 않나요?

문5) 마지막 문장을 어떻게 하면 인상 깊게 쓸 수 있을까요?

→ 좋은 소설은 제목과 첫 문장과 마지막 문장의 3박자 호응이 이뤄질 때 흥미있는 소설이 됩니다. 제목과 함께 머리와 꼬리가 잘 호응하는 글이라야 인상 깊은 여운을 남기는 글이 됩니다.

문6) 동화 같은 스토리는 왜 안 좋은지 알려주세요.

→ 동화의 스토리는 세상의 모든 아이들이 좋아하는 틀입니다. 〈백설공주〉는 일단 마귀할멈에게 공주가 마법에 걸려 잡혀가고, 이를 구하러 나타나는 백마 탄 왕자의 행위를 흥미있어 하는 스토리입니다. 긴장감 있는 이야기 구조, 정해졌지만 흥미를 갖춘 플롯 구조라 할 수 있습니다. 어렸을 적에 읽었던 동화의 이야기 방법을 버리지 말고 지금 소설쓰기에 응용해 보세요.

문7) 현실에서 경험할 수 없는 일을 소설에서 가능하게 했을 때 독자는 흥미를 느낀다고 배웠는데, 동시에 개연성도 중요하다고 배웠습니다.

→ 먼저, 소설에서 좋은 소재이란 무엇일까요? 독자 입장에서는 자신이 체험하지 못한 새로운 소재를 말하며, 작가 입장에서는 자신이 잘 알아서 익숙하게 다룰 수 있는 소재가 좋은 소재입니다. 따라서 소설은 믿을 수 있는 범위에서 과장되며, 황당무계한 소재의 소설에 흥미를 느끼게 됩니다. 물론 여기서는 개연성이 필수조건이 되겠지요. 결국, 기이한 소설 세계란 과장된 현실 세계인 셈이네요.

웹소설 쓰기 입문

김주호 * 웹소설 작가

** 이 글은
송현우 교수님의 강의 노트를
정리한 것임을 밝혀둔다.

1. 시작하면서

글쓰기에 앞서 명심해야 할 것. 바로 작가의 건강관리.

다른 직업에 비해 오랫동안 앉아서 일을 해야 하므로 허리에 상당한 무리가 간다. 또한 모니터를 계속해서 봐야 하므로 눈과 손에도 신경을 써주어야 한다.

하루에 1~2시간 정도는 꾸준히 운동을 해주어야 체력을 유지하면서 글을 쓸 수 있다. 글을 쓴다는 행위는 자칫 잘못 생각하면 머리로 쓴다, 정신력으로 하는 것이라고 생각하기 쉽다. 하지만 많은 문인들이 얘기하듯 글쓰기는 엉덩이로 쓰는 것이다. 게다가 체력이 떨어지면 자연스럽게 두뇌회전이 떨어져 글을 쓰기도 힘들다.

첫째도 건강 둘째도 건강이다. 한번 무너지면 돌이키기 힘이 든다. 평소에 조금씩이라도 시간을 들여 관리하도록 하자.

2. 웹소설이란?

웹소설은 단순하게 설명하면 온라인에 연재되는, 또는 판매되는 소설이다. 하지만 무릇 내용이라는 것은 형식에 영향을 많이 받기 마런이므로 웹소설 또한 그 플랫폼에 맞춰 내용이 많이 바뀐 상태이다.

웹소설이 쓰이던 초창기에는 대부분 취미로 웹에 자신의 글을 게시하곤 했다. 돈을 벌기 위한 수단은 아니었기에 오로지 작가 본인과 독자들의 재미가 중요한 소설이었다. 그렇기에 기존 출판시장에 나오는 소설과는 다른 부류의 글들이 등장하게 되었는데 그 중 도드라지게 튀어나온 것이 판타지와 무협, 로맨스소설이다.

그 외에도 SF나 미스터리, 공포 소설도 없는 것은 아니었지만 한국에서는 공급도 수요도 많지 않았다.

웹에서 연재하고 그중에 인기 있는 작품들은 출간까지 되면서 본업보다 좋은 수입을 올리게 되는 작가들이 생겨났다. 하지만 이때까지는 웹이 중심이 아니라 현실의 종이책이 우선이었다. 하지만 대여점과 함께 성장해 온 판타지 무협, 로맨스소설은 점차 그와 함께 침체기로 접어들기 시작했다. 스캔이나 텍본처럼 불법복제가 성행하면서 대여점의 수익이 악화일로를 걷고 있었던 것이다.

전국의 대여점이 사실상 대부분 도산하면서 많은 작가들이 절필을 하고 다른 일을 찾아보기 시작했다. 이와 같이 장르소설이 침체기를 맞은 것은 출판사와 작가들, 그리고 독자들에게도 어느 정도는 책임이 있다고 할 수 있다. 변화와 발전 없는 작가, 무턱대고 책을 내주는 출판사, 양서를 외면하고 자극적인 소설만 찾아본 독자. 하지만 이미 시장은 가라앉고 있는데 시시비비를 가려서 무엇 하겠는가.

몇 년간 암흑기를 거친 웹소설 시장의 활기는 높아진 스마트폰의 등장과 함께 찾아왔다. 다만 수익모델은 이미 잡혀 있었으나 독자들에게 편당 100원가량의 비용을 지불하게 만드는 데에는 다시 몇 년의 시간이 필요했다. 웹은 무료라는 인식을 깨기 위해 여러 사람들과 플랫폼에서 많은 시도를 했고 2016년 현재, 웹소설 시장은 엄청난 수익 창출의 무대가 되고 있다. 특히나 카카오페이지, 네이버웹소설, 조아라, 문피아 등의 대형 플랫폼에서는 해당 플랫폼 인세로만 억대 연봉을 받는 작가들이 상당수 등장한지 오래이다.

3. 캐릭터

웹소설, 그러니까 장르소설의 기본은 감정이입을 통한 대리만족이다. 그렇기에 때로는 매력적인 캐릭터가 스토리보다 더욱 중요할 수도 있다.

캐릭터 설정의 기본은 앞서 말한 감정이입을 중심으로 생각해야 한다. 독자가 감정이입을 하기 쉽도록 목표한 독자와 연결되는 배경을 가진 인물로 설정한다. 크게는 항상 피해를 받는 대중을 대변한다, 한마디로 대다수의 일반인. 여성 독자층이 높을 경우 여성, 그리고 목표로 하고 있는 연령대의 평균적인 나이 대. 대부분의 독자들이 일상 생활에서 갑이 아닌 을로서 살아가기 때문에 을의 입장에서 이야기를 그려나가는 것이 중요하다. 그리고 요즘 세대에는 착하고 정의로운 주인공보다는 이기적이고 악당이었던 인물들이 주인공으로 등장하는 경우가 빈번하다. 평소 하지 못했던 일을 대신 해주는 이를 보며 대리만족과 쾌감을 느끼기 때문이다.

4. 장르적 글쓰기

모든 글쓰기에는 목적이 있다. 그리고 각자 그 목적에 맞는 방법을 갖춰야 한다. 장르적 글쓰기는 다음의 부분을 강조하여 서술한다.

1) 행동묘사와 대사에 중점을 둔다.

캐릭터의 행동을 묘사하고 대사를 치는 것에 치중해야 한다. 특히나 모든 진행은 주인공을 중심으로 돌아가야 한다. 필요에 의해 주인공 외의 사건이 진행되더라도 이야기가 최대한 빨리 주인공에게로 돌아와야 한다. 그 외의 불필요한 배경묘사는 최대한 배제한다. 가독성을 높이고 독자가 몰입하기 좋은 환경을 만들기 위함이다.

2) 문단의 사용법

장르소설에서는 문단이 기존에 갖는 분류체계로 나누지 않는다. 동일한 장소, 시간, 씬 등 다음의 분류에 따라 나누도록 하자. 문단을 갈아주는 목적은 가독성을 높이기 위함이다.

주체가 바뀔 때. 시점이 바뀔 때. 대사는 무조건 문단을 넘긴다. 시간의 경과. 강조.

3) 피해야 할 것들

글을 쓸 때는 항상 사건과 행동을 중심으로 서술해야 한다. 사고만 흐르거나 정체되어 있다면 쉽게 지루해진다. 특히나 불필요한 묘사를 남발하는 것을 경계해야 한다. 글을 목적은 이야기를 전달하는데 있다. 이야기를 전달하는 데 있어 필요 없는 것들은 과감히 쳐낸다.

4) 에피소드

작가는 글을 진행함에 있어 에피소드의 분량한계를 명확하게 인식해야 한다. 글을 읽는 독자들이 집중해서 볼 수 있는 분량은 굉장히 짧다. 그러므로 호흡을 너무 길게 가져가면 독자들이 따라오기 힘들어 한다.

에피소드의 엔딩은 호쾌하게 그려내야 한다. 주인공에게 억압을 주었다면 뒤쪽의 에피소드에서 폭발을 통해 카타르시스를 느끼게 해 줘야 하는 것이다. 소름 돋는 것과 닭살인 이야기는 한 끝 차이이다. 뻔한 엔딩이라도 장르적으로는 유효하며 효과적이다.

5) 몇 가지 팁

글을 쓰다보면 꽉 막혀 진행이 되지 않을 때가 있다. 근성으로 밀고 나가야 하겠지만 정말로 위급한 상황이 오면 다음의 방법을 써보자. 하나는 장소를 이동하는 것. 또 하나는 새로운 캐릭터를 등장시키는 것이다. 이 방법은 주위를 환기시키며 글이 새로운 국면으로 나아가는데 도움을 줄 것이다.

반복은 최대한 피하도록 하자. 물론 의도적으로 쓰이는 경우는 가능하다. 특정 목적을 가지고 쓸 경우에는 독자에게 재인식을 시켜준다는 부분에서 유용하다.

회상신은 죄악이다. 이를 항상 염두에 두고 있어야 한다. 독자는 미래를 궁금해 하기 때문에 언제나 그래서? 어떻게 됐는데? 라고 질문한다. 그러므로 반드시 써야 한다면 간단하고 짧게 쓰도록 하자.

5. 장르작가의 자세

글을 계속 써나가지 않으면 퇴보한다. 계속 쓰기 힘들다면 정해진 시간에 글을 쓰도록 노력하자. 특히나 장르적 글쓰기는 본인이 즐겨야 한다. 즐겁게 쓴 글을 독자들도 즐겁게 보기 마련이다.

글을 쓸 때는 기한을 두고 글을 써야 한다. 고치고 수정하다 보면 끝이 나질 않는다. 작성한 글을 던지는 연습도 되어 있어야 마감을 지킬 수 있다.

서술함에 있어 언제나 그때 당시의 생생한 감정을 전달할 수 있도록 한다. 부연설명을 줄여서 속도감을 높이자. 속도감을 높일 때는 단문을 사용하는 것이 효과적이다. 수사를 최대한 빼고 담백하게 가는 것이 좋다.

작가는 스스로 연기자가 되어야 한다. 본인이 쓰면서도 몰입하여

주인공과 함께 즐거워하고 슬퍼하며 짜증내야 한다. 독자의 몰입을 원한다면 자기 자신도 작품에 푹 빠져서 글을 써야 한다. 무표정으로 감정 없이 글을 쓴다면 독자도 마찬가지로 무감하게 볼 것이다.

6. 소재잡기

소재를 처음 구성할 때는 두 가지 질문을 통해 초기의 설정을 잡는다. 어떤 계기로 - 어떻게 되는가. 이 질문을 통해 주인공이 어디에서 시작하여 어디로 나아가는지 독자들에게 어필하는 소재를 구성할 수 있다.

좋은 소재는 시대상황이 자연스레 따라온다. 소재는 독특하면 좋지만 너무 특이해서도 안 된다. 독자들의 제반지식을 너무 넘어선 소재는 외면 받는다. 용인할 수 있는 선에서 차별화를 둔다. 전에 없던 새로운 이야기를 만들려 하기보다는 살짝 비틀어주는 느낌으로 가면 좋다. 쓸 만한 이야기는 대부분 세상에 나와 있기에 그 부분을 인지하고 차별화 지점을 설정하는 것이다.

7. 개연성

개연성은 글 구성에서의 완벽성을 위해 언급하는 것이 아니다. 독자의 몰입을 방해하지 않는 개연성을 의미한다. 흔히 쓰는 말로 '일어날 법한 일'이라고 정의할 수도 있다.

하지만 장르소설에서의 개연성은 다음과 같이 규정하는 것이 더 확실하다. 자신이 설정한 소설 내부의 규칙을 파괴하지 않는 선에서 이야기를 진행시켜야 하는 것. 기껏 룰을 정해놓고 독자가 그 룰을 숙지하며 따라오고 있는데 스스로 규칙을 어긴다면 독자는 더 이상 그 작가와 함께하려 하지 않을 것이다. 또한 앞선 내용에서 던져놓은 떡밥을 회수하는 것 또한 개연성을 살릴 수 있는 방편이 된다. 회수 가능성의 여부가 확실치 않다는 점에서 복선이라고 부르기에는 과할 수도 있다.

한 가지 유의해야 할 점은 독자의 '감정적 개연성'에 대한 부분이다. 논리적으로 초월적 진행이라 하더라도 독자가 원하는 대로 진행하는 것이 독자들이 보기에 유효한 개연성 있는 이야기가 된다는 것. 이 부분을 잊지 말아야 한다. 결국 이 모든 것은 독자를 배신하지 않기 위함이니 말이다. 이야기를 잘 진행시키고 있다면 독자들은 주인공이 잘되길 바랄 것이다. 그것이 설사 일어날 법 하지 않은 일이라 해도. 부디 함께 글을 읽고 있는 독자들의 꿈을 짓밟는 짓은 하지 마시길.

8. 갈등 그리고 사건

장르소설에서는 사건이 끊임없이 진행되어야 한다고 앞서 언급했다. 그렇다면 사건은 어떻게 만들고 진행시켜나가야 하는 것인가. 기본적으로는 빠져나갈 수 없는 난감한 상황에 캐릭터를 두고 갈등을 만들어내는 것이 포인트이다. 그 상황에 대처하는 캐릭터의 말과 행동을 통해 사건이, 이야기가 진행되는 것이다. 판무의 경우에는 점점 더 판을 키워나가면서 규모를 늘려야 한다. 드래곤볼의 진행순서를 보면 쉽게 이해가 갈 것이다. 처음에는 마을에서 시작해서 뒤로는 지구적인 규모로 커지고 종래에는 우주적이고 신적인 이야기로 나가는 것처럼.

이야기는 언제나 새롭되 전혀 새로운 이야기가 아니도록 유의해야 한다. 이야기와 이야기의 접목 그리고 약간의 비틀기. 이 점을 항상 잊지 않도록 해야 한다. 명심하라 세상에 새로운 이야기는 없다. 당신이 모르고 있을 뿐. 그러니 기존의 작품들을 읽는데 있어 게을러서는 안 된다.

9. 쓰지 말아야 할 것

당신이 장르소설을 쓰고 있다면 절대로 쓰지 말아야 할 것, 건드리지 말아야 할 것들이 있다. 물론 작가가 정말 필요해서 쓸 수도 있다. 하지만 독자들이 떨어져 나갈 것이라는 사실은 염두에 두고 감내해야 한다. 장르소설 작가는 스스로의 만족이 아니라 독자를 만족시켜야 한다는 것을 항상 인지하도록 하자.

1) 주인공 설정

먼저 주인공의 성별은 자신이 쓰려는 소설을 읽을 독자의 성별과 일치시켜야 한다. 독자의 성별과 반대된 주인공 설정은 감정이입을 저해하기 때문에 피하는 것이 좋다. 애니메이션처럼 눈에 보이는 것은 감정이입이 아니라 객체화된 것으로 받아들이기에 예외로 친다. 특히 BL 등의 특수 장르물의 경우에는 그에 맞는 독자의 욕구, 니즈를 풀어주는 방법으로 비동일시된 주인공이 등장하니 그것도 예외로 둔다.

2) 신체훼손

주요 캐릭터들의 신체훼손은 하지 않는 것이 좋다. 특히나 주인공의 경우에는 '절대'라고 할 정도로 금기시 된다. 독자들은 주인공에게 감정이입을 하여 동일시하기 때문에 캐릭터의 신체훼손을 자신에게 이입하여 본능적으로 기피하게 된다. 신체훼손을 하더라도 성공한 작품으로 이끌 수도 있다. 하지만 장기적으로 지속가능성 있는 작가로서 살아남기 위해서는 독자에게 기피하고 싶은 부분을 남기지 않는 것이 좋다.

3) 배드엔딩

배드엔딩은 장르소설에서 가장 피해야 할 이야기 중에 하나이다. 그 자체로 나쁘며 곧 죄악이다. 물론 작가 자신은 그렇게 함으로써 좀 더 완벽한 작품이 되었다고 생각할 수도 있다. 하지만 독자들은 이렇게 생각한다.

'이 작가 작품 다음에는 절대 안 봐!'

독자가 장르소설을 읽는 이유는 간단하다. 내가 감정이입을 한 캐릭터가 잘되는 것을 확인하기 위함이다. 그런데 배드엔딩으로 마무리를 지어버린다면 다시는 그 작가의 작품을 구매하지 않을 것이다. 내가 사랑하고 좋아했던 캐릭터가 어떻게 죽는지 보려고 시간을 할애하여 소설을 읽은 게 아니기 때문.

당신은 이렇게 반박할 수도 있다. 셰익스피어 같은 거장의 경우에는 당시 귀족들을 만족시키는 대중작가로서 작품을 많이 써냈는데 희극은 물론이고 비극도 같은 비율로 있었다고. 하지만 시대 상황을 생각하자. 독자들은 자신들이 겪지 못한 것에 대한 동경이 있다. 당시 희극의 주 소비층인 귀족들은 하루하루가 편안하고 눈물을 흘릴 일이 그다지 없었을 것이다. 그러니 눈물을 찔끔 흘리게 하는 비극들이 매력적으로 느껴졌을 수밖에. 하지만 현대사회의, 특히나 한국에서 살아가는 대부분의 국민들은 인생이 행복하지 않고 심지어 고되며 힘들다. 그렇기에 희극과 해피엔딩, 쾌감과 카타르시스가 필요하고 소비되는 것이다.

비록 한여름 밤의 꿈일 뿐이더라도 부디 당신을 믿고 따라온 독자들의 뒤통수를 치는 일은 없도록 하자.

4) 히로인을 지켜라

물론 여성 대상의 로맨스 소설에서 남주인공을 여주인공과 연결시켜주는 것은 당연하다. 대체로 모든 로맨스 소설은 남주와 여주의 해피엔딩을 그리고 있으니 말이다. 그 둘이 이어지지 않는다면 소설의 대전제가 깨져버리기에 어떻게 보면 언급할 필요도 없는 당부일 지도 모른다.

하지만 주인공이 남자인 판타지나 무협소설에서는 종종 주인공에게 역경을 부여하기 위해 여주인공과 관련한 역경을 부여하는 실수를 하곤 한다. 여주인공을 뺏기는 것 까지는 이해할 수 있으나 순결을 잃는다던가 신체가 상한다던가, 심지어는 목숨을 잃는 것.

히로인과 잠시 떨어지는 것은 독자들도 이해한다. 왜냐면 곧 구하러 갈 것이고 다시 함께할 수 있을 테니까. 하지만 그 이상 히로인을 자극하는 일은 참도록 하자. 당신은 몰라도 당신의 독자들은 그 일을 정말로 끔찍하게 생각할 것이다. 마치 자신의 여자를 빼앗기는 것처럼. 남성들의 소유욕을 자극하여 작품을 등지게 하는 일은 피해야 하는 것이다.

5) 우리 사회에서의 주인공

현재 장르소설에서 어떤 성향의 주인공이 대두되는지를 본다면 우리사회의 단면을 알아챌 수 있을 것이다. 최근 착하고 정의롭고 퍼주는 주인공은 거의 사장되다시피 했는데 이는 독자들이 자신의 것을 빼앗기기 싫어하기 때문이다.

좋은 것은 내가 가지고 남에게 나눠주지 않는 주인공들이 사랑받는다. 설사 주더라도 반드시 돌아온다던가, 또는 그로 인해 더욱 큰 이득이 있을 때만이 용납한다. 그렇기에 논리적인 개연성은 뒤로 하고 감정적 개연성을 따른 초월적 전개가 성행하는 것이다. 이는 사회적 문제로써 대두될 수 있는 것이지만 도덕책을 집필할 것이 아니라면 작가는 항상 독자들의 심리를 파악하고 그에 맞는 이야기를 구상해낼 수 있어야 한다.

10. 실전, 장르소설 쓰기

이제 장르소설을 쓰기 위한 이론적 준비는 끝마쳤다. 다음은 실제로 장르소설을 써나갈 때 해주고 싶은 조언들을 나열한 것이다. 이 외에도 어떤 문제나 벽을 만날 때는 가장 처음에 했던 이야기를 잊지 말고 되새기며 글을 써나가면 될 것이다. 장르소설의 목적은 독자의 감정이입을 통한 대리만족이라는 것. 잊지 말도록 하자.

1) 주인공의 비중

현재 쓰고 있는 소설의 시점이 무엇이던 간에 사실상 나(주인공)의 이야기이다. 주인공의 비중은 절대적으로 중요하니 언제나 주인공 위주로 이야기를 풀어나가야 한다. 필요에 의해 주인공 이외의 이야기를 해야 할 때는 최대한 압축하여 분량을 줄이도록 하자. 그것도 이야기 진행상 정말 어쩔 수 없이 언급해야 하는 이야기일 경우에만 가능한 것이다. 주인공이 없을 때는 쫓기듯이 허겁지겁 쓰도록 하자.

1인칭 시점의 경우에는 몰입감이 좋지만 그 외의 이야기를 전개해 나가기 힘들다. 3인칭으로 풀어나가되 마치 1인칭인 것처럼 써나가는 것이 가장 쉬운 방법 중에 하나일 것이다.

2) 정보 전달 방법

소설은 결국 이야기를, 정보를 독자에게 전달하는 것이다. 그 중에서도 장르소설은 정보전달의 목적이 감정이입을 통한 대리만족에 있기 때문에 모든 방법론은 몰입감을 높이는 데에 치중해야 한다. 다음의 세 가지를 명심하자.

첫째, 스토리의 에피소드화. 모든 이야기는 개별적인 각각의 덩어리의 에피소드로 구성해야 한다. 전체의 커다란 맥락에서도 작은 완결성을 갖는 에피소드는 독자의 짧은 호흡을 만족시키며 긴 이야기를 지치지 않고 따라올 수 있게 하는 원동력이 된다.

둘째, 대사로 전달한다. 대사로 전달할 수 있는 것이라면 굳이 설명하지 말고 대사로 빼내도록 하자. 이는 독자의 몰입도를 높여줄뿐더러 가독성을 높여준다.

셋째, 작가의 서술. 작가는 작품에 최대한 개입을 하지 않아야 한다. 아니 작가가 그 작품을 온전히 만들어내는 것이지만 독자가 느끼기에 작가의 인위적인 손길을 최대한 배제해야 한다는 것이다. 그렇기에 작가의 서술은 반드시 필요하지만 최대한 간결하고 단문으로 배치하여 자신의 존재를 독자에게 들키는 일이 없도록 해야 한다.

11. 마치며

현재 웹소설 시장은 무서운 속도로 성장하고 있다. 각박한 시대, 사람들은 스스로 살아남기 위해 본능적으로 생존의 몸부림을 친다. 한치 앞도 보이지 않는 바다 속에 빠져 파도와 태풍에 이리저리 흩날리는 사람들. 과거에는 샤먼, 종교가 하던 일종의 심리적 카운슬링을 이제는 제각기 다른 모습으로 나타나고 있다. 웹소설 또한 아마 그중의 하나이지 않을까.

세상은 변하고 있고 방법론은 방법론일 뿐, 실제로 바다를 향해 배를 띄우면 수많은 시행착오가 있을 것이다. 여기서 언급하지 않는 끝도 없는 문제들이 생겨나겠지만 그것 또한 항해의 일부이니 즐겁게 받아들이시라. 그리고 자신만의 신대륙을 발견하여 부디 현실에 지친 이에게 다시 활력을 불어넣어 주는 재밌는 이야기를 전해 주시길 바란다.

매스 미디어 시대
한국 현대시의 전개 방향 고찰
- 시와 만화를 중심으로

박상수 * 시인, 문학박사

** 『한국문예창작』 제14호(2008년 12월)에
기발표한 논문이다.

1. 들어가며: 시와 만화의 친연성

우루시바라 유키가 그린 만화 『충사(蟲師)』에는 이형의 존재인 벌레를 퇴치하는 충사(蟲師)가 등장한다. 벌레를 퇴치하는 사람이라니, 그 발상도 재미있지만 각각의 에피소드를 통해 작가가 펼쳐 보이는 인간에 대한 철학적이고도 깊이 있는 성찰은 높은 수준과 완성도를 자랑한다. 특히 일본에서는 2005년에 애니메이션으로도 제작되어 TV를 통해 방영되었는데 원작의 세계관을 충실하게 계승한데다가 몽환적이면서도 아름다운 작화로 연출되어 원작을 능가하는 감동을 전해 준다. 이 만화는 2007년, 극장용 애니메이션 〈아키라〉를 만든 오토모 가츠히로가 감독을 맡고 영화배우 오다기리 죠가 주인공 깅코 역을 맡아 실사영화로도 제작되었다.

이렇듯 대중적으로 검증된 출판만화를 주축으로 하여 TV용 애니메이션, 그리고 다시 실사 영화로 이어지는 제작방식은 원소스 멀티유즈의 시대 영상 산업의 보편적인 관행으로 자리 잡은 지 오래다. 이는 비단 대중 미디어, 특히 '아니메'의 왕국이라고 할 수 있는 일본의 경우에만 한정된 것은 아니다. TV나 극장용 애니메이션 시장이 형성되어 있지 않은 한국적 상황 때문에 비록 애니메이션화 되지는 않았

TV 애니메이션『충사』의 주인공 깅코

지만 우리나라에서도 허영만의 만화 〈타짜〉나 〈식객〉의 경우, 모두 영화와 드라마로 제작되어 대중적인 인기를 누렸다.

그러나 영화와 텔레비전이 대중적인 미디어로 자리를 잡고 학술적 연구의 대상이 되고 있음에도 불구하고 만화는 아직 이들 미디어에 비하여 합당한 대우를 받지 못하고 있는 것이 사실이다.[1] 이러한 상황에서 만화가 독립적인 장르로서의 미학적 완성도와 강력한 원천 소스로서 영향력을 동시에 키워나가고, 만화 관련 전공이 대학의 정규 교육 과정에 설치되어 창작의 실제와 학문적 연구 분야에서 성과를 쌓아나가고 있다는 점은 눈여겨볼 만하다. 이를 감안한다면 만화가 20세기 최후의 종합예술이자 21세기 멀티미디어형 커뮤니케이션

---

1 유재명, 「문화의 표현 양식으로서의 만화」, 『비교문화연구』 제6집, 경희대 부설 비교문화 연구소, 2002, 109쪽 참조.

의 핵심 장르로 더욱 새롭게 주목받고 있다는 점을 부인할 수 없을 것이다.[2] 그렇다면 이렇듯 각광받는 대중 미디어와 전혀 관련성을 찾아볼 수 없을 것만 같은 예술 장르인 시를 연관지어 생각한다는 것은 오늘날 어떤 의미를 지닐 수 있을까.

무엇보다도 여러 대중 미디어 중에서도 만화와 문학이 갖는 보이지 않는 친연성[3]을 점검해보는 것을 논의의 출발점으로 삼을 필요가 있다. 1975년에 발표한 글에서 김현은 외국 여행 중에 만난 젊은 프랑스 경제학도가 만화로 된 신문을 탐독하는 장면을 충격적으로 받아들이면서 만화의 예술적 지위에 대한 생각을 펼친바 있다. 그는 "매스 미디어의 대중화 작업(massification)에 저항하여, 제도화되어 체제 속에 안주하지 않는 대중들의 예술은 가능"하며 "그중의 하나가 만화"라는 견해를 밝혔다. "만화는 대중 예술이 아니라 대중들의 예술"이라고 부를 만하다는 것이다.[4] 또한 그는 『뿌리 깊은 나무』 1977년 1월호에 발표한 「만화는 문학이다」라는 글에서 조금의 망설임도 없이

2 박보름, 『코믹스의 칸 나누기 기법을 활용한 학습지도 방안 연구』, 국민대교육대학원 미술교육 석사논문, 2005, 21쪽 재인용.
3 만화와 가장 유사한 형태의 문학은 시나리오다. 특히 시나리오의 스토리보드는 컷 하나하나를 그림으로 그려 카메라 위치와 미장센 배치, 배우의 연기를 미리 그려 한눈에 볼 수 있도록 한 것인데 그림이 위주가 되고 필요한 대사가 첨부된다는 점에서 만화의 일종이라고 보아도 무방하다는 것이다. 또한 만화가 가진 서사성은 가장 기본적으로 소설의 서사성과 연결된다. 김남석, 「만화와 시」, 『시와 사상』, 2007년 가을호, 27-29쪽 참조.
4 김현, 「만화도 예술인가」, 『김현 예술기행/반고비 나그네 길에』, 문학과지성사, 2002년(5쇄), 77쪽 참조.

만화를 "선으로 표현된 문학"으로 정의하고 "현대문학을 전공하는 사람들에겐 그것은 그냥 지나칠 수 없는 사실"임을 역설하며 "대학 국문과나 미학과에 만화 강좌가 설치되어야 한다"고 주장할 정도로 만화에 대한 애정을 과시하였다.[5]

만화의 문학의 유사성을 구체적으로 살펴보자면 우선 만화의 말풍선에 들어가는 대사와 말풍선 바깥에 존재하는 나레이션은 문학을 수용하는 가장 고전적인 방식, 즉 독서의 과정과 흡사한 체험을 선사한다는 점을 지적할 수 있다. 더군다나 만화는 그림만큼이나 글을 표현의 한 축으로 삼은 미디어이기 때문에 사진이나 영화보다 투사·동일화를 훨씬 약하게 하면서도 그것들보다 더 관념적이고 추상적인 세계를 담아낼 수 있는데 이러한 추상적 표현의 정도는 문학과의 친

---

5 김현, 「만화는 문학이다」, 위의 책, 298-310쪽 참조. 김현은 또한 「시사 만화에 대한 단상」이라는 글에서 만화에 대한 자신의 성찰을 다음과 같이 정리하였다. "1)만화는 예술이다. 그것은 그림과 문학의 아들인데 그 만화가 예술로서 처음 생겨난 것은 1897년이다(그해 12월 『아메리칸 유머리스트』지에 루돌프 더크스의 「개구쟁이 카텐얌머」가 게재된다). 2)만화는 그림과 문학의 아들이지만 그것은 그림이나 문학처럼 완전히 개인적인 예술이 아니라, 통개인적(通個人的)인 예술이다. 통개인적이란 그림의 아이디어를 제공하는 사람과 그것을 그리는 사람이 다를 수 있으며, 그림을 그리는 사람이 바뀔 수 있다는 의미에서의 통개인적이다. 『르 몽드』지의 시사 만화에는 작가로서 아이디어 제공자와 그림을 그리는 사람의 이름이 같이 나와 있으며 블론디의 작가는 바뀐지 오래다. 3)만화가 통개인적인 예술이라는 사실은 그것이 영화·쇼 등과 함께 20세기의 집단적 사회(대중으로 모두가 획일화된 사회라는 뜻이다)가 만들어낸 예술이라는 것을 입증한다. 그것은 개인주의적인 부르조아지 사회에서는 불가능했던 예술이다. 4)대중 예술을 엘리트 예술과 구분하여 그것을 저급 예술로 치부하는 것은 올바르지 못하다. 대중을 위한 예술로서의 만화의 등장을 대중 사회의 분석을 통해 합리적으로 이해하여야 한다. 그러기 위해서는 예술이라는 개념 자체가 섬세하게 수정되어야 한다." 김현, 위의 책, 313-314쪽.

연성을 드러내는 부분이다.[6] 또한 수용자의 관점에서 보자면 영화의 경우 관객에게 밀려드는 정보를 관객 스스로 제어한다는 것이 불가능하지만 만화에서는 서사 진행 시간의 흐름과 속도는 전적으로 독자에게 달려 있다는 점은 만화와 문학을 동시에 연결할 수 있는 근거가 된다.[7] 이상의 관점들이 만화와 문학 일반에 관한 유사점을 밝힌 것들이라면 만화와 시라는 장르의 유사성에 관한 좀 더 구체적인 고찰도 있다.

만화는 언어에 있어서도 또한 불연속성의 원칙을 사용하고 있다. 만화에서 사용하는 언어는 지적인 것과는 다른 연상(또는 환기)의 기능을 갖는다는 점에 있어서 우리는 이것을 언어의 시적 사용이라고 말할 수 있다. 만화에서 언어는 구심적인 역할, 상징적인 의미를 갖기 때문이다. 따라서 만화에서 언어의 불연속성은 단절이나 비어있음이 아니라, 충만의 가능성을 가진 이미지들간의 관계를 연결해주는 시적이고도 모호한 역할을 한다.[8]

만화는 반복이 그리 많지 않은 생략예술임에도 불구하고 불연속적

---

6 유재명, 앞의 글, 122쪽 참조.
7 이계언, 『예술로서의 만화에 대한 철학적 분석』, 이화여자대학교 철학과 석사논문, 2000, 24쪽 참조.
8 유재명, 앞의 글, 123쪽.

인 이야기나 이미지가 연속적인 느낌을 주는 것은 칸과 칸, 칸과 컷, 컷과 칸 사이에 존재하는 공간 때문이다. 이 공간이 독자가 한 장면에서 다른 장면으로 넘어갈 때, 중심이 되는 순간과 이야기의 기준이 되는 이미지 사이에서 상상할 수 있는 시간을 주기 때문이다.[9]

출판 만화의 경우 상황과 사건은 낱낱의 문장으로 표현되지 않고 그림으로 표현된다. 여기서 언어는 각각의 컷과 컷, 칸과 칸을 연결하고 의미를 고정하는 차원에서 활용되는데 이것은 언어가 시적 언어와 같이 구심적이고 상징적인 역할을 하는 것으로 볼 수 있다는 것이다. 또한 만화가 컷과 컷, 칸과 칸으로 넘어가는 과정에서 핵심적인 장면과 이야기만 제시하고 과감히 생략하는 기법에 기반을 두고 있다는 사실은 산문적 서술과 달리 생략을 핵심으로 하는 시적 언어의 성격을 강하게 환기시킨다. 정리하자면 '시적 언어구사'와 '생략의 방식'[10]이 시와 만화의 유사점이라는 것이다. 이러한 공통점을 근거로 본고는 한국 현대시는 어떻게 만화적 상상력을 흡수해왔으며 만화의

---

9 유재명, 앞의 글, 123쪽.
10 이러한 생략의 방식은 칸과 칸의 연결에만 해당되는 것은 아니다. 배경을 비워서 인물을 강조하고 선을 간략화시켜 표정을 강조하고, 말을 줄여서 그림을 강조하는 등 만화에서 생략은 본질적인 존재근거가 된다. 화난 표정을 위해서는 나머지는 생략하고 주먹을 쥔 손이나 치켜 올라간 눈썹을 부각시켜서 강조한다든지 백마디 말보다는 머리 위로 솟아오르는 '김' 표시가 더 유효하다. 만화는 근본적으로 무언가를 표현하기 위해서는, 그것(선택)과 관계없는 것들을 생략해야 하는 장르라는 것이다. 김남석, 앞의 글, 32-33쪽 참조.

시의 결합은 앞으로 어떤 방향으로 전개될 수 있을 것인가에 대한 탐색을 펼쳐보이고자 한다. 이를 통해 대중 미디어의 시대, 시의 변화 가능성을 가늠해볼 수 있는 계기를 마련할 수 있을 것이다.

2. 그림과 언어의 결합

> 어린 시절 나는 빈 종이만 보면
>
>
>
> 이런 그림을 그렸다
> 항상 누군가에게
> 주먹을 날리고 싶었던 모양이다
> 그러나 그 주먹이
> 누굴 향하고 있는지 알지 못했다
> -박철, 「낙서, 유년」 전문, 『너무 멀리 걸어왔다』(푸른숲, 1996, 37쪽)

만화를 "스토리가 있는 연속된 그림으로서의 문자와 그림의 만남"[11] 이라고 정의한다면 위에서 예로 든 작품을 만화라고 부를 수 있

---

11 성완경, 『성완경의 세계만화탐사』, 생각의 나무, 2001, 15쪽. 이 밖에 만화를 만화이게 하는 세가지 요소로 글, 그림, 칸을 들 수 있다. 만화가 독자적인 매체가 될 수 있었던 이유는 무엇보다도 '칸'에 있다. 칸이 사각의 틀 안에 공간은 물론 시간까지 담아내며 또 칸과 칸 사이의 '칸새'는 소설에서의 행간처럼 1초의 찰나와 10년의 긴 시간을 자유자재로 표현할 수 있다는 것이다. 이대연, 『만화에서의 몽타주 이론: 애니코믹스 〈센과

을까? 위의 작품은 문자로만 이루어진 여타의 시와는 달리 그림이 들어 있어서 색다른 인상을 준다. 글과 그림이 적절하게 어우러지면서 유년 시절 실제로 낙서를 하며 울분을 달랬을 화자의 상황과 감정이 생생하게 부각되기 때문일 것이다. 또한 시가 가진 진지함과 엄숙함을 살짝 배반하면서 유머러스한 분위기를 느낄 수 있어서 독자는 훨씬 쉽게 이 작품에 마음을 열게 된다. 하지만 그렇다고 해서 이 작품을 만화라고 부르기는 어렵다. 출판 만화와 비교해본다면 우선 연속된 스토리가 없기 때문에 이 작품을 만화라고 부를 수 없다. 게다가 이 작품은 여전히 그림보다는 글에 무게 중심이 맞춰져 있다. 마지막 두 행을 다시 읽어보면 이 적의가 혹시 나 자신을 향한 것이 아니었을까 하는 작가의 반성과 성찰이 담겨 있다.

이러한 깨달음이 아니었다면 이 시는 약간 신기하지만 단순하고 평이한 시도에 그쳤을 것이다. 그러나 그럼에도 불구하고 여전히 이 작품은 완전한 만화는 아니더라도 만화적인 느낌을 준다. 출판 만화로 치자면 아주 인상적인 한 칸에 해당할만한 장면과 구성을 보여주고 있기 때문이다. 아마도 우리가 이 작품을 만화책에서 발견했다면 만화로 받아들였을지도 모른다. 그런 의미에서 우리는 만화적인 유머러스함과 시적인 성찰을 동시에 보여주고 있는 이 작품을 문자와 그림을 결합시켜 만화적인 기법을 차용한 시라고 이해할 수 있을 것

치히로의 행방불명〉을 중심으로』, 서강대언론대학원 석사논문, 2005, 13쪽 참조.

이다. 오늘날 만화가 하나의 출판물로서 많은 대중에게 소비되는 제 9의 예술이며 전 연령층에게 사랑받는 대중문화의 총아라는 사실을 떠올린다면 만화는 시라는 예술장르에 너무 늦게 도착한, 또는 너무 늦게 발견된 장르라고 할 수 있다.

열 개를 그렸다

♟와 ♟는 가슴에 하얀 손수건을 달고

입학을 했다

나는 간장에 보리밥을 비벼 먹고

가마니를 쓰고 가는 사람

열 개를 그렸다

♟와 ♟가 학교에서 돌아와

내게 말했다

— 뒷동네 은행나무까지 뛰어갔다 오면

  구슬을 줄께

— 사탕을 줄께

나는 은행나무까지 뛰어갔다

헐떡이며 돌아왔다

♀도 없었고

♂도 없었다

나는 ♀의 집안으로 연탄재를 던졌다

♂의 창문으로 연탄재를 던졌다

♀의 형이 나와 뒤통수를 때렸다

♂의 오빠가 나와

코피 터졌다

나는 홀로 돌아와

소리없이 울었다

가마니를 쓰고 떠나는 사람

오십 개를 그렸다

-박상순, 「빵공장으로부터 통하는 철도로부터 3년 뒤」부분, 『6은
나무, 7은 돌고래』(민음사, 1993, 21-21쪽)

이 작품은 박철의 시가 보여준 단편적인 느낌을 훨씬 더 확장시킨
다. 박철의 시가 한 칸짜리 만화라면 박상순의 시는 일정한 구성 단계
를 가진 단편 만화에 해당한다고 볼 수 있다. 우선 어린아이가 그렸
을 것 같은 단순한 그림이 눈에 들어온다. 각각 초등학교에 들어가기
전의 남자아이와 여자아이, 그리고 시의 화자임을 쉽게 짐작할 수 있

다. 시에 명시적으로 등장하지는 않지만 불행한 가족사와 가난한 집
안 형편 때문에 화자는 친구들과의 관계에서도 큰 소외감을 느끼고
있다는 사실을 유추해내기란 어려운 일이 아니다. 남자 친구는 사과
를 그리고 여자 친구는 꽃을 그릴 때, 화자는 가마니를 쓰고 걷는 사
람을 그린다. 특히 은행나무까지 뛰어갔다 오면 구슬과 사탕을 주겠
다던 친구들이 결국은 화자를 '가지고 논' 것임이 밝혀지는 후반부가
인상적이다. 그들에게 복수하겠다며 화자가 내던지는 것이 기껏 연
탄재라는 것도 슬프고 우스꽝스럽지만 그들의 형과 오빠에게 맞고
소리 없이 울며, 가마니 쓰고 떠나는 사람 '오십 개'를 그릴 수밖에 없
는 화자의 무기력한 상황이 더 깊은 공감을 이끌어낸다. 가마니를 뒤
집어쓴다는 것은 표면적으로 매우 단순하고 유치한 행동으로 읽히지
만 곰곰이 생각해보면 '나는 누구에게도 사랑받지 못한 채 외롭게 살
것이며 이 세상을 다시는 보고 싶지 않다'는 절망을 표현한다. 공책
한 귀퉁이 낙서화 같은 단순한 그림은 화자의 감정 과잉을 억제하며
적절하게 유머러스한 분위기를 만들어 시의 톤을 조절하고 현실감을
준다. 표면적으로는 자칫 유치하게 보일 수 있는 스토리와 감정을 내
포한 시이지만 시인은 오히려 더 유치한 방식의 '그림'을 활용함으로
써 이를 극복한다. "만화의 사명은 꿈꾸게 하거나 웃게 하는 것"[12] 이
라면 시인은 바로 웃게 하는 쪽에서 만화적 기법을 차용한 것이다.

---

12 프랑시스 라까쌩 저, 심상용 역, 『제9의 예술 만화』, 하늘연못, 1998, 295쪽.

이처럼 글과 그림을 혼합하여 색다른 정서를 전달하는 시편들이 있는 반면 다음의 시처럼 그림이 없이 만화의 서사 구조와 인물 구성을 그대로 빌려와 현실을 재구성하는 작품도 있다.

0. 기지(基地)

정복이네는 우리 집보다 해발 30미터가 더 높은 곳에 살았다 조그만 둥지에서 4남 1녀가 엄마와 눈 없는 곰들과 살았다 곰들에게 눈알을 붙여주면서 바글바글 살았다 가끔 수금하러 아버지가 다녀갔다

1. 독수리

큰형이 눈뜬 곰들을 다 잡아먹었다 혼자 대학을 나온 형은 졸업하자마자 둥지를 떠나 고시원에 들어갔다 형은 작은 집을 나와서 더 작은 집에 들어갔다 그렇게 십년을 보냈다 새끼 곰들이 다 클 만한 세월이었다. ……

4. 제비

정복이는 꼬마 웨이터였다 누나와 이름 모르는 아저씨들 사이를 부지런히 오가며 소식을 주워 날랐다 봄날은 오지 않고 박꽃도 피지 않았으며 곰들도 겨울잠에서 깨어날 줄 몰랐다 그냥, 정복이만 바빴다

5. 올빼미

하루는 아버지가 작은집에서 뚱뚱한 아이를 데려왔다 인사해라, 네 셋째 형이다 새로 생긴 형은 말도 하지 않았고 학교에 가지도 않았다 그저 밤중에 앉아서 눈뜬 곰들과 노는 게 전부였다 연탄가스를 마셨다고 했다

6. 불새

우리는 정복이네보다 해발 30미터가 낮은 곳에 살았다 길이 점점 좁아졌으므로 그 집에 불이 났을 때 소방차는 우리 집 앞에서 멈추었다 그들은 불타는 곰발바닥들을 버려두고, 그렇게, 하늘로 날아올랐다

*사실 독수리 오형제는 독수리들도 아니고, 오형제도 아니다. 다섯 조류가 모인 의남매다. 다섯이 모이면 불새로 변해서 싸운다.

-권혁웅, 「독수리 오형제」 부분, 『마징가 계보학』(창비, 2005, 52-55쪽)

원래 〈독수리 오형제〉는 〈개구리 왕눈이〉, 〈이상한 나라의 폴〉, 〈우주의 기사 데카맨〉 등을 제작한 〈타츠노코 프로덕션〉의 초기 작품으로 1972년 일본의 후지 TV에서 〈과학닌자대 갓차맨〉이라는 이름으로 처음 방영되었다. 우리나라에는 1980년과 1990년에 방영되었고 2천 년대 이후에는 케이블TV에서 방영되기도 하였는데 80~90년대 TV로 〈독수리 오형제〉를 보고 자란 세대라면 이 시의 구조를 쉽게 이해할 수 있을 것이다. "슈파 슈파~우렁찬 엔진 소리"로 시작되는

독수리 오형제

주제가는 당시 아이들의 인기를 한 몸에 누렸다. '우주의 악마' 알렉터에 대항하여 각각의 용사들이 독수리, 콘돌, 백조, 제비, 올빼미로 활동을 하다가 가장 결정적인 순간에 합체하여 불새로 변하는 장면은 어른들과의 관계에서 늘 약자일 수밖에 없었던 아이들의 무의식을 충족시키며 변신에 대한 열광적인 환호를 이끌어내기도 하였다.

시인은 바로 이 설정을 그대로 가져온다. 그러나 무적의 힘을 자랑하며 영웅노릇을 하던 다섯 의남매는 70~80년대 대한민국의 어느 가난한 산동네의 아이들로 뒤바뀐다. 최첨단의 위용을 자랑하던 독수리오형제의 기지는 산꼭대기의 허물어져가는 살림집으로, 큰형 독수리는 이기적인 그러나 무력한 장남으로, 둘째 콘돌은 싸움꾼이자 문제아로, 셋째 백조는 술집 여종업원으로, 막내 제비는 힘없고 순진한 꼬마 웨이터로 변한 뒤이다. 재미있는 것은 넷째 올빼미다. 가난한

집의 아버지가 늘 그렇듯이 집의 아버지는 폭력적이고 경제적 능력
도 없으면서 가족들을 착취하는 인물인데 어느새 딴살림을 차려 낳
아온 자식을 이 집에 들인다. 그가 바로 넷째다. 그러나 그를 미워할
수도 없는 것은 그가 연탄가스를 마셔 거의 식물인간과 같은 상태에
있다는 비극성 때문이다. 결국 이 가족이 불에 타죽는 마지막 장면은
산업화와 도시화로 바닥까지 밀려난 근현대사의 하류인생이 도달할
곳은 결국 죽음밖에 없음을 충격적으로 제시한다. 그들을 불새가 되
어 "하늘로 날아올랐다"라고 표현한 마지막 부분은 읽는 이에게 절망
과 함께 짙은 페이소스를 전해준다. 어떤 이들은 불새가 되어 악을 처
부수지만 어떤 이들은 불에 타 한 덩어리가 되어 하늘나라로 간다. 초
능력을 가진 영웅적인 만화영화의 캐릭터와 가난하고 남루한 밑바닥
삶을 살아가는 현실의 캐릭터가 빚어내는 충돌과 부조화가 이 시의
극적 구성을 뒷받침한다. 이 시에서 독수리 오형제라는 만화 영화는
문화적인 측면에서 당시의 시대적 분위기를 시의 배경으로 호출하고
동시에 비참한 현실을 재구성하는 프레임으로 작용하여 우리가 사는
세상의 비극성을 더욱 강화시키는 역할을 한다.

3. 언어적 차원의 상상력

지금까지 글과 그림의 결합이라는 차원에서 만화적 기법을 차용
한 시와 만화 영화의 서사 구조와 인물 구성을 일종의 패러디나 인용

의 형식으로 사용한 시를 살펴보았다. 그러나 이상의 논의는 일차적인 관점에서 만화와 시의 관계를 탐구한 것인지도 모른다. 시에 그림을 넣거나 만화를 인용했다고 과연 그 시가 만화적인 상상력을 보여준다고 말할 수 있는 것일까? 글과 그림의 혼합, 만화 스토리의 창조적 차용과는 다른 차원에서 만화적 어법과 상상력을 엿볼 수 있는 작품도 있다.

뽈랑 공원의 아름다운 정문이 열린다

꽃밭에서 햇빛과 나비들 춤춘다

뽈랑색 벤치들이 보인다

뽈랑새 두 마리 자유로이 공원을 날고 있다

물푸레나무 아래 꽁치처럼 예쁜 여자

아기에게 젖을 물리고 있다

아기가 젖을 빨다 스르르 잠이 들자

여자는 하늘 한복판을 푸욱 찢어

아기의 어깨까지 살포시 덮어준다

(……)

한 청소부가 후문에 나타난다

이상하게 생긴 뽈랑 빗자루로 공원을 쓴다

그러자 공원이 조금씩 조금씩 지워지면서

책 속으로 빨려들어간다

꽃밭이 사라진다

벤치들이 사라진다

나무들이 사라진다

하늘이 새들이 빛이 시간이 차례로 빨려들어가고

여자가 사라지면서 손에 들려 있던 책이

청소부 발 아래로 떨어진다

청소부는 이마에 맺힌 땀을 닦는다

책을 주워 들고 주머니에서 담배를 꺼낸다

말들이 피운다는 뽈랑 담배를 꺼내 불을 붙인다

길게 연기를 내뿜으며 책을 펼친다

20페이지에 뽈랑 공원이 나타난다

함기석이라는 휴지통이 보인다

여백이 되어버린 하늘이 보인다

유모차를 끌고 행간으로 사라지는 여자의 뒷모습이 보인다

사라진 새들은 사라진 빛을 향해 날아가고

여자가 머물던 물푸레나무 그늘 속에서

투명한 물고기들이 헤엄쳐 나온다

샘물이 된 아기 울음 흘러나온다

-함기석,「뽈랑공원」 부분,『뽈랑공원』(랜덤하우스, 2008, 20-22쪽)

세상에 없는 것 같은 "뽈랑 공원"에 "뽈랑색 벤치"가 있고 "뽈랑새"

가 날아다닌다. 여자는 하늘을 푸욱 찢어 아기의 어깨를 덮어주고 "뽈랑송"을 부른다. 청소부가 나타나 "뽈랑 빗자루"로 공원을 쓸고 어느덧 아기와 여자와 공원은 사라진다. 여자가 읽던 책을 펼치자 거기 20페이지에 다시 "뽈랑 공원"이 나타나고 사라지는 여자가 보인다. 나무 그늘 속에서 물고기가 헤엄쳐나오고 아기 울음이 샘물이 되어 흘러나온다. 현실에서는 도저히 일어날 수 없는 신기한 장면들의 연속이다. 그 책 속에 "함기석이라는 휴지통"도 보인다는 구절에서 이 시인이 언어를 조금 다른 차원에서 다루고 있음을 알 수 있다.

언어를 음성 이미지와 뜻, 즉 기표와 기의로 구분한다면 이 시인은 기의를 무시하고 기표만 가지고 시를 쓴다. 뽈랑이라는 말은 현실에서는 존재하지 않는, 시인이 가상으로 만들어낸 말이다. "의미 있는 시가 하도 지겨워/의미 없는 방정식을 푼다/내가 기호들과 즐겁게 노는데"(「파스칼 아저씨네 과자 가게」)에서도 알 수 있지만 함기석은 일정한 의미 형성을 추구하는 기존의 시 쓰기를 거부한다. 그리하여 기의가 제거된 상태의 언어를 하나의 자유로운 기호로 놓고 방정식을 풀듯이 이리저리 배치한다. '뽈랑'이라는 말에는 약속된 기의도 없고 더 나아가 현실의 지시대상도 없다. 오로지 '뽈랑'이라는 기표가 주는 즐거움과 유희만이 존재한다. 그러다보니 의미에서 자유로운 언어의 놀이가 가능하고 때로는 아주 비현실적인 풍경도 마음대로 만들어낼 수 있는 것이다. 이 순간 자유로운 상상력이 전개된다. 함기석은 분명 이 시를 쓴 시인의 이름이지만 시 속에서 휴지통이 함기석으로 불릴 수도 있다. 이 역시 '함기석'이라는 이름이 가진 약속된 기의와 지시대상을 괄호치고 언어를 활용하기 때문에 가능한 일이다. 함기석의 시는 언어를 사용하는 인간만이 누릴 수 있는 자유로운 상상력의 향연을 보여준다. 이때야 비로소 시인은 의미에서 해방되어 자유로운 놀이의 세계로 들어가고 바로 여기서 만화적인 유머가 발생한다. 실제로 이 시인은 한 대담에서 다음과 같이 만화에 대한 친밀감을 드러내기도 하였다.

> 변의수 : 시를 쓰지도 읽지도 않는 저의 한 동료 심사관이 곁눈질로 함시인의 「Hi! High Hill」을 보더니, 놀랍게도, 만화처럼 재미있다고 입을 열었습니다. 함 시인의 텍스트에 대한 만화적 사고의 접근을 어떻게 생각하십니까?
> 함기석 : 만화는 신나고 즐겁습니다. 문자의 구속과 현실논리로부터 매우 자유롭죠. 그 분이 저의 시를 만화처럼 감상했다면 아마도 그 분의 눈과 상상이 열려 있기 때문일 겁니다. 제가 그 시를 쓸 때 어떤 만화나 만화의 특정장면을 떠올리며 쓴 것은 전혀 아닙니다. 저의 시가 만화와는 전혀 상관없이 산출됐음에도 만화적 상상력의 접근이 가능했다는 것은 저로서는 아주 기분 좋은 일입니다. 무거운 형이상학적 주제의 시를 가벼운 언어기법으로 처리한 점이 만화적 기법과

매치된 것으로 보입니다.[13]

시인이 시를 쓸 때 굳이 만화를 떠올린 것이 아님에도 불구하고 전문적인 시의 독자가 아닌 평범한 감상자에게 그의 시가 만화를 연상시켰다는 부분을 주목해서 볼 필요가 있다.[14] 함기석의 시는 그림과 글의 결합이나 원전의 패러디 차원이 아니라 언어 구사의 차원에서 만화와 유사성을 드러내는 시다. 2천 년대 이후에 새 시집을 내고 있는 시인들이 '언어' 자체에 대해 갖는 지극한 관심에 주목해 볼 필요가 있다.[15] 기존의 시적 언어가 현실의 재현이라는 관점에서 기표의

---

13 함기석 · 변의수 대담, 「페이스 오프의 기호 미학」, 『현대시』, 2006년 5월호, 265-266쪽.
14 물론 수용자에 따라서 함기석의 시를 만화적 상상력이 아니라 동화적 상상력으로 이해하는 사람도 있을 것이다. 기본적으로 아동문학은 "어린이와 순수한 동심을 향유하려는 어른을 위하여 창작되는 문학 양식"이라고 정의할 수 있는데 무엇보다도 시나 소설, 희곡과는 달리 "그것을 향유하거나 수용하는 대상에 따라 생겨난 명칭"이라는 점에서 특이점을 지닌다. 함기석의 시를 읽고 만화와 동화를 동시에 떠올린다는 것은 아마도 비현실적인 '환상' 때문일 것이다. 하지만 동화에 등장하는 환상의 경우 이 비현실적인 세계에 "어린이만 입국이 허용된다는 점이 주목할 만하다"는 점을 기억한다면 함기석의 상상력이 만화 쪽에 더 가깝다는 것을 이해할 수 있다. 제임스 매튜 배리의 『피터팬』을 생각해보자. 네버랜드에 갈 수 있는 것은 오직 어린이 뿐이다. 하지만 함기석의 시에서는 동화에서 요구되는 이러한 특별한 제한 조건이 없다. 또한 함기석의 시는 어린이를 대상으로 창작되지 않았으며 주 향유 대상이 어른이라는 점에서 동화적 상상력으로 보기에는 한계가 있다. 이상의 내용은 박상재, 『동화 창작의 이론과 실제』, 집문당, 2002, 11-21쪽 참조.
15 김행숙 · 이근화 · 이장욱 · 이현승 · 진은영 등의 시인들도 언어 자체에 대한 깊은 관심을 드러낸다. 이들은 일종의 '비문'의 활용에서 오는 '이상한 미감'과 단어의 '뉘앙스'에 초점을 맞춘 시작법을 선보이고 있다. 이 계열의 시를 '우아하고 귀적적인 감각의 세계', 또는 '미묘한 기표 뉘앙스의 세계'라고 부를 수 있을 것이다. 하지만 이들은 여전히

차원이 아니라 '기의'와 '지시대상' 그리고 시적 화자의 '내면의 감정' 묘사에 초점을 맞추었다면 이제 이들이 보여주는 언어에 대한 몰입은 기의도 없고 지시대상도 없고 내면의 감정은 약화된 기표 놀이를 통해 언어로 구성되는 현실을 교란하고 희롱하고 파괴하려는 의도를 드러내고 있다고 볼 수 있다. "문자의 구속과 현실논리"에서 자유로운 것을 만화의 특징으로 파악한 이 시인의 발언에서도 확인할 수 있지만 만화가 극적 과장과 과감한 생략을 통해 현실을 가공한다는 것을 생각해본다면 최근의 시가 현실 법칙에서 완전하게 자유로운 기표 놀이를 통해 만화와 연결된다는 것은 매우 흥미로운 지점이라고 할 수 있다.

개개개 우는 개개비는 이가 아프고 소음이 그립고 식은 차를 마신다 개개개 우는 개개비는 연상하는 것이 많고 그것을 옮기는 재주를 가끔 발휘한다 개개비와 개개비사촌과 뻐꾸기와 두견이는 참으로 친하지 개개개 우는 개개비는 진달래를 좋아해요 개개비는 손이 아프고 개개비는 허리가 아프고 개개비는 혀로 귀를 핥아주면 미치지요 개개비는 너무 좋은 걸 만나면 힘이 빠지고요 개개비는 마룻바닥이 삐걱일까봐 까치발로 걸어요 개개비는 남산에 오르고 북한산에 오르고 관악산에 오르고 아차산에 오르지요 개개비는 버스와 전철과 택

시적 화자의 내면, 특히 내면의 감정을 드러내는 것에 공을 들이고 있다는 점을 생각해본다면 전통적인 서정시의 방식을 충실하게 계승·발전시키고 있다고 볼 수 있다.

시를 타고 안 가는 데가 없어요 개개비는 알고 보면 가장 비겁한 놈이고요 개개비는 자신의 침과 식은 땀을 식량으로 삼지요 개개비는 핸드볼공처럼 환상적이고요 개개비는 골프공처럼 솔직하지요 개개비는 머리를 긁으며 많은 비듬을 떨어뜨리고요 개개비는 높임말을 싫어한답니다 개개비는 개개개 울고 시끄럽다 개개비

　-이준규, 「개개비」 전문, 『흑백』(문지, 2006, 71쪽)

　원래 개개비는 참새목 휘파람새과의 조류로 주로 갈대밭에 산다. 그런데 이준규는 이 시에서 개개비를 의인화하여 표현하고 있다. 일관된 정체성을 찾기 힘들어서 도무지 현실에 존재하는 사람이라고 상상하기가 어려울 지경이다. 개개비의 사전적 정의나 원래의 실체와는 상관없이 개개비라는 '단어'를 중심으로 떠오르는 말을 그대로 옮긴 것이 아닐까 하는 생각이 드는 것도 이 때문이다. 어느 문맥에선 새 같기도 하고 어느 문맥에선 사람이 되었다가 또 그 다음엔 사람이 아닌 이상한 생명체처럼 느껴지기도 한다. 그런데 이 과정을 따라가다 보면 묘한 웃음이 흘러나온다. 특히 마지막에 "시끄럽다 개개비"라고 말하는 부분은 결코 혼 낼 수 없는 개개비에 대한 꾸중처럼 느껴져서 약간은 어처구니없고, 약간은 황당한 웃음을 유발하고, 지금까지 개개비에 대해 이리저리 떠들어댄 시적 화자 자신에게 이야기를 하는 것 같아 또한번 웃음을 준다.

　이준규가 시를 쓰는 방식은 마치 우스타 쿄스케의 만화 『멋지다 마

사루』의 어법을 연상시킨다. 이 만화에서 심각한 주제나 작가의 의도를 찾는다는 것은 무의미하다. 애초에 그런 것이 없는 만화이기 때문이다. 바로 그런 이유로 오랫동안 의미에 짓눌린 우리의 관습적 독해를 철저하게 배신하는 쾌감을 맛볼 수 있다. 예를 들자면 이런 식이다. 미역 고등학교에 다니는 주인공 마사루는 '섹시 코만도 부'라는 격투기 동아리를 만든

멋지다 마사루 표지 그림

다. 그런데 이것은 사실 갑자기 바지를 내리고 병아리 걸음을 걸어 상대방을 당황시킨 후에 제압하는 황당한 무술이다. 이후 마사루가 친구들을 모아 섹시 코만도 전국 대회에서 우승을 한다는 것이 이 만화의 줄거리인데 작가 우스타 쿄스케는 너무도 태연하게 학원물을 패러디하며 개연성이라고는 전혀 찾아볼 수 없는 스토리 전개와 말도 안 되는 대사, 완결성 자체를 부인하는 듯한 에피소드로 기존 만화에 대한 관념을 전복시킨다. 우스타 쿄스케의 또 다른 작품『삐리리 불어봐 재규어』역시 같은 종류의 비슷한 종류의 유머 코드를 지닌 만화다. 이 만화에서는 등장인물들이 시를 짓는 장면이 자주 등장한다.

우스타 쿄스케, 『삐리리 불어봐 재규어』의 한 페이지

그런데 하나같이 개연성이라고는 찾아볼 수 없는 엉뚱한 단어와 문
장의 나열로 일관하는 글이다. 예를 들자면 시를 지어보라는 주인공
'재규어'의 제안에 대스타 '포기'는 「봄」을 제목으로 다음과 같은 시
를 짓는다. "괴로울 정도의 로맨스/7개의 프리즘/눈은 녹았다/내 상
처를 씻어내리며/언제까지고 변하지 않는 당신으로 있어줘/맞아, 그
대야말로 Cherry Blossom/아버지 어머니 감사드려요/알몸의 저를,
진실한 사랑을 그대의 따스함,/봄은 이제 곧…//포기." 이런 식이다.
여기에 '재규어'는 호통을 치며 「하루오」라는 자신의 시를 들려준다.
"초등학교 시절 하루오네 집에 갔을 때/하루오의 어머니가 입고 있던 빨간 물방울 셔츠를/잘 보니 빨간 물방울이 아니라 새우 그림이었던 게/정말 싫었다 왠지 싫었다 묘하게 리얼한 게 싫었다/그럼 씨름대회도 가까워졌으니/슬슬 연습하러 가겠습니다//준이치."[16] 물론 이러한 방식은 단순히 제시된 시에서만 부분적으로 드러나는 것이 아니라 우스타 쿄스케 만화 전체의 구성방식을 대표한다는 점에서 의미가 있다. 또한 보통 우리가 만화를 볼 때 느끼는 다양한 즐거움 중에 바로 이와 같은 비개연성과 맥락 파괴의 방식이 존재한다는 점에서 주의깊게 살펴보아야 한다. 이준규의 시에도 이런 방식의 만화적 유머코드가 존재한다. 이준규는 심각한 의미추구를 비웃으며 무의미과 비개연성, 맥락 파괴, 전통적 의미의 종결 부인을 향해 돌진한다. 그렇게 시에 대한 관습적인 인식을 뛰어넘는 것이다. 이준규의 이러한 언어 운용 방식은 함기석의 경우와 마찬가지로 재현의 욕망을 버리고 내면의 감정을 훨씬 약화시킨 상태에서 기표의 놀이, 언어유희에 초점을 맞춘 것이라고 할 수 있다.

4. 나가며: 새로운 시대의 시와 상상력

함기석과 이준규는 '기표에 집중'하고 '어린 화자'를 내세움으로

---

16 이준규의 시와 『삐리리 불어봐 재규어』를 연결한 것은 신흥대 장영광 군의 도움이 컸다는 것을 밝힌다.

써 현실의 논리와 언어의 한계를 돌파한다. 이 둘은 함기석의 말대로 "땅을 박차고 하늘을 자유로이 날아다니는 비행기 혹은 새가 아닌가"[17]하는 생각이 들만큼 의미에 짓눌리지 않는 자유로운 상상과 발성을 선보이고 있다. 그리고 그 상상력은 만화의 어법을 강하게 연상시킨다. 이들이 만화에서 직접적인 영향을 받지 않았음에도 불구하고 오히려 이들의 작품이 동시대 대중미디어 장르인 만화의 어떤 특징을 연상시킨다는 점을 더욱 눈여겨보아야 한다. 그동안 우리 시가 영화, 미술, 음악, 사진의 문법을 흡수하며 외연을 넓혀왔음을 생각해본다면 함기석과 이준규가 보여준 상상력의 세계에 만화의 문법을 더욱 적극적으로 적용한다면 과연 어떤 방식의 지형도가 그려질 것인가를 상상하게 만드는 중요한 출발점이기 때문이다.

만화를 읽는 것은 어쩌면 가장 단순한 이유때문일지도 모른다. 그것은 바로 '재미'[18]다. 물론 재미에도 여러 가지 종류가 있지만 무엇보

---

17 "유희가 목적인 유희텍스트가 필요하죠. 만약 기호계를 하늘, 상징계를 땅으로 비유한다면, 요즈음의 몇 시인들은 땅을 박차고 하늘을 자유로이 날아다니는 비행기 혹은 해가 아닌가 하는 생각이 들어요. 새들에게 허공은 도피공간이 아니라 비행놀이공간이자 삶의 가장 일차적인 현장입니다. 개인적인 취향입니다만 그런 조류시인들(?)이 좀 더 나왔으면 좋겠이요." 함기석 · 변의수 대담, 앞의 글, 262쪽 참조.
18 만화에 등장하는 재미를 다음과 같이 정리할 수 있다. 가. 숨겨진 욕망과 본성 드러내기/ 나. 관습화된 대상 본질 드러내기-우월한 가치를 하락시키거나 낡은 가치(제도 · 이데올로기)의 허위의식을 드러내줄 때/ 다. 주인공과 감정이입을 통한 자기 동일시-현실로부터 도망가기, 어른으로 인정받기/ 라. 주어진 현실에 자기 긍정하기/ 마. 새로운 가치 발견, 새로운 삶의 지평이 열릴 때/ 바. 시각 언어(아이콘)가 주는 재미-모순의 인격화, 과장, 단순화. 장진영, 『만화의 '재미'를 생산하는 창작방법 연구』, 상명대예술디자인대학원 석사논문, 2005, 32-43쪽 참조.

다도 극적 과장과 생략을 통해 관습화된 대상의 허위가 깨어지거나 현실에서는 좀처럼 맛볼 수 없는 비현실적인 설정과 대사, 또는 자유로운 상상력을 마음껏 누릴 때 무엇보다도 큰 재미를 느낀다. 물론 서두에서 살펴본 『충사』처럼 작품성이 뛰어난 만화도 얼마든지 있다. 하지만 적어도 만화는 다른 장르에 비해 비현실적일 만큼 자유로운 상상을 허락받은 장르라고도 할 수 있다.

> 만화와 현실의 관계는 일견 상반된 개념으로 이해하기 쉬우나, 만화의 현실은 현실에서 묵계되는 '상투성(cliche)'에 대한 반성이며, 현실에 잠재되어 있는 개인적인 상황, 역사적인 환경 그리고 사회·문화적인 요소들의 미학적 호출이자 부활이란 점을 잊어서는 안 된다.[19]

비현실적이라는 것은 바꾸어 말하면 관습적인 현실에 대한 전복을 의미하기도 한다. 우리는 만화를 읽으며 기존에 우리가 지녔던 관습적인 사고를 교정한다. 시도 마찬가지다. 시인은 일상적이고 관습적인 언어 사용에 균열을 내고 언어에 숨겨진 새로운 뜻을 찾기 위해 헤매는 자다. '주먹'의 사전적 의미를 뛰어넘고, '가마니'의 상투적인 사용법을 뛰어넘고 '독수리 오형제'의 평이한 패러디를 뛰어넘으려

---

19 백준기, 『만화미학탐문』, 다섯수레, 2001, 5쪽.

는 자가 시인이다. 끝내 의미를 지우고 기표만 가지고 시를 쓰려는 사람이 시인이다. 그렇다면 시가 만화에서 자양분을 얻어 새로운 형식으로 태어난다고 했을 때 그 한계는 어디까지일까? 이 과정에서 역시 중요한 것은 시적인 것이 무엇인가 하는 고민일 것이다. 단순히 대중 미디어의 인용이나 패러디 수준의 보조적 차원이 아니라 대중 미디어를 통해 시인들의 지각 방식이 어떻게 달라질 수 있는가 하는 지점까지 고민이 필요하다는 것이다.[20] 이러한 고민을 바탕으로 2천년대 등단한 한 시인의 말을 들어보자.

문단의 선배들이 이루었던 시의 위상이라든가 시의 시대가 있었다고 하잖아요. 그런데 저는 그런 거 잘 모르겠어요. 저 같은 경우 그분들의 작품을 보고 사실 그렇게 감동을 받지는 않는 것 같아요. 이를테면 가짜 이데올로기나 허상이 아니라 말 그대로 내가 표현하고 싶은 것들에 대한 문제들을 저는 하위 장으로 구분되는 것들을 통해 보게 되요. 예를 들어 애니메이션, SF, 컬트영화 같은 것들에서요. (…) 여러

---

20 "요컨대, 최근에 생산되고 있는 시의 경우에 전 시대가 보여준 미디어의 인용과 달리 미디어가 가지고 있는 지각방식 그 자체를 받아들이고 그것을 통해 시를 구성하고 있다는 점에서 확연한 차이를 가진다고 할 수 있다. 이 때문에 발터 벤야민의 주장처럼, 최근의 시가 지각 그 자체를 변화시킴으로써 시에 둘러쳐진 광휘와 같은 그 어떤 것을 걷어내고 그럼으로써 시를 갱신시키는 것처럼 보이기도 한다"는 주장은 그런 의미에서 앞으로 대중미디어와 관련된 한국 현대시의 나아갈 방향을 알려줌과 동시에 또 하나의 연구 방향을 지시하는 유의미한 대목이라 하겠다. 김만석, 「쿨 미디어들의 접합에 관하여」, 『시와 사상』, 2007년 가을호, 42쪽.

장르의 작가들, 만화가들, 그런 사람들이 하는 작업이 시와 별반 다를게 없다는 생각이 들어요. 《건담》과 같은 애니메이션의 경우 또한 저에게 많은 자극을 주죠. 특히 건담이라는 애니메이션에 등장하는 '뉴타입'의 개념은 제가 생각하는 '시인'의 개념과도 일치합니다. 건담에서 나오는 뉴타입은 인류가 우주로 나가 넓어진 생활환경에 적응하기 위해 지구에서 인간이 쓰지 않았던 감각인 직감-서로간의 느낌이나 생각, 감정-을 공유할 수 있게 된 신인류죠. 사물에 대한 이해가 빨라요. 뉴타입들은 감각을 통해(로봇에 한번 탑승하는 것만으로도 로봇이라는 메커니즘을 완벽히 이해하여 에이스파일럿만큼의 숙련도를 보여주는 재능) 건담이라는 로봇의 파일럿으로 이용되죠. (…)어른이라는 올드타입과 대립하는 소년이라는 뉴타입의 개념에서 저는 시인의 모습을 봅니다.[21]

　당연한 말이지만 이제 막 작품 활동을 시작한 한 젊은 시인의 말을 성급하게 일반화한다는 것은 무리가 따르는 일이다. 게다가 이 시인이 자신의 의도를 얼마나 작품에 반영하여 완성도 높은 어떤 작품을 선보였는지의 문제가 검증이 되지 않았기 때문에 위의 진술은 다분히 선언적인 수준에 그칠 위험이 있는 것도 사실이다. 한 가지 의심할

21　조인호, 정한아, 김지녀, 주영중 좌담, 「다시 카오스를 위하여」, 『현대시』, 2008년 6월호, 119-120쪽. 2006년 『문학동네』로 등단한 조인호 시인의 말.

수 없는 것은 정전이라고 여겨졌던 문학 작품이 아니라 전혀 다른 곳에서 시의 출발을 준비하는 시인들이 등장하기 시작했다는 점이다. 이제 일군의 젊은 시인들은 기존의 선배 시인들과는 방식과는 다른 시를 쓰기 위하여 다양한 장르의 대중문화를 상상력의 텍스트로 삼는 데에 주저함이 없다. 시라는 장르 내부의 동종 교배가 아니라 다양한 장르 간의 이종교배를 통하여 시를 다시 쓰고자 한다. 게다가 후기 자본주의 시대, 도시에서 태어나 도시에서 살아가고 있는 많은 젊은 시인들의 체험을 구성하는 것이 대부분 책·영화·음악·미술·만화와 같은 2차 텍스트라는 것을 감안한다면 앞으로 한국시의 감수성 변화는 필연적인 것이라 하겠다.

또한 무엇보다도 중요한 것은 지금의 젊은 시인들이 언어를 재현이 아니라 창조의 관점에서 다루고 있다는 점이다. 논리적으로 설명할 수는 없지만 나아갈 수 있는 어떤 지점까지 도달하기 위해 이들은 특히 '언어'를 두고 다양한 실험을 감행하고 있다. 이들은 기의를 버리고 지시대상도 버리고, 내면까지 약화시킨다. 분명 기존에 있던 것을 재현하는 것이 아니라 없는 것을 창조하기 위한 과감한 언어 운용이다. 여기에 유머를 싣는다. 바로 이 유머가 김춘수나 오규원, 이승훈이 보여주었던 언어 실험에는 전면화되지 않은 것이다. 그래서 이들이 시의 언어를 극단까지 밀고 나아갔을 때 가장 대중적인 만화의 언어와 만난다는 것은 흥미롭다.[22] 모더니즘의 언어실험이 고립의 지경에서만 끝나지 않을 것이라는 기대를 가능하게 만들기 때문이다. 그러나 만화적 어법과 상상력을 차용한 시가 쉽게 대중성을 얻을 것이라고 판단하는 것은 너무 성급한 일로 보인다. 아직까지는 함기석이나 이준규의 시는 시라는 장르의 규칙 내에서 보자면 여전히 이해하기 어렵고 실험적인 모더니즘의 한 사례에 속한다.

지금까지 살펴보았듯이 박철, 박상순, 권혁웅의 작품에서 만화적 기법 활용은 결과적으로 비극적인 내용을 희극적으로 뒤바꿈으로써 웃음을 유발하였다. 그러면서도 비극성은 더욱 강화되며 공통적으로 시가 드러내려는 주제-현실 비판과 환기-가 분명해졌다. 반면 함기석과 이준규의 시는 유머러스한 분위기를 풍기지만 주제가 분명하지 않았다. 더 정확하게 말하자면 전달하려고 하는 주제가 없다는 보는 편이 옳을 정도이다. 따라서 함기석이나 이준규의 작품이 훨씬 더 가볍고, 흥미롭기만 한 말장난에 그치는 것이 아닌가 하는 의문이 들 수도 있다.

그러나 이들의 작품은 대상의 재현과 주제 전달에 무겁게 잠식당한 기존 시와 비교하여 보았을 때 문학사적인 의미를 얻을 수 있다.

---

22 본문에서는 언급하지 않았지만 만화적 상상력을 활용한 시인으로는 황병승, 조연호, 유형진 등의 시인을 더 꼽을 수 있다. 여기에 대해서는 졸고, 「한국 현대시에 나타난 대중 미디어 수용 양상 연구」, 『2008 제5회 국제학술심포지엄-아시아의 문학과 문화콘텐츠 II』, 한국문화기술연구소, 2008, 참조.

문자의 구속과 현실논리의 파괴, 자유로운 상상의 전개, 유희 추구, 무의미와 비개연성, 맥락 파괴, 전통적인 종결 부인 등 이들은 그동안 우리가 시를 써왔던 방식에 강력한 반성과 나름대로의 저항을 수행하고 있다. 이들의 작품이 보여주는 문학성은 바로 여기에 있다고 하겠다. 더 나아가 몇몇 시편에 그치지 않고 시집 대부분을 일종의 '언어 놀이'처럼 구성한 시편들로 채우고 있다는 것은 그만큼 이들의 시도가 명백한 지향점을 설정하고 이루어졌다는 것을 의미한다. 이들의 시도는 지속될 필요가 있다. 이를 바탕으로 다음 세대의 시인들이 시와 만화의 관계를 새롭게 설정하여 또 다른 지형을 만들어낸다면 우리 시의 스펙트럼은 그만큼 넓어질 것이다.

SF스토리창작
- 장르 이해와 창작가이드

박상준 * SF작가, 서울SF아카이브 대표

1. SF문학의 인식과 이해

SF는 흔히 '공상과학소설'이라고 일컬어지곤 한다. SF는 '사이언스 픽션(science fiction)'의 약자이므로 '과학소설'이라 하면 될 텐데, 왜 '공상'이라는 부정적인 뉘앙스의 접두어가 붙었을까?

사실 공상과학소설이란 말은 일본에서 온 것이다. 일본에서는 판타지와 SF를 함께 아우르는 말로 공상과학소설이란 말을 썼는데, 이것이 우리나라에 들어오면서 SF만을 지칭하는 말로 굳어진 것이다. (미국의 The Magazine of Fantasy and Science Fiction이란 잡지의 일본어판이 1960년에 나오면서 '空想科學小說誌'라는 말을 썼다.)

그러나 우리나라에서 SF에 대한 인식이나 이해의 수준은 단순히 공상과학소설이란 명칭의 문제에만 머무르는 것이 아니다. 여러 가지 잘못된 선입견들이 이 장르에 대한 올바른 접근을 방해하고 있다. 심지어는 SF작가 지망생들 중에서도 그런 경향이 보인다.

이 글에서는 SF에 대한 몇 가지 선입견을 바로잡는 것으로 시작해서 SF의 독특한 정서, 독자층의 특성, 사회적 가치 등의 면들을 간단히 짚어본다. 그리고 SF의 대표적인 하위갈래인 유토피아/디스토피아 문학에 대해 살펴보고, 마지막으로 이 장르의 이해를 돕기 위한 몇 몇 작품들을 소개하는 것으로 끝을 맺고자 한다.

2. SF에 대한 선입견을 벗자

SF는 유치한가? 또는 어려운가? 어렵고 복잡한 과학기술을 잘 묘사해야 훌륭한 SF인가?

세 질문에 대한 답은 모두 '아니다'이다. 정확히 말하자면 그런 경우도 있고 아닌 것도 있지만, 적어도 '좋은 SF'라면 위와 같은 질문에 대한 대답은 분명하게 '아니다'라고 말할 수 있다.

SF는 거의 다 유치한가 하는 문제에 대해선, 미국의 테오도어 스터전이란 작가가 남긴 유명한 말이 있다.

"SF의 90%는 쓰레기이다. 그러나 모든 것의 90%는 쓰레기이다."

SF에는 분명 유치한 작품들도 많지만 그건 단지 SF에만 해당되는 얘기는 아닌 것이다. 일부만 보고 전체를 판단하는 우를 범하지 말자.

SF에 나오는 과학기술 묘사는 너무 어려워서 소위 '문과형' 독자들은 이해하기 힘들다는 말도 있다. 그러나 이 역시 잘못된 생각이다. SF는 과학 논문이나 해설서가 아니다. 어디까지나 이야기를 전달하기 위한, 소설이라는 문학의 한 형태이다. 어려운 내용이 나오는 경우도 있지만, 그건 '하드(hard)SF'라는 별도의 영역에 속한다. 모든 SF가 하드SF는 아니며, 물론 모든 독자들이 하드SF를 읽어야 할 필요도 없다. 좋은 SF는 일반인들이 이해하기 어렵지 않으면서도 훌륭한 상상력을 펼쳐 보이는 법이다. 만약 SF소설을 쓰겠다면서 어떤 복잡한 과학기술 이론을 집어넣을까 궁리하는 작가가 있다면 그 사람은 아직 SF에 대해 잘 모르는 것이다.

3. SF의 핵심 정서는 경이감과 시야의 확장이다

정지용이 자신의 책 『문학독본』(1948) 맨 앞에 붙였던 짤막한 서시가 있다.

> 별똥 떨어진 곳
>
> 마음에 두었다
>
> 다음날 가보려
>
> 벼르다 벼르다
>
> 인젠 다 자랐소

SF를 즐기는 사람들과 그렇지 않은 사람들의 분기점은 바로 이 시를 통해서 파악할 수 있지 않을까? 이 시에 대한 일반적인 감상이라면 '삶에서 꿈꾸던 이상과 현실의 괴리' 정도로 은유적인 의미를 이끌어낼 수 있을 것이다. 그러나 SF독자들은 그에 더해서 '별똥별'이라는 구체적 물체에도 묘한 이끌림을 느끼리라 여겨진다. 별똥별이 떨어진 곳을 정말로 찾아가 보고픈 생각도 들고, 혹시 그 별똥별에 무엇이 담겨 있지는 않을지 직접 보고 만지면서 상상의 나래를 마음껏 펼치는 것이다. 그러면서 어느새 별똥이 떨어진 곳보다는 별똥이 온 곳, 즉 우주로 시선을 돌리게 될 터이다.

그런데 여기까지는 SF든 판타지든 공히 비슷한 정서를 공유하게 된다. 하지만 SF독자들은 '마법' 대신 '과학'을 택한다. 설령 마법처럼 보이는 것이라 하더라도 과학으로 설명할 수 있다고 생각한다. 어떤 일이든지 상상은 자유지만 실제 구현 과정에서는 과학적 합리성을 중시하는 셈이다. 사실 이 부분도 깊이 따지고 들어가면 경계가 모호해지지만(〈스타워즈〉는 SF가 아니라 판타지일 뿐이라고 말하는 사람도 있다. 이론적으론 불가능한 초광속 비행이라든가 운동역학 법칙, 에너지 보존 법칙 등을 무시한 묘사들이 숱하게 등장하기 때문이다.), 아무튼 SF에 등장하는 모든 사건들은 최소한의 과학적 형식 논리를 지니고 있는 것이다.

그렇다면 SF 팬들이 별똥별을 보고, 또는 우주를 보며 느끼는 그 특별한 정서는 과연 무엇일까?

서양에서는 그것을 흔히 '경이감(sense of wonder)'이라고 표현한다. 이 세상에서 현실적으로 접해 보지 못한 뭔가 낯설고 놀라운 대상, 그리고 그 존재로 인해 연상되는 온갖 미지의 가능성들. 우리는 이런 느낌을 시각적인 이미지에서 얻을 수도 있고(예를 들어 토성의 달 표면에서 토성이 지평선으로 떠오르는 모습을 본다고 상상해보자. 토성과 그 거대한 테가 하늘을 가득 채우며 서서히 올라오는 모습은 아마 태양계 최고의 장관 중 하나일 것이다.), 또 책에서는 활자매체 특유의 상상력 자극 작용에 의해 더더욱 증폭된 경이감을 누리기도 한다.

그러나 아직은 뭔가 허전하다. 경이감은 필요조건이기는 하지만 충분조건이 되는 것 같지는 않다. 그렇다면 SF 팬들만의 독특한 정서를 명확하고도 핵심적으로 파악할 수는 없을까?

씽크탱크 '로마클럽'은 1972년에 인류 문명의 근미래를 암울하게 진단한 보고서 〈성장의 한계(Limits to Growth)〉를 내놓은 바 있다. 당시는 대단히 충격적이었지만 지금에 와서는 그 불길한 시나리오(자원고갈, 인구폭발, 환경오염 등)가 예상보다는 '천천히' 진행되고 있다는 쪽으로 결론이 난 상태이다.

어쨌거나 그 보고서의 도입부에는 흥미로운 도표가 하나 자리 잡고 있는데, 사람들이 시공간적으로 얼마나 멀리, 또 나중을 생각하며 살고 있는가를 인류통계학적으로 나타낸 '인간의 시야'라는 그림이다. 그 그래프를 보면 많은 사람들이 공간적으로는 자기 마을, 자기 도시, 자기 나라 이상은 벗어나지 못한다. 시간적으로도 1년 뒤, 10년 뒤가 제일 많고 100년 이후 후손들까지 고려하는 사람은 극히 드물다. 인류 대다수는 원점 근처에 옹기종기 모여 있으며 이들은 그야말로 자기 입에 풀칠하느라 바쁜, 일터와 집만을 오가며 하루 벌어 하루 먹고 사는 고단한 삶의 시야에 갇혀 지낸다(물론 그런 삶을 살면서도 넓은 시야를 가진 사람은 있다). 또는 기껏해야 자기 가족만 생각하며 1년 이상을 내다보지 못하는 삶의 시야를 가지고 있는 정도이다.

그러나 보고서는 이 그래프 상에서 원점과 가장 멀리 떨어져 있는 사람들, 즉 '시간적으로는 몇 세대 이후의 후손들까지 생각하고 공간적으로는 지구를 벗어나 태양계와 그 밖의 우주까지 아울러 사유하는 사람'이야말로 바람직한 미래 인류상으로 제시하고 있다. 이러한 시야를 가진 사람들이 많아져야 인류가 문명의 위기를 슬기롭게 극복하고 평화로운 미래를 계속 영위할 수 있다는 말이다. 현대 SF의 본령은 바로 이렇게 시공간적으로 확장된 시야를 바탕으로 거시적, 미시적 문제들을 대하는 것이다. 즉 이런 시야를 지닌 사람들이 정통적인 의미의 SF작가이자 독자이다.

4. SF는 미래학 교과서로 학교에서 가르쳐야 한다

인류 역사에서 20세기는 하나의 기념비적인 분기점의 시대로 기록될 것이다. 바로 '과학기술의 발달'이 일정한 임계점에 다다른, 인류문명의 한 전환점이 되었던 시기로. 우리는 인류 역사상 글자 그대로 전무후무한 시대에 살고 있는 것이다.

과학기술의 발달이 일정한 임계점에 다다랐다는 말은 다시 말해서 과학기술적 세대교체의 속도가 인간의 생물학적 세대교체 속도를 앞지르기 시작했다는 뜻이다. 이러한 추월은 지금의 인류문명이 멸망하거나 퇴보하지 않는 한 역사상 단 한 번만 일어날 사건이다.

이 사건, 즉 추월이 어떤 것인지 예를 들어 설명하자면 다음과 같다.

삼국시대와 조선시대는 시간적으로 수백 년의 차이가 나지만, 각각의 시대를 살았던 사람들의 구체적인 생활상은 그다지 큰 차이가 없었다. 농사를 짓는 데 가축의 힘을 빌리고, 여행수단은 고작해야 말을 타거나 아니면 그냥 걸어 다니는 식이었다. 수백 년 동안 똑같았다. 그러나 20세기에 태어난 사람들은 수십 년, 그리고 심지어는 수년 단위로 눈부시게 변화하는 과학기술적 생활환경 안에서 숨가쁘고 힘겨운 문명인의 삶을 살지 않으면 안 되게 되었다. 인류 최초의 비행기가 등장했을 때 이 세상에 태어난 사람이, 평균적인 수명을 누리고 숨을 거둘 즈음엔 이미 달에 인간의 발자국이 찍힌 다음이었다. 인류 역사상 인간의 생애라는 짧은 기간 동안 이처럼 엄청난 변화를 체험한 세대는 일찍이 없었다. 더구나 1980년대 이후부터는 개인용 컴퓨터의 광범위한 보급과 급속한 개선이 (8비트에서 XT, AT를 거쳐 386, 486, 586 펜티엄까지 PC의 세대교체가 얼마나 숨가쁘게 이루어졌는지 되새겨보자. 또 휴대폰의 세대 교체 역시 얼마나 빠르게 이루어지는지도) 몇 년 사이에 세상 사람들을 구세대와 신세대로 나누어 놓다시피 했다.

지금 60대 이상의 기성세대는 급속하게 변화해 가는 과학기술을 따라가지 못해 곤란을 겪고 있는 사람들이 많다. 반면 20대 이하의 청소년층은 이미 태어나서 성장할 때부터 이러한 변화에 익숙하게 적응해온 편이라 그다지 어려움을 느끼지 않고 있다. 이러한 사실에서 쉽게 예견할 수 있는 것은, 사회의 모든 구성원이 모두 과학기술에 익숙한 세대로 대체되는 가까운 미래의 모습은 지금까지와는 근본적으로 다른 양상을 나타내게 될 것이라는 점이다. 즉, 과학기술 환경의 속성이 정적이었던 구세대와, 동적인 환경에 익숙하고 그것을 더 자연스럽게 받아들이는 신세대는 그 감성과 사고방식, 세계관 등이 매우 다를 것이다. 그리고 그런 변화를 진작부터 추론하고 묘사해 왔던 장르가 바로 SF이다.

새로운 세기의 매뉴얼로서 SF를 주목하는 것은 이상과 같은 논리에 따른 것이다. '21세기'라는 인류 역사상 처음으로 형성된 과학기술적 역동성의 시대에, SF는 '가능한 미래의 모습들'이라는 스펙트럼을 치밀하게 직조해 오고 있다. 미래학자 앨빈 토플러는 바로 이 점을 진작부터 강조해 왔다. 그는 일찍이 주저 중 하나인 『미래쇼크』(1970)에서 다음과 같이 설파한 바 있다.

···학생들에게 역사 과목은 가르치면서 왜 '미래학' 과목은 없는가? 우리가 지금 로마의 사회 제도나 봉건시대 장원의 대두를 탐구하듯이 왜 미래의 가능성과 개연성을 체계적으로 탐구하는 과목은 없는가?··· SF를 문학작품이 아니라 일종의 미래 사회학이라고 본다면 그것은 예측의 습관을 길러내는 정신확장력으로서 엄청난 가치를 지닌다. 어린이들은 SF를 읽으면서 우주선과 타임머신에 관해 알게 될 뿐만 아니라, 더욱 중요하게는 어른이 되어 부딪치게 될 정치적, 사회적, 심리적, 윤리적 문제의 정글 속을 상상력을 발휘해 탐험해 보도록 이끌어질 수 있기 때문이다. SF는 '미래의 나'를 위해 읽혀져야만 한다.

5. SF는 미래를 예측하는 것이 아니라 창조한다

'미래를 예측하는 가장 좋은 방법은 미래를 창조하는 것이다'라는 말이 있다. 사실 다가올 미래를 정확히 예견할수록 좋은 SF라는 것도 잘못된 생각이다. SF는 미래예측 보고서가 아니라 당대 현실을 은유하는 하나의 수사 형식이기 때문이다. 좋은 SF는 오히려 다양한 미래의 가능성을 골고루 짚어보면서 새로운 상상력을 자극하는 작품들이다. 그래서 마침내는 미래를 예견하는 것이 아니라 창조하게 만드는 것이다. 하나의 예를 살펴보자.

세계 최초의 산업용 로봇 제조회사는 1962년에 미국 코네티컷 주에 설립된 회사인 '유니메이션'이다. 당시 제너럴모터스 자동차공장에 설치된 세계 최초의 산업용 로봇이 바로 이 회사 제품이었다. 오늘날 전 세계의 산업용 로봇 시장을 형성하고 로봇공학의 물리적 토대를 제공하는데 이 회사가 결정적인 공헌을 했음은 두말 할 나위도 없을 것이다. 그런데 이 회사의 사장 조셉 엥겔버거는 아이작 아시모프가 쓴 로봇 SF소설들을 읽고 로봇의 가능성에 눈을 떴다고 한다.

또 한 가지 흥미로운 점은, 1970년대 들어서 일본 회사들이 이 분야에 대거 진출했다는 것이다. 그 결과 미국 산업용 로봇 시장에서 일본 제품의 점유율이 크게 높아졌는데, 당시의 일본 기술자들은 데즈카 오사무의 '아톰' 로봇을 보고 자란 세대였다. 이를테면 일본의 '아톰'이 미국의 아시모프 로봇을 밀어 낸 셈이라고나 할까?

이 밖에도 여러 가지 비슷한 사례들이 있지만, 아무튼 SF는 미래를 예측한다기보다는 창조하는 쪽에 가깝다는 점을 유념할 필요가 있다. 왜냐면 SF를 읽거나 쓸 때 과학적으로 얼마나 정확한지 지나치게 따지고 들 필요는 없기 때문이다. SF의 과학적 상상력이 먼저 시대를 앞서가면, 나중에 현실에서 누군가가 그걸 보고 실제로 만들어낼 수도 있다. SF작가들의 자유분방한 상상력은 때때로 과학자들이 미치지 못하는 창조적인 영역까지 뻗어나가기도 하며, 바로 그런 과감한 상상력이 과학자들에게 새로운 영감을 제공하기도 한다. 그런데 SF에 등장하는 이런저런 설정들을 두고 과학적으로 불가능하다며 단정지어 버리는 일부 과학자들이 있다.

예를 들어 기관차나 자동차가 처음 만들어질 당시, 학자들은 '시속 30km만 넘어가면 사람은 숨을 쉴 수가 없어서 질식하고 말 것이다'라고 엄숙하게 선언했다고 한다. 또 20세기 초반까지 거의 모든 과학자들은 '공기보다 무거운 물체는 결코 하늘을 날 수 없다'고 확신에 차서 얘기하며 '비행기'를 발명하려는 '바보 같은 사람들'을 비웃었다. 당시 미국의 저명한 천문학자였던 사이먼 뉴컴이 대표적인 비행기 불가론자였는데, 그의 생각이 세상에 널리 알려지고 얼마 지나지 않아 라이트 형제가 시험 비행에 성공했다. 그러자 뉴컴은 '비행사 한 명 정도 무게 이상은 감당하지 못할 것'이라며 한 발 물러섰다고 한다.

우주여행에 대해서도 마찬가지로 꽉 막힌 과학자들이 있었다.

1950년대 중반에 영국 왕립 천문대장을 맡았던 리처드 울리 박사는 '우주여행이란 허튼소리'라고 했던 인물인데, 그리고서 얼마 지나지 않아 소련에서 세계 최초의 인공위성 스푸트니크 1호를 발사하는데 성공했다.

SF작가 아서 클라크는 이상과 같은 예들을 들면서 '저명한, 그리고 나이가 지긋한 과학자가 어떤 것이 가능하다, 라고 말했다면 그건 거의 옳다. 그러나 그가 어떤 것이 불가능하다, 라고 말했다면 그것은 틀릴 가능성이 높다'라는 유명한 어록을 남겼다. 또한 '아주 발달된 과학기술은 마술과 구별이 안 된다'라는 말 역시 클라크의 어록으로서 모두 '클라크의 법칙'이라 일컬어지며 회자되고 있다.

우리는 SF 영화 등을 보면서 거기에 나오는 장면들이 이러저러해서 과학적으로 엉터리다, 불가능하다, 라는 얘기를 접할 때가 많은데, 그건 어디까지나 SF적 설정을 이용해서 학습 효과를 얻으려는 교육적 수단의 한 방법일 뿐이지 결코 SF 자체의 좋고 나쁨을 따지려는 것은 아니다. 따라서 SF는 SF대로 그 상상력을 마음껏 즐기고, 그와는 별도로 과학적으로 가능한지 아닌지는 또 그것대로 재미있게 따져보며 토론하는 태도가 바람직할 것이다.

6. SF의 미래 전망
: 유토피아의 백일몽, 디스토피아의 자각몽

SF의 하위 갈래들 중에 주류문학과 가장 접점이 많은 분야는 유토피아/디스토피아문학이라고 할 수 있다. 미래를 전망하는 SF식 접근은 어떤 입장들을 나타내는지 간단히 살펴본다.

미래 전망이라면 H.G. 웰스의 「타임머신」으로 이야기를 시작하는 방법도 좋을 듯하다. 120년도 더 된 소설이지만 여전히 현대 세계에 대한 레토릭으로서 강한 효용을 지니고 있기 때문이다.

「타임머신」에서 80만년이라는 아득한 미래에 인류는 극단적인 두 부류로 나뉘어 있다. 삶에서 아무런 생산적인 의미를 찾지 못한 채 그저 먹고 놀기만 하는 엘로이족과, 어두운 지하에서 기괴한 행태와 몰골로 오로지 노동에만 종사하는 몰록족으로.

이 작품의 작가인 웰스가 태어나고 성장한 19세기 후반은 산업혁명 이후 대규모 생산과 노동이 한창 일어난 시기였다. 당시 영국은 전 세계에 식민지를 두어 '해가 지지 않는 나라'라고 자칭하는 최강대국이었고 과학과 산업 전 분야에 걸쳐 최첨단의 길을 걷고 있었다. 따라서 오늘날과 같은 자본과 노동 계층의 분화도 사실상 맨 먼저 이루어진 상태였는데, 웰스는 그러한 사회의 미래상이 어떤 불길한 모습일지 예리한 통찰력으로 꿰뚫어 보았던 것이다. 엘로이와 몰록은 바로 이 두 계급의 극단적인 미래상이자 상징이었다.

7. 유토피아는 희망사항일 뿐

서양의 학자들은 SF문학의 시조로 흔히 토마스 모어의 『유토피아』
를 꼽곤 한다. 1516년에 처음 발표된 이 작품은 종교적 관용이나 남녀
평등, 평화주의 등 인류가 추구하는 이념들이 실제로 실현된 낙원을
묘사하고 있다.

그런가 하면 베이컨이 발표한 『뉴 아틀란티스(1627)』나 캄파넬라의
『태양의 도시(1637)』 등도 모두 작가 나름대로 이상향을 그린 것이다.

역사상 가장 많이 읽힌 유토피아 소설로는 1888년에 미국의 기자
출신 작가 에드워드 벨러미가 낸 『뒤돌아보며: 2000년에 1887년을』을
들 수 있다. 19세기 말, 주인공이 불의의 사고로 깊은 잠에 빠졌다가
다시 깨어나 보니 서기 2000년의 미래 사회가 되었더라는 내용이다.

이 작품은 21세기 초의 미국이 평화적인 방법에 의해 사회주의 이
상 사회로 탈바꿈했다는 설정을 채택하면서 모든 사회 조직과 각종
산업의 통계 수치까지 정밀하게 묘사하여 발표 당시 커다란 호응을
이끌어냈다. 책이 나오고 나서 몇 년 지나지 않아 미국 전역에 이 작
품의 이념을 추종하는 조직이 100군데가 넘게 생겨났다고 한다. 이
책은 20세기 중반까지도 미국인의 필독 교양서 중 한 권으로 꼽히며
루즈벨트 대통령의 뉴딜 정책에까지도 영향을 주었다고 평가되지만,
오늘날엔 잊힌 고전이 되고 말았다.

1907년에는 유토피아와 디스토피아적 시각이 혼합된 소설인 잭 런

던의 『강철군화』가 발표되었다. 이 작품의 줄거리는 '인류 형제애 시대'라는 먼 미래의 유토피아적 사회에서 시작된다.

어느 날, 몇 백 년 된 고문서가 하나 발견되는데, 그것은 노동계급이 극심한 박해를 받던 20세기 초에 어느 노동운동가가 비밀리에 남긴 기록이었다. 이 소설은 고문서의 내용을 그대로 인용, 서술하는 형식을 취하면서 군데군데 인류 형제애 시대의 미래 유토피아 사회가 어떤 인본주의적 시각을 갖고 있는지 삽입하여 독자들에게 많은 것들을 생각하도록 유도한다. 『강철군화』는 뒤늦게 1980년대 말에야 국내에 첫 번역판이 나오면서 독자들 사이에서 '소설 자본론'이라는 별명으로 불리며 인기를 끈 바 있다.

프랭크 카프라 감독의 영화로도 유명한 『잃어버린 지평선』은 제임스 힐튼이 1933년에 발표한 소설로서 주류문학계에서 널리 알려진 작품이다. 외부 세계와 단절된 티베트의 비경에 불로장생과 목가적 삶의 낙원이 펼쳐져 있는데, 주인공 일행은 그곳에 안주할지 다시 바깥세상으로 나올지 일생을 건 고민에 휩싸인다. 오늘날 유토피아를 상징하는 대표적인 고유명사로 널리 알려진 '샹그리라'가 바로 이 작품에 등장하는 낙원의 이름이다.

20세기 후반의 대표적인 유토피아소설로는 어니스트 칼렌바크의 『에코토피아』를 들 수 있다. 1975년에 출간된 이 작품은 환경오염과 생태계 파괴 문제를 정면으로 다루면서, 그 대안으로 자연과 더불어 살아가는 목가적 공동체사회를 묘사했다. 자연친화주의라는 새로운 패러다임의 등장을 예고한 작품으로 기억될 만하다.

이상에서 언급한 작품들의 공통점은, 현실에서 모델을 삼은 유토피아는 사실상 찾아보기 힘들다는 것이다. 오히려 현실의 부조리와 모순을 반어법으로 통렬하게 풍자한 경우가 대부분이고 정교한 유토피아 설계도조차 현실에 대한 반면교사로서 제시되고 있을 뿐이다. 인간은 늘 현실보다 나은 미래를 꿈꾸기 마련이지만, 이들 작품은 현실을 그저 개선의 여지가 있는 상태 정도로만 파악하는 것이 아니라 반드시 개혁해야 할 상황으로 심각하게 진단하고 있다.

8. 디스토피아라는 생생한 자각몽

과학기술이 가져다 줄 장밋빛 미래상은 1945년 이후 더 이상 유효하지 않게 되었다. 1, 2차 세계대전을 통해 인류 역사상 처음으로 대량 살상이 저질러지더니 1945년 핵폭탄이 실전에 사용되면서 그 최악의 정점을 찍었다.

비로소 인류는 과학기술로 인해 자멸할지도 모른다는 불길한 자각을 하게 되었지만 멈추지는 않았다. 오늘날 우리를 위협하는 것은 핵무기뿐만이 아니다. 헤아릴 수 없이 많은 분야로 쪼개지고 분화된 여러 과학기술들이 인간의 오래된 탐욕과 결합하여 이전에는 상상도 못한 새로운 종류의 지옥도를 세계 도처에서 그리고 있다. 물론 작가들은 그걸 놓치지 않는다.

조지 오웰의 『1984』부터 살펴보자. 2차 대전이 끝나고 얼마 뒤에 발표된 이 작품은 '반공' 텍스트로만 오독되는 기구한 운명까지도 디스토피아적이다.

빅 브라더가 모든 것을 감시하고 통제하는 사회에서 민중들은 순종하며 산다. 그 이유는 이 사회가 끊임없이 외국과 전쟁을 하고 있기 때문인데, 주인공은 전쟁 자체가 독재를 위한 수단에 지나지 않음을 깨닫지만 거창한 반란은 꿈도 꾸지 못한다. 뉴스피크(Newspeak)라는 고도의 정치공학적 기법으로 철저히 세뇌되면서 살기 때문이다.

뉴스피크는 기존의 영어 어휘들 의미를 단순화시키거나 폐기해버리는 방법으로 대중의 정신을 처음부터 조작한다. 이를테면 '좋은(good)'의 반대말을 '나쁜(bad)'이 아니라 '안좋은(ungood)'으로 바꾸는 식으로 부정적인 어휘들을 없애고 언어를 단순화한다.

정치적 디스토피아를 그린 『1984』보다 앞서서 올더스 헉슬리는 1932년에 『멋진 신세계』를 발표했는데 이는 과학기술의 장밋빛 미래상을 통렬하게 꼬집은 사실상 첫 소설이다. 이 작품은 제목에서도 드러나듯 표면적으로는 과학기술적 유토피아를 묘사하고 있지만, 사실은 그런 세상이 진정 살 만한 곳인가 하는 문제를 제기하고 있다. 부모가 누구인지도 모르는 채 공장에서 태어나 양육되는 아이들, 쾌락과 행복감을 느끼기 위해 '소마'라는 약을 복용하는 사람들, 태어날 때부터 계급이 정해지는 사람들 등등.

1960년대 이후로는 냉전시대 핵전쟁의 위협에 더해서 환경오염,

자원 고갈, 인구폭발, 생태계 파괴 등등 디스토피아의 주제가 다양해졌다. 극적인 예로는 미국작가 해리 해리슨이 1966년에 발표한 『좁다, 좁아!』를 들 수 있다. 이 작품에는 인구폭발에 따른 식량 문제의 해결책으로 '소일렌트 그린'이라는 새로운 대체식량이 등장한다. 나중에 영화로도 제작된 이 작품의 결말에서 드러나는 그것의 정체는 충격적이다. 이 새로운 식량 자원의 원재료는 다름 아닌 사망한 인간들의 시신이다.

21세기에 접어든 지금은 인구폭발이나 자원고갈 등 20세기적 전망들보다 지구온난화, 유전공학, 나노기술 등 새로운 쟁점들이 대두되고 있다. 영화 〈가타카〉에서 묘사된 유전공학적 미래상은 새로운 계급사회의 도래를 예감하게 한다.

종종 이런 질문을 받는다. '왜 SF는 미래를 암울하게 전망하는 작품이 압도적으로 많은가?'

그 이유는 SF작가들이 미래를 정말로 그렇게 전망하기 때문이 아니다. '우리의 현실이 안고 있는 숱한 문제들을 이대로 방치할 것인가!' 하는 외침이자 경고인 것이다. '이런 식의 미래는 피해야 하지 않겠는가!'라는 질문에 대한 대답을 고민하고 그 해법을 찾는 것, 그것이 디스토피아 SF를 읽는 올바른 독법일 것이다.

현실의 부조리에 대한 반어적 은유로서의 디스토피아 SF는 결국 SF의 일반적인 미덕으로 수렴된다. 다시 한 번 강조하자면, SF는 미래의 과학기술이나 사회상을 예측하는 것이 아니다. 과학기술이 우리의 생각과 삶의 방식에 어떤 영향을 끼치는지를 탐구하는 것이다.

9. 이제 SF를 읽자

『계단의 집』(윌리엄 슬레이터 지음/창비)

인간은 실험실의 쥐와 다를까? 열여섯 살 동갑내기 다섯이 갇힌다. 남자 둘, 여자 셋. 그런데 보이는 건 계속 위치가 바뀌는 계단, 계단뿐이다. 동서남북에다 아래 위까지 모두. 한참 헤매다가 찾은 것은 달랑 급수대 겸 용변기와 음식 나오는 장치. 그때부터 이들은 생존을 걸고 잔혹한 드라마를 쓰기 시작한다.

이 책은 심리학 실험에 희생된 동물들에게 헌사를 바치고 있다. 그리고는 행동주의 심리학의 대가 스키너의 '조작적 조건형성' 이론을 그대로 이야기의 얼개로 채택했다. 배고픔을 면하려면 음식 나오는 기계가 원하는 대로 해야만 한다. 처음에는 단체로 우스꽝스런 군무를 추면 됐지만 나중에는 더 복잡하고 끔찍한 미션이 기다리고 있다. 한창 인격이 형성되어 가는 청소년들이 과연 인간의 존엄성을 얼마나 고귀한 가치로 인식할까?

작가는 에서의 그림에서 물리적 배경을, 그리고 오지에서 열린 작가 워크숍 참가자들의 모습에서 스토리의 구상을 떠올렸다고 한다. 서로 만날 일이 거의 없는 사람들이 폐쇄된 공간에 모이면 평소와는 다르게 행동한다는 것이다. 그 결과물은 『파리대왕』과 『1984』, 『멋진 신세계』 등에서 고갱이가 될 만한 메시지들을 군더더기 없이 담은 묵직한 수작이 되었다.

원래 청소년용 SF소설이지만 독자층을 한정해서는 안 될 작품이다. 지금의 교육 현실에 문제의식을 가진 이는 물론이고 현대 산업사회를 사는 아이부터 어른까지 모두 읽고 생각을 해 봐야 할 책이다. 미국도서관협회에서 출간 즉시 '최고의 청소년도서'로 선정하고, 또 '10대들을 위한 필독서 100권'에도 넣은 이유 역시 그래서일 것이다. 일단 시작하면 단숨에 결말까지 읽게 될 만큼 이야기의 흡인력이 세고 리듬도 빠르다.

『화성연대기』 (레이 브래드버리 지음/샘터)

가히 '21세기 화성의 아라비안 나이트'란 찬사가 아깝지 않은 걸작이다. 환상 극장의 파노라마 같은 이미지로 펼쳐지는 인류의 화성 이주 역사 이야기로서, 화성인들이 지구인 방문자들을 맞이하는 방식이 섬뜩하고, 결국은 인류에게 멸종당하는 운명이 애잔하며, 그럼에도 불구하고 여전히 그들 나름의 번영을 누리는 현실이 기묘하다. 함께 진행되는 온갖 인간 군상들의 드라마는 새로운 화성인 종족의 탄생으로 이어진다.

이야기 이상으로 독특한 것은 바로 글의 스타일이다. 사건이나 인물을 지루하게 서술하는 것이 아니라, 장면 장면을 마치 한 편의 시처럼 섬세한 감수성만으로 써내려간 느낌을 준다. 그 덕에 인류 역사에 대한 반성과 성찰이라는 메시지도 더 각별하게 다가온다.

1920년생인 작가 브래드버리는 한국에서 저평가된, 아니 정확히 말하자면 제대로 소개가 안 된 영미권 작가의 대표적인 보기로 들 만한 인물이다. 미국 SF/환상문학 계보에서 독보적인 영역을 구축한 거장의 반열에 올라 있으며, 그의 이름을 딴 TV단막극 시리즈도 나오고 전미도서상 평생공로상도 받는 등 하나의 문화적 아이콘이 되었다.

좋은 SF를 읽고 싶지만 과학기술 묘사는 부담스러운 독자라면 『화성연대기』는 훌륭한 선택이 될 것이다. 연작단편집 형식이라서 서사의 맥을 쫓느라 긴장할 필요도 없다. 그와 함께 브래드버리의 또 다른 대표작 『화씨451』도 추천한다. 모든 책을 불살라버리는 암울한 미래 사회를 그린 『화씨451』은 인문 교양이 사라져 버린 '배부른 돼지들'의 나라에서 인류의 유산인 책들을 보존하고자 목숨을 건 사람들의 이야기를 담고 있다.

『하늘의 물레』 (어슐러 K. 르 귄 지음/황금가지)

꿈꾸는 대로 세상을 바꿀 수 있는 힘이 생긴다면? 정신과 의사에게 놀라운 환자가 찾아온다. 자신이 꿈꾸는 대로 세상이 계속 바뀐다는 것이다. 객관적인 증거들을 통해 환자의 말이 사실로 드러나자 의사는 과감한 구상을 실행한다. 그의 꿈을 이용해 세상을 지금보다 더 나은 곳으로 바꾸어 보고자 한 것이다.

그러나 인종 차별을 없애려 했더니 사람들이 모두 회색으로 바뀌고, 인구폭발을 막으려 하자 전염병이 돌아 세계 인구가 확 줄어 버린다. 세계 평화를 위해 전쟁 없는 세상을 원하면 외계인이 지구를 침공한다.

작가 어슐러 르 귄은 현존하는 세계 최고의 SF 및 환상문학 작가 중 하나이다. 이 분야에서 노벨문학상이 나온다면 1순위 후보라는 평도 듣는다. 동양의 노장 사상에 뿌리를 두고 인간과 사회에 대한 본질적, 핵심적인 통찰을 담은 작품 세계를 펼쳐왔다. 『하늘의 물레』라는 제목 역시 장자의 한 구절에서 따온 것이다.

르 귄의 작품에서는 슈퍼영웅이나 선악이 뚜렷이 갈리는 캐릭터처럼 이분법적인 시각은 찾아보기 힘들다. 누구나 알고 있으면서도 애써 외면하려는, 미묘하고 정답이 없는 문제들을 들춰내어 같이 고민하기를 권한다. 특히 과학기술이 발달하는 미래 사회에도 변치 않을 이런 화두들을 제기하기 위해 SF라는 형식을 효과적으로 끌어들인다. 작품들을 읽다 보면 자칫 거리감이 느껴질 법한 '거대담론' 의제들이 현실의 영역으로 생생하게 다가온다.

판사 재직 시절 '소신 판결'로 주목받기도 했던 김영란 전 대법관이 퇴임 인터뷰 때 자신이 르 귄의 애독자임을 밝히며 추천한 책이기도 하다.

『당신 인생의 이야기』 (테드 창 지음/행복한책읽기)
우리는 언어가 소통을 가능하게 해준다고 믿고 있다. 과연 그럴까?

사실은 '소통을 가능하게 한다'는 환상을 주는 것이 아닐까? 바벨탑의 전설은 사람들의 언어가 제각기 달라지는 바람에 혼돈이 일어나 탑 쌓기에 실패했다는 내용이다. 혼돈의 내용은 통역이 안 되는 외국어들이 난립하게 되었다는 것이지만, 그 묘사는 사실은 하나의 은유라고 볼 수도 있을 것이다.

테드 창의 작품집 『당신 인생의 이야기』에 실린 표제작은 '외계인의 언어'라는 설정을 통해 언어에 대한 새로운 관점을 던져준다. SF는 흔히 과학기술적 경이감을 준다고 하지만, 이 작품은 그것을 넘어 인간과 우주에 대한 철학적, 존재론적 화두를 던지는 놀라운 이야기의 힘을 지니고 있다. 언어나 문자가 소통의 수단을 넘어 그 자체로 시공간을 함축한 하나의 다차원적 기호라니, 이야말로 SF가 주는 궁극적인 통찰의 훌륭한 예가 아닌가!

중국계 미국인인 테드 창은 작품 활동을 시작한 지 20년이 넘었지만 대략 2년에 한 편 꼴로 중, 단편만 발표해왔을 뿐 장편은 아직 없다. 그런데 발표한 모든 작품들마다 유수의 SF문학상을 수상하며 현존하는 최고의 SF작가 중 하나로 군림하고 있다. 세계 최고 권위의 과학잡지인 〈네이처〉에도 두 번이나 작품을 실었다. 가히 SF계의 보르헤스라 할 만하다.

『당신 인생의 이야기』는 한국에 번역, 출간된 뒤 SF의 영역을 넘어 오로지 입소문만으로 문학 독자들의 언더그라운드 베스트셀러에 올라 화제가 되었다. 여러 가지 의미에서 이처럼 여운이 길게 남는 책은 쉽게 접하기 힘들다. 21세기에 재미있고 유익한 이야기란 어떤 것일지 궁금하다면, 이 책은 유력한 답을 제시할 것이다.

신춘문예 제도의
의미와 한계

민병기 * 창원대 명예교수

한국에서 시인이 되는 등단 절차는 여러 가지가 있다. 가장 손쉬운 길이 자비로 시집을 출판하는 방법이다. 다음은 동인지를 출간하는 길이다. 문학청년들이 모여 함께 동인지를 출간하는 경우이다. 1920, 30년대 동인지들이나 1970년대 유행한 무크지들이 이에 해당한다.

문단에서 공인된 전통적 등단 절차로 문예지에 추천을 받거나 현상 문예에 당선되는 길이 있다. 그중에 가장 전통적인 것이 신춘문예 당선이다. 이 제도는 역사가 길고 배출한 문인이 많아서, 국내에서 가장 권위 있고 화려한 작가 등용문이 되었다. 따라서 문단에서 스타가 되는 가장 영광스런 관문이다.

그런데 과연 이 제도는 한국의 문학 발전에 기여했는가. 비전문 기관인 신문사가 운영하는 데에 따른 문제점은 없는가. 이에 대한 진지한 검토가 필요하다. 하지만 정작 이 제도에 관한 연구는 거의 없다. 당선 소설의 어휘를 분석한 석사 논문 두 편이 고작이다. 시 분야엔 조재영의 석사 논문이 유일한 업적이다.(「신춘문예 당선시 연구」, 창원대학교 박사논문, 2005) 매년 정초에 당선된 시편들의 경향을 논평하거나 당선자들과 담당 기자들의 좌담회 정도가 전부인 실정이다.

연구할 필요성이 높지만, 본격적인 연구가 이루어지지 않는 것이 우리 문학연구의 실상이다. 그만큼 한국의 문학연구가 실제 작품의 생산이나 유통에 대해 무관심하다. 대학의 문학 연구가 지극히 자족적인 것이 그 이유이다. 자족적 연구란 오직 연구를 위한 연구이다. 이런 연구물은 독자가 없으니, 사회적 존재 가치가 없다.

그와 달리 작가들이 좋은 작품들을 쓰고, 독자들이 그것들을 선택하여 독서할 수 있도록 선도하는 사회적 실용성이 높은 연구가 필요한 연구 주제이다. 이로써 문학을 사랑하고 문학이 사랑 받는 사회 토대를 이룰 수 있다. 문학 작품들이 독자들을 점차 잃어 가는 시대일수록 '열린 연구'가 더욱 절실하게 요청된다.

'열린 연구'란 쉽게 말해 일반 독자들을 위한 연구이다. 예를 든다면, 독자들이 양서들을 고르는 데에, 유익한 정보를 제공하는 연구서들이다. 사회적으로 유익한 연구가 효과적으로 이루어진다면, 책 광고에 따른 비리는 자연 사라질 수 있다. 그런 연구가 없는 국내에서 지나친 책 광고로 인한 사회적 손실이 많이 발생한다.

투자한 광고의 액수에 비례하여 책들이 잘 팔리는 풍토라면, 그 막대한 광고비는 모두 독자의 몫이다. 더욱이 광고를 하지 않는 정직한 지은이의 양서(良書)들보다 광고를 많이 한 악서(惡書)들이 오히려 잘 팔린다면, 이는 출판계와 독서시장의 모순이다. 이로 인해 독자층이 피해를 입는다.

이런 풍토에서 평론가들은 출판사와 손을 잡고 판매 전략으로 그들의 지식을 은밀하게 제공하는 경향이 생긴다. 각종 문학상도 판매 전략의 상표로 활용되고, 서평이나 문학 관련 기사문의 내용도 '위장된 광고'의 성격을 띠게 된다. 이러한 문화의 비리를 바로잡기 위해 독자들에게 유익한 연구가 우리 사회에 절실하게 요청된다.

과대한 책 광고에 따른 비리를 없애기 위해, 신뢰성이 높은 독서 안내서가 필요하다. 독자층이 신뢰할 만한 객관적인 독서 정보서들이 계속 발간된다면, 독자들은 엉터리 광고에 현혹되어 악서(惡書)를 선택하지 않고, 그 정보에 따라 양서를 선택할 수 있다.

문제는 독자들이 믿을 만한 독서정보를 제작할 주체가 없다는 것이다. 출판사가 맡으면, 그 공정성을 결코 기대할 수 없다. 이를 객관적으로 공정하게 만들 수 있는 곳은 대학뿐이다. 한 대학보다 여러 대학이 분담하여 맡는 것이 효과적이다. 그 결과를 공개하는 곳으로 대학이 가장 적합하다. 대학에서 개설한 사이버 잡지나 홈페이지도 가능하다.

그러나 국문과는 물론 인문대 학생들이 모두 취업에만 몰두하니, 한국 대학에서 신간 명작들에 관한 안내서들이 매년 발간될 수가 없다. 신춘문예 제도의 의미와 한계를 검토한 연구도 국내 대학으로 창원대에서 유일하게 이루어졌을 뿐이다. 매년 당선되는 작품들이 독자들에게 끼치는 영향을 연구한 업적은 없다.

신춘문예 당선시 대부분이 독자들에게 외면당하고 있다. 역대 당선된 시편들 중에 독자들에게 애송되는 것이 드물다. 이 사실은 신춘문예 제도의 존재가치가 초창기에 비하여 현저히 떨어졌음을 의미한다. 그 이유는 응모작들의 특징에 있다. 독자층보다 당선되기 위해 심사위원만을 의식하여 쓴 것이 응모작들의 특징이다.

당선작이나 최종심사에 오른 우수작이나 심사평을 살펴보면, 작품 평가의 기준이 없다. 더욱이 당선된 시편들의 수준의 편차가 심해, 당선작들의 문학적 가치를 동일시할 수가 없다. 신춘문예 당선은 문학적 사건은 될 수 있어도, 문학적 가치는 별개이다.

신춘문예 응모자들이 당선에만 급급하여 독자층의 반응을 외면하고 오직 심사위원의 기준에만 맞추는 시편들이 당선작으로 뽑힌다. 따라서 독자층의 애독·애송성이 없는 당선 시편들이 많다. 결과적으로 이 제도는 문학의 생명력을 높이기보다 오히려 그 역기능을 한다.

매년 신춘문예로 많은 스타들이 탄생하지만, 그들 중에 시의 성좌로 빛나는 시인들보다 어둠 속으로 사라진 유성들이 많다. 그 이유는 신문사의 속성에 있다. 문학과 저널리즘 결합으로 시작된 신춘문예 제도는 성공할 수 없는 한계를 지니고 있다.

신춘문예 제도의 역사는 길다. 이를 처음 시행한 곳은 동아일보이다. 동아일보는 1925년 1월 말까지 원고를 모집하여 이듬해 3월 초에 당선작을 발표해서 그 명칭이 신춘문예가 되었다. 첫 모집 분야는 소설·시·동요·동화극·가정소설이었다. 분야별 상금은 1등 50원과 2등 2인에 25원, 3등 5인에 각 10원으로 총 750원이었다. 이해에 부문별로 1등과 2등의 당선작을 거의 뽑지 않았다. 시 분야에 3등만 2편 있었는데, 그중 하나가 김창술의 시 「봄」이었다. 다음 해엔 시행되지 않았고, 1927년에 김해강, 박아지 등 4명의 시인이 등단했다. 조선일보는 좀 늦게 1928년에 시행했다. 첫 해, '시가' 분야에 7명의 입선작과 8명의 가작이 뽑혔다.

시행 초기에 당선작을 거의 뽑지 않은 사정을 정확히 알 수는 없지만, 1, 2등에 비해 상금이 1/5에 불과한 3등만 뽑은 것을 보면, 그 원인이 작품의 수준보다 재정적 문제인 것으로 추측된다. 광고만 하고 당선작을 내지 않는 모순은 곧 시정되어, 당선작 가작으로 등급이 단순화되었다.

발표 무대가 부족한 시대에, 이 제도로 황순원의 「우리의 새 날은 피바다에 떠서」와 조명암의 「동방의 태양을 쏘라」와 서정주의 「벽」과 김광균의 「설야」와 함형수의 「마음」 등이 모두 시로 당선되었다. 일제말 중단되었지만, 1955년에 부활되어 현재까지 지속된다. 이 제도가 지닌 장점들은 다음과 같이 많다.

신정 휴일 동안에 발표되니, 신문의 대량 전달 효과가 극대화될 수 있다. 더욱이 치열한 공개경쟁에서 당선된 작품들이라 독자들의 관심을 끌기에 충분하다. 이 공개경쟁으로 심사의 공정성이 보장되니, 신춘문예는 추천제보다 또 다른 매력이 있다. 추천제는 선자(選者)가 사전에 알려져, 그의 문학적 경향을 따르는 아류가 생겨나 종속관계가 이루어지기 쉽고, 그것이 문단 파벌의 근원이 된다는 결점이 있다. 이에 비해, 신춘문예는 심사위원이 사전에 공개되지 않아, 인맥 관계에 따르는 부작용이 없다. 따라서 참신하고 우수한 작품이 뽑힐 수 있으니, 당선자도 작품 자체로 공정하게 인정을 받았다는 긍지를 가질 수 있다. 이들이 모두 장점이다.

화려하고 공정한 등단 절차로 알려진 이 제도를 비전문 기관인 신문사의 문화부가 주도한다. 문화부의 비중은 사내(社內) 사정에 따라 가변적이다. 한겨레신문이나 국민일보는 이 제도를 시행하지 않는다. 전문 문예지나 출판사도 많은데, 굳이 비전문 기관인 신문사가 작가 배출의 공식 제도를 운영할 필요는 없다는 이유에서다.

비전문 기관의 운영으로 발생되는 문제점을 지적한 유익한 자료가 『신춘문예를 말한다』(신춘문예 '89당선 작품집, 도서출판 예하, 1989)이다. 이것은 경향·서울·조선·중앙·한국일보 신춘문예 담당 기자들의 좌담회 기록문이다. 이 제도를 비판한 한겨레신문의 조선희와 김훈 기자도 참석·발언했다. 모두 실무자들인 그들이 지적한 '신춘문예 운영상의 문제점'은 다음 넷이다.

첫째 문제점이 심사의 불공정성이다. 그들은 공모의 생명인 공정성을 스스로 부정했다. 문화부 데스크가 본심위원들을 일방적으로 선정하여, 근원적인 문제점이 발생한다는 것이 그들 주장의 요지(要旨)였다. 고령의 본심위원들이 선정되어 젊은이들의 작품을 평가하기에 부적합하다는 점이다.

짧은 기간에 심사가 진행되는 촉박성(促迫性)이 둘째 문제였다. 3~4일의 짧은 기간에 예심이 이루어져 그 위원들이 철야로 진행해도 시간은 부족하여 응모작의 일부분만을 읽고 탈락시킨 다음에 남는 작품들(시 50편과 소설 30편 정도)을 본심에 넘긴다. 본심은 6일 정도 걸린다고 했다.

셋째, 당선작에 공통된 유행성의 문제였다. 참석자들은 소설이나 시 등의 장르에서 그것이 존재함을 시인했다. 이는 응모자들이 지나치게 당선에만 연연하여, 좋은 작품보다는 당선작을 만들려고 하는 지나친 의욕에서 비롯되었다는 것이다. 그 결과 신춘문예 특유의 스타일이 암암리에 만들어졌다는 것이다. 달리 말하면, 언론 제도가 신춘문예 양식과 스타일을 만들었다는 주장이다.

넷째, 당선자들의 작가적 단명성 문제였다. 당선 이후에 왕성한 창작 활동을 하는 작가도 있지만, 그렇지 못한 경우도 많다. 신문사가 작가를 배출은 해놓고 키우지는 않는다는 반증이다. 그래서 당선작이 최후의 작품이 되어 버린 불행한 작가도 있다.

이런 문제점들은 실무 기자들의 솔직한 현황 분석이다. 단기간에 촉박한 일정으로 진행되는 심사이니, 그 공정한 기준도 없이 당선만을 노린 기교적인 난해한 시편들이 뽑힌다. 그런데 그런 당선자는 단명하기 쉽다는 논리이다. 그렇다면 '촉박성', '불공정성', '유행성', '단명성'의 관계는 필연적이지 않는가.

이에 대한 비판론도 가능하다. 당선 작가들 중에는 많은 업적을 쌓은 훌륭한 작가가 얼마든지 있는데, 정확한 근거 제시도 없이 단순하게 논리화하는 것은 지나친 단정이라는 점이다. 그러나 위 논리는 문화부 기자들의 좌담 내용을 정리한 것이니, 필자가 해명해야 할 몫은 아니다. 단지 공감되는 부분이 많아 간접 인용했고, 그 논리의 연장선에서 객관적 사실을 토대로 필자의 견해 몇 가지를 덧붙인다.

첫째, 심사의 불공정성에 관한 것이다. 담당 기자들의 말에 의하면, 예심보다 본심을 못 믿겠다는 것이다. 예심위원들이 작품의 일부만을 보고 감으로 뽑지만, 좋은 작품이 예심에서 탈락될 가능성은 거의 없으니, 그들은 믿을 수 있으나, 본심은 믿을 수 없다는 것이다. 그 이유로 심사위원의 고령을 들었다. 젊은 세대의 시를 심사하기엔 원로 문인은 적합하지 않으니, 본심 위원의 연령을 낮추어 선정하든지, 아니면 차라리 본심을 없애든지 해야 한다고 주장했다. 담당 기자들이 폐지론까지 내세우며 본심에 대한 강한 불신감을 표시하는 구체적인 이유가 좌담에서 확실히 드러나지 않았다.

이에 대하여 필자가 조사한 자료 한 가지를 제시하고 싶다. 그 하나가 본심 위원들이 반복(연속)과 중복(겹치기) 심사를 하는 점이다. 특정인에게 계속 심사를 의뢰한 대표적인 곳이 조선일보이다. 이 신문사는 박두진·조병화에게 연속 맡겼다. 그들은 1973-1990년까지 17년 동안 계속 함께 심사를 했다. 공모의 생명이 심사위원의 비공개인데, 이렇게 같은 사람에게 연속 심사를 맡긴다면, 비공개의 의미는 없어진다.

또 심사위원의 겹치기 심사도 큰 문제였다. 시 분야에서 중복 심사를 가장 많이 했던 시인은 박남수였다. 그는 1969년-1972년까지 4년 동안 연속 네번 중앙지의 심사를 했다. 당시 심사를 맡을 만한 원로 문인의 부족과 촉박한 일정 때문에 중복은 불가피했을지 모른다. 그러나 인적 사정이 풍부해진 90년대에도 중복 심사는 그대로 답습되었다. 김주연은 1994년에 조선·동아·중앙·대구매일 등 네번 중복 심사를 했고, 유종호는 1997년에 경향·서울·세계를, 같은 해 신경림은 경향·세계·한국의 심사를 각각 맡았다. 그들 이외에도 세번 이상 중복으로 심사한 문인은 적지 않다.

심사 기간이 다르고 시간이 충분하다면, 중복 심사는 아무런 문제가 없다. 그러나 모든 신문사가 거의 같은 시기에 촉박한 일정으로 심사를 진행한다. 그 기간은 예심과 본심을 합해 10여 일 정도, 그것도 예심이 끝난 뒤에 본심이 있다. 예심은 시간이 부족하여 철야를 한다. 그래도 작품을 다 읽지 못하여, 그 일부분만 읽고 작품 심사를 하는 촉박한 상황에서, 한 사람이 네 곳의 심사를 겹치기로 맡는다는 사실, 또 4개의 신문사가 한 사람에게 중복으로 심사를 맡긴다는 사실은 어떻게 설명될 수 있을까.

여기서 우리는 신문사 담당자와 심사위원 양편 모두에 대해, 과연 그들이 심사를 공정·정확하게 할 의지를 가지고 있는가를 묻고 싶다. 동일한 기준으로 모든 작품을 심사하는 것이 원칙이라면, 예심제는 편법이요, 예심에서 응모작의 일부분만 읽고 추리는 것도 편법이요, 편법으로 이루어질 수밖에 없는 촉박한 일정인데 대외적 책임을 져야 할 심사위원이 중복으로 심사하는 것은 더욱 편법이다.

편법 심사의 모순을 구체적으로 살펴보자. 심사평을 보면, 좀 차이가 있지만 많아야 50여 편의 시가 본심에 오른다 하니, 수천 편의 응모작 중에 약 99%가 예심에서 탈락된다. 본심에서 검토되는 것은 응모작의 1% 미만에 불과하다. 심사를 대표하는 본심 위원은, 비록 예심을 거쳤다고는 하나, 총 응모작의 1% 정도를 심사하고, 당선작과 낙선작에 대한 모든 책임을 져야 한다. 심사는 예심 위원들이 거의 다 하고, 책임은 본심 위원들이 지는 셈이다. 얼마나 큰 모순인가.

편법 심사의 모순이 촉박한 일정에서 비롯된다면, 마감일을 당기고 심사 기간을 늘리면 된다. 그런데 응모작은 갈수록 많아지고, 응모 마감일은 오히려 연장되어, 촉박한 상황이 더 악화되었다. 그렇게 악화된 이유는 무엇인가.

그 원인을 신문사의 속성에서 찾을 수 있다. 일간 신문이란 그날 발생한 사건을 그날 보도하는 것이 생명이다. 따라서 촉박한 일 처리는 신문사의 생리이다. 저널리즘과 문학의 결합으로 신춘문예 제도가 생겼다. 이 제도가 저널리즘 주도로 운영되는 과정에서 문학성의 손실이 크다. 그 희생을 막기 위해 촉박한 졸속 운영은 반드시 시정되든지 아니면 신춘문예 제도 자체가 폐지되어야 한다.

문학적 손실이란 작품이 기교에 치우쳐 재미와 감동을 잃게 되는 것을 말한다. 즉 편법 심사로 당선만을 노리는 유행적 작품이 많이 뽑히게 되고, 이들은 내용의 깊이보다 기교의 현란함에 치중하는 경향이 강하다. 그런 경향은 신춘문예 스타일을 형성하여, 현대 문학의 흐름을 기교에 치우치도록 유도했다. 그 결과로 시의 애송성과 감동력을 잃게 만들었다.

그렇다면 신춘문예 스타일에 대해 기존 문인들은 어떻게 생각하는가. 신춘문예에 당선된 역대 시편들 속에 내재한 공통점에 대하여, 홍신선 교수는 『한국시의 논리』(동학사, 1994)에서 '신춘시의 스타일'이란 용어를 사용하며, 문인 사이에 공공연한 사실임을 지적했다. 형식상으로 시편들이 길어지고, 내용상 반복이 심해지는 경향이다.

겨울을 노래한 시 중에도 단순한 신춘시 스타일을 훌륭하게 극복한 시들이 많다. 다음 시도 그 대표적인 에이다.

눈을 밟으면 귀가 맑게 트인다.

나무가지마다 純銀의 손끝으로 빛나는

눈 내린 숲길에 멈추어,

멈추어 선

겨울 아침의 行人들.

- 吳鐸藩의 「순은이 빛나는 이 아침에」 첫 연

이 시의 첫 행에 작가의 탁월한 감수성이 잘 드러나 있다. '눈을 밟으면 귀가 맑게 트이는' 것이나, "나무가지마다 순은(純銀)의 손끝으로 빛나는/ 눈 내린 숲길" 등의 이미저리에서 이를 느낄 수 있다. 특히 둘째 시행을 '나무가지 손끝마다 순은으로 빛나는'이 아니고, "나무가지마다 순은의 손끝으로 빛나는"으로 묘사해 인상적이다. 이는 상징주의적 감각으로 얻은 표현이다. 시인과 자연이 합일·교감하는 순간의 경지에서만 느낄 수 있는 예민한 감수성의 성과로, 그 표현이 구체적이고 세밀하여 시적 효과가 더욱 크다.

신춘시 응모자는 청년층이 많다. 따라서 젊은이들의 의식이 많이 반영되어 있다. 이는 현실에 만족하지 못하고 새로움을 추구하려는 강한 실험정신이다. 새로움에 대한 열망은 저널리즘의 속성이기도 하다. 양자의 자연스런 결합으로 실험의식이 강한 작품이 당선시 중에 많다. 형태뿐만 아니라, 사고와 논리를 파괴하려는 시이다. 그러나 그것이 잘못하면 극단적인 추상시로 발전해 시의 생명력을 잃게 된다. 그렇게 치닫지 않고 타협한 양상으로 발전한 것이 이국정조이다. 이는 시에 이색적인 분위기를 만들어내는 효과가 있다.

이를 제목에 반영한 시들도 많다. 예를 들면 다음과 같다. 신명석의 '나의 슬픈 친구「이반 드트리빗치」에게', 최하림의 '빈약한 올페의 회상', 이인해의 '빌헬름 마이스터의 수업시대', 남진우의 '로트레아몽 백작의 방황과 좌절에 관한 일곱 개의 노트 혹은 절망 연습', '홍일표의 '달리의 그림 속에서 사라진 시간의 행방은', 조재영의 '플라타너스는 잎들을 둥글게 말아올리고', 김민희의 '폴리그래프 27', 한혜영의 '퓨즈가 나간 숲' 등이다. 외국인 이름을 사용한 제목은 길다는 것이 특징이다. 제목뿐만 아니라 시 속에서도 이를 활용하여 시적 분위기를 새롭게 한 시가 많다.

역대 당선작 중에서 신춘시의 결점을 극복하여 독자들의 사랑을 받을 만한 작품은 없는가. 좋은 시란 상을 받아 빛나는 시가 아니고, 읽히는 순간에 독자의 가슴속에서 빛나는 시가 좋은 시이다. 시가 독자의 가슴에서 빛을 발하기 위해서는 감동의 자장을 띠고 있어야 한다. 감동력은 시인의 혼이 살아 있어야 생긴다. 시의 혼령이 생생하게 잘 살아있는 대표적인 시로 나태주 씨의 「대숲 아래서」가 있다. 이 시는 다른 당선시들이 대부분 겨울을 노래한 데 비해, 가을을 배경으로 하여, 개성적이다. 이 시에서 가을은 단순한 배경에 그치지 않는다. 시인의 영혼이 꽃피는 계절이 바로 가을이기 때문이다.

1
바람은 구름을 몰고
구름은 생각을 몰고
다시 생각은 대숲을 몰고
대숲 아래 내 마음은 낙엽을 몬다.

2
밤새도록 댓잎에 별빛 어리듯
그슬린 등피에 네 얼굴이 어리고
밤 깊어 대숲에는 후둑이다 가는 밤소나기 소리.
그리고도 간간이 사운대다 가는 밤바람 소리.

3

어제는 보고 싶다 편지 쓰고
어제밤 꿈엔 너를 만나 쓰러져 울었다.
자고나니 눈두덩엔 메마른 눈물 자국,
문을 여니 산골엔 실비단 안개.

4

모두가 내 것만은 아닌 가을
해지는 서녘구름만이 내 차지다.
동구 밖에 떠드는 애들의
소리만이 내 차지다.
또한 동구 밖에서부터 피어오르는
밤안개만이 내 차지다.
모두가 내 것만은 아닌 것도 아닌
이 가을
저녁밥 일찌기 먹고
우물가 산보 나온
달님만이 내 차지다.
물에 빠져 머리칼을 헹구는
달님만이 내 차지다.

- 나태주의 「대숲 아래서」

이 시는 시인의 혼이 살아 있는 시이다. 혼이란 무엇인가. 그것은 개인의 무의식까지 포함한 모든 정신활동을 총칭하는 개념이다. 그 속에는 시인의 체험과 개성과 사상 등 모든 것이 반영되어 있다.

N. 하르트만은 심미 작용에서 가장 중요한 것을 관조(觀照)로 보았다. 그는 이를 두 가지로 나누어 설명했다. 1차적 관조는 육안으로 보는 것이고, 2차적 관조는 마음의 눈으로 보는 것이다. 심미작용에서 중요한 것은 바로 2차적 관조이다. 여기서 감동을 전달할 수 있는 힘이 생긴다고 말했다(N. 하르트만, 전원배 역,『미학』, 을유문화사, 1995). 시에 작자의 혼이 담기는 것은 바로 2차적 관조에 의해서 가능하다. 대상을 마음의 눈으로 보고, 그것을 묘사할 때, 비로소 시인의 혼이 살아나고, 감동의 전파력이 생긴다.

이 시에서 시인의 혼이 제일 생생하게 살아 있는 부분은 "이 가을/ 저녁밥 일찍이 먹고/ 우물가 산보 나온/ 달님만이 내 차지다./ 물에 빠져 머리칼을 헹구는/ 달님만이 내 차지다"이다. 이 중에서도 "물에 빠져 머리칼 헹구는 달님"이란 곳이다. 이는 자연을 마음의 눈으로 보지 않으면 발견할 수 없는 표현이다. 이곳에 시인의 혼이 담겨 있다.

"바람은 구름을 몰고/ 구름은 생각을 몰고/ 다시 생각은 대숲을 몰고/ 대숲 아래 내 마음은 낙엽을 몬다"라는 표현에서 몰고 몰리는 이미지는 삶의 현장에서 밀릴 수밖에 없는 시인의 존재를 상징한다. 시인은 현실에서 숙명적으로 패배적 존재이다. 그 패배감과 상실감과 실연감의 무게가 이 시에 잘 드러나 있다. 그 절망감을 자연의 아름다움으로 승화시킨 것이 이 시의 장점이다. 인간의 비애와 절망감과 가을 날 자연미을 잘 대비시키고 있다. 자연미가 돋보이는 것이 밤바람 소리, 실비단 안개, 달님 등이다. 이러한 대상들을 마음의 눈으로 보고 묘사했다. 가슴으로 느끼지 않고는 발견할 수 없는 아름다움을 드러냈다. 그래서 시인의 혼이 살아 있는 참으로 개성적인 시이다.

　시의 의미와 표현이 가장 잘 조화된 대표적인 시로 곽재구의 「사평역에서」을 들 수 있다. 이 시는 당선시로는 보기 드물게 많은 사랑을 받고 있다. 이 시가 소설과 영화로 재창조된 것이 그 증거이다.

　　막차는 좀처럼 오지 않았다
　　待合室 밖에는 밤새 송이눈이 쌓이고
　　흰 보라 수수꽃 눈시린 流璃窓마다
　　톱밥난로가 지펴지고 있었다.
　　그믐처럼 몇은 졸고
　　몇은 감기에 쿨럭이고
　　그리웠던 순간들을 생각하며 나는
　　한줌의 톱밥을 불빛 속에 던져주었다
　　內面 깊숙이 할 말들은 가득해도
　　靑色의 손바닥을 불빛 속에 적셔두고
　　모두들 아무 말도 하지 않았다
　　산다는 것이 때론

한 두릅의 굴비 한 광주리의 사과를

만지작거리며 歸鄕하는 기분으로

침묵해야 한다는 것을

모두들 알고 있었다

오래 앓은 기침소리와

쓴 약 같은 입술담배 연기 속에서

싸륵싸륵 눈꽃은 쌓이고

그래 지금은 모두들

눈꽃의 和音에 귀를 적신다

子正 넘으면

낯설음도 뼈아픔도 다 雪原인데

단풍잎 같은 몇 잎의 차창을 달고

밤 열차는 또 어디로 흘러가는지

그리웠던 순간들을 呼名하며 나는

한 줌 톱밥의 불꽃 불빛 속에 던져주었다.

— 곽재구 〈沙平驛에서〉 전문

　이 시는 표현이 아름다우면서 의미를 희생시킨 곳이 없다. 양자가 잘 조화를 이루어 영상미가 극대화되었다. 이 시는 관념어를 극히 절제하고 구체적인 이미지로 구성되어 있다. 이들은 간결·정확하고 생생하게 묘사되어, 마치 영화 속의 한 장면(눈 내리는 밤, 간이역 대합실의 정경)을 보는 것 같이 선명하게 떠오른다. 이렇게 사실적이며 세밀한 영상적인 이미지들은 '대합실'이라는 전체적 공간으로 잘 통합된다.

사평역 대합실, 눈 내리는 겨울 밤, 연착된 막차를 기다리는 사람들, 톱밥 난로를 쬐며, 지루한 기다림을 잊기 위해 잠시 사귀다가 훌쩍 떠나버린 텅 빈 대합실, 이것이 시의 공간이다. 인간의 만남과 헤어짐을 상징하는 대표적 장소이다. 이곳은 승객들에게 늘 열린 공간이요, 사회 지향적인 현실 공간이다. 배경이 그렇듯 주제의식도 따뜻한 인간애와 공동체적 유대감을 반영했다.

주제의식이 전체 이미지들을 잘 제어한 대표적인 시로 조은길 씨의 「3월」을 들 수 있다. 그만큼 이 시는 주제의식이 강해 신춘시의 유행성을 훌륭하게 극복했다.

①
벗나무 검은 껍질을 뚫고
갓 태어난 젖빛 꽃망울들 따뜻하다
햇살에 안겨 배냇잠 자는 모습 보면
나는 문득 대중 목욕탕이 그리워진다

②
뽀오얀 수증기 속에
스스럼없이 발가벗은 여자들과 한통속이 되어

서로서로 등도 밀어 주고 요구르트도 나누어 마시며
볼록하거나 이미 홀쭉해진 젖가슴이거나
엉덩이거나 검은 음모에 덮여 있는
그 위대한 생산의 집들을 보고 싶다

③

그리고
해가 완전히 빠지기를 기다렸다가
마을 시장 구석자리에서 날마다 생선을 파는
생선 비린내보다
니코틴 내가 더 지독한 늙은 여자의
물간 생선을 떨이해 주고 싶다
나무껍질 같은 손으로 툭툭 좌판을 털면 울컥
일어나는 젖비린내 아 -

④

어머니
어두운 마루에 허겁지겁 행상 보따리를 내려놓고
퉁퉁 불어 푸릇푸릇 핏줄이 불거진
젖을 물리시던 어머니
- 조윤희 「3월」 일부

이 시의 이미지 묘사는 정확하게 잘 되었을 뿐만 아니라, 전체적으로 장점이 많다. 첫째, 묘사가 새롭고 개성적이다. 새롭게 묘사하기가 잘 되어 있다. "갓 태어난 젖빛 꽃망울들"이 "햇살에 안겨 배냇잠을 자는 모습"이라든지, "나무껍질 같은 손으로 툭툭 좌판을 털면 울컥 / 일어나는 젖비린내" 같은 표현이 그 좋은 예이다.

둘째, 시상의 전개가 동적이고 전환이 신속하다는 점이다. 이 시는 크게 4개의 이미저리 단위로 구성되어 있다. ① 햇살에 안긴 꽃망울/ ② 목욕탕의 나부(裸婦)들/ ③ 좌판 생선장수 할머니/ ④ 젖먹이의 어머니이다. 이들은 때로는 끊어질 듯 연결되어 잘 결합하고 있다. 단조로운 전개를 극복하고 기발한 착상으로 이어지는 이음매가 ②와 ③ 사이이다. 이 사이에 기발한 착상이 있어 구조미가 한결 살아난다. 즉 이미지 전개에 속도감과 변화미가 있어 역동적이다. 특히 4단계 이미저리 모두에 주제 의식이 작용하고 있어 생명감이 넘친다.

셋째, 주제의식이 모든 이미지들을 통합하는 제어력이 뛰어난 점이다. 이 시의 주제의식은 모성에서 시작되어 모성애로 종결된다. ①에서 꽃망울을 태어나게 하는 모체는 태양이다. 태양은 자연의 모든 생명체의 근원이며 원초적 모성의 상징이다. 태양이 자연에 베푸는 은혜의 손길은 햇살이다. ①에서 따뜻한 햇살로 자연에 대한 태양의 모성애를 강조했다. ②에서 이것은 인간의 모성애로 발전한다. ③에서 그것은 할머니의 모성애로 심화된다. ④에서 가정과 천지에 가득한 모성애를 강조하며 시가 끝난다.

이 시를 색독(色讀)하면 주제의식이 지나치게 노출된 느낌을 받을 수 있다. 그러나 자세히 살펴보면, 그것이 전체 이미지들을 제어하는 데 필수적임을 발견하게 된다. 주제 의식은 햇살에 반영되어 있다. 햇살은 태양에서 온다. 태양은 지상의 모든 생명체를 생성시키는 모체로 모성의 상징이다. 자연에 미치는 태양의 힘처럼, 모성애는 인간의 출산과 육아뿐만 아니라 가정과 사회를 지탱시키는 모든 힘의 근원이 된다는 것이 시의 주제다. 그 주제 의식이 시의 모든 이미지들에 대한 강력한 제어력을 가지기 위해 필연적으로 강하게 드러나 있다. 또 그것이 박애주의적 성격을 띠고 있어 IMF 시대의 문학 정신으로 아주 적절하다.

이렇게 시의 주제의식은 시대정신을 잘 반영해야 독자층에 공감의 지평을 넓힐 수 있다. 공감의 지평이 넓은 시가 많이 당선되어야 신춘문예 제도는 의미가 크다. 그렇지 못하면 이 제도는 문학의 생명력을 약화시켜 결국 폐지론자들의 강력한 도전을 받게 될 것이다.

위에서 설명한 세 편의 시처럼 좋은 당선시가 있음에도 불구하고, 필자가 감히 신춘문예 제도의 폐지론을 주장하는 이유는 다음과 같다.

당선만을 노려 독자를 외면하고 심사위원만을 의식하여 쓰는 것이 응모시의 특징이다. 이런 시편들은 작가가 심사위원에게 무엇인가 많이 알고 있고, 기발한 생각과 신선한 감각을 지니고 있다는 것을 몇 편의 작품으로 보여주려는 그의 과시적이고 허위적 태도가 반영되어 있기 마련이다. 시「夜路」처럼, 불필요하게 한자어를 남용하거나 잡다한 이미지를 혼란스럽게 나열한 작품들이 많을 수밖에 없다. 이들은 필요 이상으로 난해하고 추상적인 경향을 띠게 된다.

이들 중에서 우수한 작품을 뽑는 것이 신춘문예 제도였다. 이 제도가 한국에서 가장 권위 있는 등단 절차로 굳어진다면, 그것은 독자층을 무시하는 난해한 추상시에 문학적 가치를 부여하는 격이 된다. 독자들이 결코 좋아할 수 없는 난삽한 추상시를 문학적으로 높이 평가한다면, 그것은 결국 시가 독자를 잃도록 만들며, 독자에 대한 시의 생명력을 상실하게 만든다. 그러니 이 제도에서 뽑힌 '당선작의 문학성'이란 사회적으로 무의미한 것이 아니라 유해하다는 것을 의미한다.

당선작들이 필요 이상으로 길어지는 것이 또 하나의 특징이다. 이 장시화는 필연적으로 시의 산문화를 유도한다. 시가 불필요하게 길어지면 시 장르의 장점과 개성을 잃게 만든다. 이는 궁극적으로 시 장르의 소멸을 의미한다.

신춘문예 제도가 독자에 대한 시의 생명력과 시 장르의 기능을 잃게 만드는 역작용을 한다면 그 존재의미는 없어진다. 이러한 부작용이 신문사라는 비전문 기관이 신인 양성을 무책임하고 졸속으로 운영하는 데서 비롯되었다면, 이 제도는 하루속히 개선되어야 하고, 문학 전문지나 전문 출판사가 그 기능을 직접 맡아야 한다.

나는 늘 길 위에 있다

조여일 * 소설가

내 안에 어머니가 있다.

어린 날, 자다 깨 보면 어머니는 없었다. 화덕증이 난다고 문을 열고 나가서 몇 날씩 들어오지 않았다. 종당엔 비구니가 되겠다고 연비까지 한 어머니를 아버지는 어느 사찰에서 데리고 왔다. 어린 나는 어머니가 몹시 미웠다.

살면서 우리는 몇 번의 전환점을 맞는다. 그때 이를 변화시키고자 하는 강한 마음이 더 나은 삶의 기회가 된다. 내게도 그런 경우였다.

서른을 훌쩍 넘긴 나이였다. 결혼을 해서 아이를 낳고 여느 여자들과 비슷하게 하루하루를 덤덤하게 살았다. 그런데 아이가 커가면서 가슴에서 무언가 쑥 빠져나가는 것 같았다. 그건 슬픔인 것도 같았고 아픔인 것도 같았다. 알 수 없는 일이었다. 대체 왜 그럴까, 대체. 그러다 불쑥 글쓰기가 생각났다. 생활에 적응하면서 사느라 잠시 잊고 살았던 문학. 소설가가 간절히 되고 싶었던 지난날의 내 모습이 아버지의 밀짚모자에 둘러쳐져 있던 필름처럼 빠르게 머릿속을 훑고 지나갔다. 그러나 여러 날을 자판기와 씨름하며 글을 써보려 했지만 단 한 문장도 만들어 내지 못했다. 누군가의 도움이 절실히 필요했고 어쭙잖게 시작하느니 체계적으로 글쓰기를 배워야겠다는 생각이 들었다.

눈이 유난히 많이 내렸던 그해, 나는 명지전문대학 문예창작과에 입학원서를 냈고 최종 합격을 음성 전화로 확인했다. 그날 나는 아주 오래 전 교통사고로 돌아가신 아버지를 생각하고 엉엉 울었다.

합격의 기쁨도 잠시, 낯가림이 많은 나는 나보다 훨씬 나이가 적은 스무 살 학생들과 공부하는 일이 쑥스럽고 부끄러웠다.

"아주 잘 왔어요. 여자 나이 서른일곱이면 삶의 전환점이 되는 나이죠."

강의가 있던 첫 날, 어느 교수님께서 내 나이를 물으시고 하신 말씀이었다. 나는 눈물이 핑 돌았다. 그 말씀은 내게 큰 위안이 되었고 어쩌면 문학은 나이 들수록 유리한 학문일 수도 있다는 생각에 용기를 갖게 되었다. 그날 나와 나이가 비슷한, 평생을 같이 할 소중한 문우를 만났다. 그 문우와 나는 공부도 열심히 하고 습작도 열심히 했다.

교수님들의 강의를 들으면서 나는 달라지기 시작했다. 글은 무턱대고 외형을 쓰는 것이 아닌 내형을 쓰는 일이라는 것을 조금씩 알게 되었고, 사물의 겉만 보던 내가 사물의 속을 보게 되었다. 문학은 내 안의 나를 조용히 들여다보는 계기를 만들어 주었다.

2년은 부지불식간에 지나갔다.

스무 살에 듣는 강의와 서른일곱에 듣는 강의의 느낌은 하늘과 땅 차이 같았다. 만약 칠년이 더 흐른 지금 다시 교수님들의 강의를 듣는다면 받아들이는 마음이나 느낌이 또 그때와는 확연히 다를 것이다.

쓰고자 하는 열정만 있을 뿐 문학의 불모지와 같은 내게 비를 내려 씨앗이 자라게 하고 삶의 기울기를 문학에 두게 한 스승님들께 진심으로 감사드린다.

글쓰기의 대학생활은 내 인생에서 가장 빛나는 아름다운 시절이었
다. 나는 지금도 그립다. 함께했던 이들, 책상, 나무, 자동판매기… 삶
의 기울기를 문학에 두라고 하셨던 스승님들이…. 지금껏 산 세월 중
가장 빛나고 좋았던 그때가 나는 몹시 그립다. 내 삶의 어느 부분을
뚝 떼어 그리워하고 있는지도 모른다. 그립다는 건 멀리 있어서가 아
니라 늘 가까이 할 수 없기 때문이다.

신기루였다. 쓰는 일이 좋아 시작한 일이었지만 글은 내 맘대로 되
지 않았다. 그럴 때마다 나는 절망했고 깊은 늪에 빠진 기분이었다.
고통스러워 포기하고 싶을 때마다 저만치 앞장 서 조금만 더, 조금만
더 오라고 손짓했다. 가보면 허망함 뿐. 내 아픔과 내 고통을 함께해
준 문우들이 없었다면 나는 일찌감치 문학을 포기했을 것이다.

'삶이 힘들 때 글이 위안이 될 것'이라고 한 교수님들의 말씀은 옳
았다.

2006년은 내게 있어 최악의 해였다. 전반적으로 경기가 어려웠고,
나도 예외는 아니었다. 아이들에게 독서논술을 지도하면서 건강도
나빠졌다. 고단한 생활이 지속되었고 앞날에 대한 두려움마저 일었
다. 내가 그 시간을 견뎠던 건 문학이 있었기 때문이었다. 삶이 힘들
수록 나는 소설에 매달렸고, 세상의 모든 것들이 내게서 등을 보여도
소설은 결코 내게 등을 보이지 않았다. 소설이 아니었더라면 나는 그
긴 시간을 어떻게 견뎠을까.

기대를 했던 건 아니었다. 그저 위안처럼 그동안 습작해 온 「곡비」를 경인일보에 응모했고 당선은 뜻밖의 손님처럼 내게 찾아왔다. 가장 힘들 때 손님처럼 와 내게 위안이 되어 준 당선이었다.

"나 좀 봐유, 막내 딸 신문에 났슈."

당선 후 나는 아버지가 계신 선산으로 갔다. 아버지의 묘지 앞에서 어머니는 눈물을 보이며 「곡비」가 실린 신문을 펼치셨다. 내가 무엇이 되고 싶은지 말씀 드리기도 전에 아버지는 교통사고로 맥없이 돌아가셨다. 사고 당시 의식이 없는 아버지의 굳은살 박인 발바닥은 쩍쩍 갈라져 있었다. 온기 없이 푸른 발바닥을 붙잡고 의식이 없어도 좋으니 숨만 쉬어 달라고 간절히 빌었지만 허사였다.

아버지는 단정하고 정이 많은 분이셨다. 취직을 위해 아버지의 곁을 떠나는 내게 '세상에 견뎌내지 못할 일은 없다'고 말씀하시곤 훌쩍 등을 보이셨던 아버지. 훗날 아버지가 내게 눈물을 보이지 않기 위해 돌아 앉으셨다고 어머니는 말씀하셨다.

어머니는 묏등의 잡초를 뜯으며 훌쩍이셨다. 어머니와 「곡비」를 번갈아 바라보며 결국 내 안에 따리처럼 틀고 앉아 있는 어머니에 대한 애증을 풀어내기 위해 글을 쓸 것이라는 다짐을 했었다.

배꽃 같던 어머니의 얼굴에 주름이 깊었다. 어머니의 회한도 주름만큼 깊을 것이다. 어머니도 내게 회한으로 남을 것이다. 어머니는 계속 묏등의 잡초를 뜯어내고 나는 벌 서는 사람처럼 아버지 앞에 마냥 서 있었다. 아버지께 더 좋은 글을 쓰기 위해 노력할 거라고 약속

드리고 산을 내려왔다.

나는 왜 소설을 쓰고 싶은 걸까. 가끔 내게 묻는다. 나는 소설을 씀으로써 내 안의 슬픔과 아픔을 쓰다듬어 주고 싶은 모양이다. 사람들의 마음도 그렇게 쓰다듬어 줄 수 있는 소설을 쓰고 싶다. 그 속에서 내 삶의 방법도 찾고 싶다.

그렇지만 한 동안 나는 소설을 쓰지 못했다. 게으름 때문에 쓰지 않았다고 해야 옳다. 소설 쓰기는 나와의 싸움이고 나를 넘어서는 일이다. 그러나 아직은 내겐 역부족이다.

인연이 깊은 사람끼린 얼굴을 보지 않아도 그 사람이 무엇을 하고 있는지 느낌으로 아는 것처럼 내가 잠시 소설을 밀쳐놓았어도 소설이 내 마음을 알고 당겨줄 것이다.

어쩌면 지금이 내겐 또 다른 전환점일 것이다. 그때처럼 강한 마음으로 나를 변화시키려 노력하겠다.

앞으로 내가 어떻게 변해 있을지 어디만큼 가 있을지 모르겠다. 그러나 아버지께 한 약속을 지키기 위해 여기서 주저앉지 않고 부끄럽지 않은 좋은 글을 쓰기 위해 노력하겠다.

어머니를 닮았을까. 나는 늘 길 위에 있다. 목적지가 있는 건 아니다. 휘돌다 보면 내 안에 고여 있는 열기가 휘발되어 마음이 안정이 되고 집중이 된다. 「곡비」를 쓰기 위해 2년 동안 장구를 매고 풍물패를 따라 전국을 돌아다녔던 것처럼.

길을 나설 때 나는 가장 행복하다.

마른 뼈의 골짜기를 넘어

-시인이 읽는 시 한 편, 최문자의 「박(拍)」

이희숙 * 시인, 서울교육대학교 명예교수

그때 나는 파란색이었다 마치 희망이 있는 것처럼

고통이 하늘처럼 푸를까봐 땅만 보고 다녔다

아차산 계곡에서 젖은 낙엽을 들추고 아이에게 플라나리아를 잡아

줄 때 이상하게 고통의 拍이 느껴졌다 고산지대에서 쏟아져내린 듯한

고통의 뼈를 두들기는 소리 그 동물의 뼈에서만 낼 수 있는 오랜 짐승

이었던 소리 마른 뼈 사이를 막 휘돌아나오는 강약, 슬픈 음악이 약속

돼 있는 언사처럼 拍이 느껴졌다

아이가 플라나리아를 두 동강이로 잘라놓았다

미물도 지독한 이별을 한다

하등한 자가 반으로 잘리는 고통과

하등한 자의 또다른 출산

플라나리아의 눈물이 타올랐다

그들도 무너져내리는 拍이 있다

수십 토막으로 더 잘리고 싶은

나쁜 꿈의 박동

필사적으로 동강난 시간들을 넘어왔다

누가 흘린 것 위에 나를 흘리고

누가 자른 것 위에 나를 붙이려 할 때

잘려나간 몸들이 다시 내 몸이 되려는

고통스런 拍을 느낀다

영혼의 절반쯤에서

막 질주하려는 고통들

　-〈박(拍)〉 전문

　젖은 낙엽을 들추고 플라나리아를 손에 잡는 순간, 화자는 불현듯 고통의 박(拍)을 느꼈다. 알을 깨고 나오는 원초적 생명의 박동이라고나 할까. 아이가 플라나리아를 두 동강 내는 짓을 보는 순간, 화자의 희망은 해체되었다. 희망의 파란색은 해체되고 하늘처럼 푸를까봐 땅만 보고 다니던 화자의 일상도 해체되었다. 각각의 반 토막에서 애써 외면하던 하늘의 피멍든 푸른색을 본 것이다. 그때까지만 해도 화자는 스스로를 희망이 있는 파란색이라고 믿었다. 아니 마치 희망이 있는 것처럼 파란색으로 알고 있었거나, 그렇게 자신을 속이고 있었던 것이다.

　　그때 나는 파란색이었다 마치 희망이 있는 것처럼

　　고통이 하늘처럼 푸를까봐 땅만 보고 다녔다

젖은 낙엽이 덮인 땅속에서 플라나리아를 잡았다. 아이에게 주기 위해서였다. 이상한 일이다. 플라나리아는 민물에 사는 편형연체동물인데 아차산 계곡에서 찾아낸 것이다. 더욱 이상한 것은 플라나리아를 보는 순간 가슴에서 운명의 박자(拍子), 고통의 박(拍)을 느꼈다는 것이다. 고산지대에서 쏟아져 내린 듯한 고통의 뼈를 두들기는 소리의 박(拍)이라는 것이다. 그 소리에서 마른 뼈 사이를 막 휘돌아 나오는 강약, 슬픔이 약속돼 있는 생명의 박(拍)이 느껴졌다는 것이다. 이쯤이면 우리는 아차산 계곡이 화자에게 선지자 에스겔이 예언한, 때가 무르익으면 마른 뼈들이 연계되고 피가 돌아 생명이 회복될 바로 그 마른 뼈의 골짜기라는 것을 짐작할 수 있다.

"…아이에게 플라나리아를 잡아줄 때 이상하게 고통의 拍이 느껴졌다 고산지대에서 쏟아져 내린 듯한 고통의 뼈를 두들기는 소리 그 동물의 뼈에서만 낼 수 있는 오랜 짐승이었던 소리 마른 뼈 사이를 막 휘돌아나오는 강약, 슬픈 음악이 약속돼 있는 언사처럼 拍이 느껴졌다 // 아이가 플라나리아를 두 동강이로 잘라놓았다…"

아이가 플라나리아를 물리적으로 두 동강내는 것을 보는 순간 화자는 미물의 고통에 감정이입되면서 그들에게도 이별의 고통이 있다는 것을 느낀다. 플라나리아의 눈물이 타오르는 것을 보면서 자신과 마찬가지로 그들도 무너져 내리는 박(拍)이 있다는 것도 깨닫게 된다. 동시에 가사상태였던 자신의 생명이 다시 박동치는 듯한 신비한 변화체험을 한다. 여기서 플라나리아는 화자의 또 다른 자아(other self)

라 할 수 있다. 미물이 절단되는 순간의 고통을 무너져 내리는 박(拍)으로 아파하는 동일시 현상은 화자 자신도 새로운 잉태와 출산 기미를 느끼게 되는 징후이기도 하다. 화자가 시인의 아바타라는 것을 인정할 때 플라나리아가 수십 토막으로 더 잘리고 싶은 나쁜 꿈은 불타는 상상력으로 시를 출산하려는 시인의 욕망이기도 한 것이다.

"…미물도 지독한 이별을 한다/ 하등한 자가 반으로 잘리는 고통과/ 하등한 자의 또다른 출산/ 플라나리아의 눈물이 타올랐다/ 그들도 무너져내리는 拍이 있다/ 수십 토막으로 더 잘리고 싶은/ 나쁜 꿈의 박동…"

화자는 투명한 파란 희망과 피멍든 둔탁한 푸른 고통 사이에 갇혀 한 발짝도 앞으로 내딛지 못하고 있었다. 아이가 플라나리아를 두 동강으로 자르는 순간, 미물인 플라나리아도 지독한 이별을 한다는 것, 이별에는 타는 눈물이 있다는 것, 그리고 무너져 내리는 자의 박(拍)이 있다는 것을 알게 되었다. 화자의 상상력은 시인의 생명이라 할 수 있는 상상력이 황폐되어 가는 고통과 미물인 플라나리아가 잘려나가는 고통을 같은 선상에서 보고 있다. 토막 난 몸마다 또 다른 고통의 몸을 출산하려는 욕망이 있다는 것도 본다.

이제 화자의 시선은 플라나리아에서 슬그머니 자신에게로 돌아간다. 상상력에 대한 욕망은 시를 출산하고자 하는 필사적인 몸부림이다. 그동안 잃어버린 시간들을 그러모으느라 손은 피를 흘릴 것이다. 감성적, 정신적 상상력이 끊임없이 흐르도록 밤잠을 희생하며 피나는 노력을 할 것이다. 잘려나간 시심을 회복하기 위해서라면, 누가 흘린 상상력이건 가리지 않고 자극의 촉매제로 가져다 붙이는 고통도 마다하지 않을 것이다. 이제 더는 영혼 없는 기계적인 박동이 아니다. 화자는 영혼의 절반쯤에서 질주를 막 시작하려는 자의 숨막힐 듯한 긴장의 고통스런 박(拍)을 느낀다.

"필사적으로 동강난 시간들을 넘어왔다/ 누가 흘린 것 위에 나를 흘리고/ 누가 자른 것 위에 나를 붙이려 할 때 잘려나간 몸들이 다시 내 몸이 되려는/ 고통스런 拍을 느낀다/ 영혼의 절반쯤에서/ 막 질주하려는 고통들"

이렇게 읽을 때 화자가 겪는 고통은 개인사적인 이별의 단절에서 오는 고통이 아니다. 예술창작의 보편적인 고통이다. 그것은 표피적인 투명한 파란 고통의 박동이 아니라 이미 메마른지 오래된 詩魂의 깊은 곳에서 몸부림치며 울리는 피멍든 푸른 고통의 소리다. 『파의 목소리』(2015)에 실린 대부분의 시에서 시인 최문자는 고통의 언어로, 고통의 미학을, 고통의 시학으로 노래하고 있다. 이와는 달리 〈박(拍)〉의 고통은 상상력을 회복하고 타오르는 창작력을 불사르고자 하는 욕망 내지 희망의 노래다. 이미 죽은 지 오래되어 말라버린 뼈들이 다시 연결되고, 살이 차오르며 피가 돌고, 힘줄이 솟아오르면서 잘려나간 몸들이 다시 내 몸이 되려는 고통스런 拍. 그것은 시인의 예술혼이 타오르는 생기 찬 拍子일 것이다.

시를 쓰게 하는 원동력,
트라우마

강민숙 * 시인, 아이클라 입시전문학원 원장

트라우마란 그리스어의 traumat에서 나온 말로 상처를 의미한다. 나에게 있어 가장 큰 트라우마는 둘째 아이를 출산하던 날 남편이 교통사고로 세상을 떠나간 아픔의 기억이다. 지금까지도 이러한 상처의 기억은 시 쓰기에 지속적으로 영향을 끼치고 있다. 이 트라우마는 시공을 초월하여 때로 나에게 불면으로 다가오고 때로 소리로 다가오기도 한다.

나의 분신처럼 수면을 방해하고 온갖 소리로 의식을 교란시키는 불면! 그 불면의 정체는 의식 깊은 곳에 자리 잡고 창작의 순간마다 무의식적으로 개입하여 내 의식을 교란시키고 있다. 시간의 흐름 속에 상처가 의식에서 사라지기도 한다. 그러나 어떤 것은 사라지지 않는다. 오히려 그것은 의식의 깊은 곳으로 가라앉았다가 꿈으로 상징화되거나 심상과 리듬으로 시에 개입하면서 나를 혼란스럽게 한다. 무의식에 자리 잡은 상처는 무질서하지만 시는 질서를 갖춘 것이기에 의식의 혼란은 종종 심상과 리듬으로 부딪친다.

무질서한 상처의 기억에 시적 질서를 부여하며 시를 쓰는 일은 나에게 있어 어쩌면 상처를 치유하는 길인지도 모른다. 그렇게 되기 위해서는 나 자신이 트라우마에 대하여, 고통스럽지만 도피하지 말고 정면으로 부딪쳐야 한다. 정면으로 부딪친다는 것은 대결의 의미를 포함하여 성찰의 단계로까지 나아감을 뜻한다. 즉, 자기 상처에 대한 천착이 이 세계의 상처에 대한 이해와 사랑으로 확장되어야 한다는 것을 의미한다.

내가 시를 쓰고자 할 때 트라우마는 상처에 대한 성찰과 세계에 대한 깊이 있는 사랑의 인식을 가로막으려 한다. 이러한 현상은 꿈에 나타나고, 현실 공간에도 비슷한 사건이 일어나는 것 같아, 불면증, 분노의 폭발, 집중력의 감퇴, 놀람 반응 등으로 시적 통제력을 마비시키는 흔적을 졸시에서 찾아볼 수 있다.

우장산 나무 아래

때 절은 운동화 한 켤레

걸어온 시간의 내력(來歷)이 무겁다

주인은 보이지 않고

끈에 묶여 노을빛에 홍건히 젖은

어스름, 사내가

목을

매고 벗어 놓았는지 흙 위에

축

늘어져 엎어진 슬픔 한 켤레

닳은 뒤축으로 써놓은

불안(不安)의 내력

목이 서늘해지는 저녁이다

- 졸시, 「목이 서늘해지는 불안한 저녁에」

산길을 가다가 우연히 발견한 때 절은 운동화 한 켤레. 그냥 지나칠 수도 있지만 거기서 나는 운동화 한 켤레를 보고 많은 생각이 떠올랐다. 그 놀람의 반응은 목이 졸리는 환각으로 다가왔다. '운동화 한 켤레'라는 객관적 사물이 정신적 외상 체험과 연결되면서 그 객관적 사물은 신발 주인의 자살로 의미가 변형되고, 거기에서 운동화의 주인이 '걸어온 시간의 내력'과 '불안의 내력'이 보였다. '목이 서늘해지는 저녁'은 "끈에 묶여 노을빛에 흥건히 젖은/ 어스름, 사내가/ 목을 매는", 죽음에 이르는 병으로서의 불안의 시간이다.

불안은 시간의 흘러감이고, 그 시간은 모든 인간이 피할 수 없는 죽음으로 가는 과정이다. 독일의 영화감독 라이너 베르너 파스빈더는 1970년대 60대 미망인과 젊은 노동자의 사랑을 그린 영화 "Angst Essen Seele Auf(불안은 영혼을 잠식한다)"에서, 불안은 누에가 뽕잎을 갉아 먹어치우듯 인간의 영혼을 갉아 먹는 것이라 했다. 그러나 불안은 영혼을 잠식함으로써 영혼에 대한 의식을 일깨우기도 한다. 저녁 무렵 산길을 거닐다가 나무 아래에서 발견한 운동화 한 켤레에서 '목이 서늘해지는' 불안을 통해 영혼의 참다운 의미가 나의 의식으로 떠오를 때, 나는 자신의 상처를 타인과 세계의 상처에 대한 사랑으로 통합시키고 싶었다.

시 쓰기가 내적 상처의 표현만으로 이루어진다면 그 시가 나의 내면적 진실을 드러냈다고 하더라도 그 시는 '자기 상처' 안에 갇힐 수 있다. 시가 시인의 상처에 대한 단순한 기록이나 진단의 수준에 머물고 말 수 있다는 것이다. 그럴 경우 세계와의 소통 가능성도 사라질 수 있다. 시는 종이 위에 인쇄된 활자로만 존재하는 것도 아니고, 작가의 의식 속에만 존재하는 것도 아니다. 시는 인쇄된 활자를 통해 작가와 세계(독자)가 소통하는 가운데 존재하는 것이다.

나는 이러한 점을 염두에 두고 독자와 소통하는 문제를 고민하고 있다.

그렇다면 트라우마는 독자와 소통을 위해서 어떻게 처리되어야 하는가? 회피하기보다는 오히려 정면으로 맞설 때 트라우마도 사랑의 대상이 되는 역설적 경험에 도달할 수 있지 않을까 한다.

밤새

발바닥에 누가 불을 지피나 보다
연기를 피우며
참나무 등걸 같은 몸에 옮겨 붙는 불
안으로 타는 불은 위험하다고
뇌는 경고등을 번쩍인다
일어설 힘을 잃은 두 다리

반쯤은 연기에 질식되었나 보다
이미 시간은 나의 편이 아니다
말이 되지 않는 소리들만
입가에 웅얼거릴 뿐
새벽까지 열기를 안고
깜깜하게 이불을 뒤집어쓰면
고통이 타들어간 자리가 모두
새까만 숯이 된다
그대를 잊고 다시 그대를 불꽃으로 받아들일 생이 된다
- 졸시, 「숯 만들기」 전문

　위의 시 「숯 만들기」는 불면의 고통을 형상화시키려고 노력해본 시이다. 나의 정신적 외상은 「숯 만들기」에서의 '그대'이다.
　그러므로 이 시에서는 "고통이 타들어간 자리가 모두/ 새까만 숯이 된다/ 그대를 잊고 다시 그대를/ 불꽃으로 받아들일 생이 된다"라고 표현하고 싶었던 것이다.

　　우물 속으로 깊이 뛰어내린 하늘에
　　두레박을 던집니다.
　　한때 눈부신 현재였던 과거가
　　떨어진 꽃잎 같은 당신과 올 것 같아

고함치면 몇 번이고 내려갔다 홀로 올라오는 메아리

가슴에 부서지는 푸르른 당신,

몸 깊이 찰랑거리는 과거 속에서

당신이 두레박을 잡고 올 것 같아

하지만 아직도 당신에게 닿지 못한

나는 바람에 밀려나는 배입니다

우물 속 깊이 뛰어 내린 하늘에서 올라와 일렁이는

눈부시게 벅찬 그리움입니다

젊은 날 떠나버린 당신의 집 마당 한구석 자리

어둑어둑 피어나는 섬 같은 당신

시간이 이렇게 깊은 줄 몰랐습니다

깊을 대로 깊어서

아픈 명치끝에 찰랑거립니다

가만히 내려다보면 알 듯도 합니다

당신에게 가는 뱃길이

나를 가로질러 내게로 오는 길이란 것을

당신이 가로질러 오시는 그 길이

나의 삶이라는 것을 알 듯도 합니다

- 졸시, 「월미도에서」

위의 시는 떠난 사람을 향한 그리움을 담은 시이다. 자아는 '한때 눈부신 현재였던 과거가/ 떨어진 꽃잎 같은 당신과 함께 올 것 같아'서 우물을 내려다보고 있다. '몸 깊은 출렁거리는 기억 속에서/ 당신이 두레박을 잡고 올 것 같'은 착각에 몇 번이고 우물을 들여다보는 안타까운 심정을 드러낸다. 그런데 자아는 '어둑어둑 피어나는 섬 하나의 당신'이 '아픈 명치끝에서 찰랑거리'는 걸 느끼다가 '당신에게 도달하는 뱃길이/ 나를 가로질러 내게로 오는 길이란 것을/ 당신이 가로질러 오시는 그 길이/ 나의 삶이라는 것을 알 듯도 합니다'라는 것을 깨닫는다.

나에게 상처를 준 사별한 남편인, '당신'의 심상이 불면 끝에 이르는 짧은 꿈속에서도 다양한 상징으로 나타나듯이 시 쓰기의 과정에 모습을 바꾼 여러 심상으로 나타나서 차라리 죽은 남편에게 가고 싶었다는 내면적 고백은 죽음에의 충동이었을 것이다. 월미도에 배를 타고 가는 것이 죽음을 향해 가는 것과 유사하게 읽힐 수 있는 것은 바로 죽음에 대한 자아의 충동 때문일 것이다. 그러나 인간은 시간적 존재 일 수밖에 없다. 모든 인간의 시간은 결국 죽음의 세계로 가는 뱃길과 같다. 그렇다면 당신에게 가는 뱃길은 당신이 오시는 뱃길과 같다. 굳이 당신에게 가지 않아도 당신은 내게 오고 있으므로 자아는 시간의 흐름 속에 존재하면 된다. 이러한 깨달음에 이르러 혼란스러운 의식은 정돈되고 심상과 리듬에 시적 질서가 부여된다면, 독자의 상처와 소통할 수 있는 일정 수준의 미적거리는 확보될 수 있을 것이다.

그러나 창작의 실제 과정에서는 트라우마의 개입과 교란으로 인하여 시적 체험의 확산과 정신의 고양은 난관에 부딪힌다. 트라우마는 나의 내면과 그를 둘러싼 세계에 대한 성찰을 차단하며 꿈에만 나타나는 것이 아니라 현실에서도 무의식적 환각 작용으로 나타나 불면증, 분노의 폭발, 집중력의 감퇴, 놀람 반응 등으로 시적 인식과 표현을 교란하기 때문이다. 이러한 교란 작용은 외면하려 하면 할수록 더 교묘한 방식으로 시적 인식과 표현을 방해한다. 그렇다면 정신적 외상(外傷)을 회피하기보다는, 또는 그것이 잊혀지기를 기다리기보다는 정면으로 맞서보는 길을 선택하는 것이 지혜로울 것이라고 생각된다. 그것은 고통의 역로일 수 있다는 소박하지만 당연한 명제를 성실하게 고민해 보아야 한다. 인간은 인간이기 때문에 행복할 수 없는지 모른다. 그러나 그런 상황이 주어진다면 이를 끝까지 추적하는 성실성이 요구된다.

참다운 시인의 위상에 도달하는 것은 트라우마를 잊으려고 애쓰기보다 트라우마에 정면으로 맞서는 대결의 정신과 그를 통해 자신의 시 쓰기를 성찰하는 성실성의 자세에서 가능할 것이다. 시인은 자기 상처를 통해서 세계를 모방하고 세계의 아픔과 소통하는 존재이다. 그것이 시인과 시의 존재 의의이다. 시인으로서의 삶은, 적어도 내게는 자아의 트라우마를 시 세계의 고통으로까지 확장시켜 융합해내는 가기 어려운 길이지만 충실한 자세로 가야 하는 멀고도 험한 길이다.

문학의 길에서 꽃을 줍다

등록 1994.7.1 제1-1071
1쇄 발행 2016년 10월 10일

엮은이 전국대학문예창작학회
지은이 민병기 강민숙 차희정 서정남 채길순 김주호 박상수 박상준 조여일 이희숙
펴낸이 박길수
편집인 소경희
편 집 조영준
관 리 위현정
디자인 이주향
펴낸곳 도서출판 모시는사람들
　　　 110-775 서울시 종로구 삼일대로 457(경운동 88번지) 수운회관 1207호
전 화 02-735-7173, 02-737-7173 / 팩스 02-730-7173
홈페이지 http://modl.tistory.com/

인 쇄 상지사P&B(031-955-3636)
배 본 문화유통북스(031-937-6100)

값은 뒤표지에 있습니다.
ISBN 979-11-86502-62-4 　 03800

이 도서의 국립중앙도서관 출판예정도서목록(CIP)은 서지정보유통지원시스템 홈
페이지(http://seoji.nl.go.kr)와 국가자료공동목록시스템(http://www.nl.go.kr/
kolisnet)에서 이용하실 수 있습니다.(CIP제어번호: 2016021597)